제국 스캔들 1

일러두기
지명과 국명, 용어 등은 독자의 쉬운 이해를 위하여 현대 표기에 맞추었습니다.

제국 스캔들 1

1판 2쇄 발행 | 2016년 10월 14일

지은이 | 유오디아
펴낸이 | 김경배
펴낸곳 | 시간여행
편　집 | 이진의
일러스트 | 햇조
본문 디자인 | 디자인 [연:우]

등 록 | 제313-210-125호 (2010년 4월 28일)
주 소 | 서울시 마포구 토정로 222 한국출판콘텐츠센터 419호
전 화 | 070-4032-3664
이메일 | sigan_pub@naver.com

종 이 | 엔페이퍼
인 쇄 | 한영문화사

ISBN 979-11-85346-31-1　(04810)
979-11-85346-30-4　(세트)

이 도서의 국립중앙도서관 출판예정 도서목록(CIP)은 서지정보유통지원시스템 홈페이지(http://seoji.nl.go.kr)와 국가자료 공동목록시스템(http://www.nl.go.kr/kolisnet)에서 이용하실 수 있습니다. (CIP 제어번호 : CIP2016021691)

* 이 도서는 국제친환경 인증을 받은 천연펄프지(Norbrite 95#)로 제작되었습니다.

제국스캔들 1

유오디아 장편소설

시간여행

제국 스캔들

차 례

제국 스캔들 1권 등장인물 소개

박미우
직업을 갖고 자기만의 삶을 살고 싶어 하는 당돌한 소녀. 어릴 때 주미대사인 아버지를 따라 미국에 방문했다가 그곳의 자유로운 분위기에 큰 영향을 받는다. 규방에 갇혀 지내는 양반가 여성의 삶에서 벗어나고자 우체총사의 여직원이 된다.

이선
대한제국의 황자. 계승자 문제를 멀리하고자 결혼도 하지 않고, 신분을 숨긴 채 우체총사의 직원으로 일하고 있다. 스스럼없는 성격으로 모두와 친하게 지내지만 은근히 예리한 일면을 보일 때도 있다.

민우진
우체총사의 젊은 사장. 통신원 총판 대감 민상호의 아들이다. 냉정하고 공과 사가 확실한 성격이며 우체총사 일에 큰 열의를 가졌다. 미우의 영어 실력을 눈여겨보고 우체총사에 취직시킨다.

미륜사
통신원 전무학당의 교사로 대한제국에 와 있는 덴마크인. 다정하고 배려 깊은 성품을 지녔으며, 통신원의 일에 자기 일처럼 애정을 보인다. 본명은 헨리 예센 뮐렌스테트.

서현주
미우의 단짝 친구. 어릴 때부터 미우와 알고 지냈으며, 아버지를 여윈 후 여학교를 졸업하고 궁궐의 전화 교환수로 일하고 있다. 궁궐 안팎의 소문에 밝다.

박정양

미우의 아버지. 궁내부 특진관의 자리에 있다. 무척 엄격하고 보수적인 성격으로, 아내를 잃은 후 미우에게 관심을 보여주지 않아 부녀지간에 벽이 두텁다.

이영효

이선을 바로 곁에서 모시는 황실 비서관. 태도는 정중하지만 좀처럼 속을 알 수 없는 인물이다.

영보당 귀인 이씨

이선의 어머니. 고종황제의 후궁. 이선을 후계 다툼에서 벗어나게 하고자 황제를 설득하여 아들에게 혼인의 자유를 주었다. 생각이 깊고 온후한 여인이다.

유모

어릴 때부터 미우를 보살펴온 유모. 잔소리가 많고 보수적이지만 미우를 극진하게 생각한다.

강 주사

우체총사의 관리직. 이선의 상사이며, 성격이 호탕하고 평소 미우와 이선을 많이 생각해준다.

최초의 여직원

1889년 미국 워싱턴.

당시 일곱 살이던 나는 백악관에서 열린 만찬회장에서 그로버 클리블랜드 미국 대통령을 만났다. 얼굴에 가득 미소를 띤 미 대통령은 2년 만에 능숙한 영어를 사용하게 된 나를 사람들에게 이렇게 소개했다.

"동양에서 온 인형처럼 작고 예쁜 소녀입니다."

나는 하얀색 양장 드레스를 입은 엄마의 손을 붙잡은 채 배시시 웃음을 지었다.

"아가씨, 벌써 시간이 다 되었어요."

방문 밖에서 들려오는 유모의 목소리에 난 화장대 거울 앞에 놓아둔 자명종으로 눈길을 돌렸다. 시계 바늘은 벌써 낮 12시를 가리키고 있었다. 일찍부터 준비를 모두 끝낸 상태였지만, 막상 일어서려니 다리가 쉽사리 떨어지지 않았다.

"아가씨, 어서요."

"알았어."

한숨을 내쉬며 나는 문을 열고 밖으로 나왔다. 신을 신는 나에게 유모가 다가와 말했다.

"제발! 제발 이제는 좀 받아들이세요. 네?"

"받아들이다니? 뭘 받아들이라는 건데?"

나는 유모를 흘겨보며 모르는 척 되물었다. 유모는 곧 두 손가락으로 나를 꼬집으려는 시늉을 하며 말했다.

"시집이요."

1900년, 이 땅의 이름은 대한제국이었다.

지금으로부터 3년 전, 왕은 나라의 국호를 '대한'으로 바꾸고 새로운 제국이 탄생했음을 선포했다. 이때부터 왕은 '황제'가 되었다. 그리고 본격적으로 제국의 기틀을 다지기 위해 많은 정책과 조직 개편을 시행했다.

십여 년 전 경복궁에 첫 불을 밝혔던 전기는 이제 광화문 앞 육조거리에 길게 늘어선 가로등으로 진화했다. 그 가로등 아래로 전차가 다니기 시작했으며 한성과 인천을 잇는 전화가 개통되었다. 여기에 폐하는 외국인 기술자들을 제국으로 초빙해 관직을 주고 서구의 발달된 기술을 제국에 가르치도록 장려했다.

또한 폐하는 스스로 단발을 하고 서구식 양장으로 황제의 의복을 갖춰 입었으며, 모든 관리들에게도 단발을 하고 서구식 관복을 입도록 명령했다. 제국의 여인들도 이러한 흐름에 영향을 받았다. 한성에는 여성을 위한 서구식 여학교가 세워졌고, 왕실 여인들은 연회를 열 때 종종 양장 드레스를 입었다.

이처럼 조선은 서양의 발전된 문명과 기술들을 빠르게 받아들이며 바뀌어나갔지만, 절대로 바뀌지 않는 것도 존재했다.

"그래서? 내가 어렵게 구한 이 혼처도 싫다는 거니?"

"아시잖아요, 고모님."

고모의 채근에도 나는 무심히 찻잔을 응시했다. 찻잔 옆에 고모님이 구해온 남자의 이름, 가문, 약력이 적혀있는 종이가 놓여있었다. 그러나 나는 그 종이에 적힌 이름조차 읽을 생각이 없었다.

"그렇게 평생 혼인하지 않고 살겠다고? 혼인하지 않는 여자가 어떤 손가락질을 받는 줄은 아니?"

"모른다고 하진 않겠어요. 하지만 그다지 신경 쓰지도 않아요."

"뭐어?"

고모가 입을 딱 벌린 채 내 얼굴을 뚫어져라 쳐다보았다. 난 새초롬한 표정을 유지하려 애썼다. 여기서 조금이라도 기가 죽은 태도를 보인다면, 난 이번 주 안에 생판 모르는 남자의 사주단자를 받게 될지도 모른다.

“아가씨, 혹시 현주 아가씨 때문은 아니겠죠?”

그때, 유모가 고모와 나의 대화에 끼어든다. 현주의 이름이 나오자 고모가 유모를 보며 물었다.

“현주라면 서현주? 오래전 오라버니가 미국 대사로 갔을 때, 수행원이었던 종사관의 여식을 말하는 것이냐?”

“예예, 마님. 몇 년 전 그 부친이 돌아가시고 가세가 기운 후, 양인이 세운 여학교에 들어가시지 않았겠어요?”

“허나 그 아이는 반가의 규수지 않느냐. 어찌 천한 계집들이나 가는 여학교를 다닌다는 게야?”

“이미 그 학교는 졸업하셨어요. 지금은 전화교환수가 되셔서 궁궐에서 일하세요.”

“…….”

유모의 설명을 듣던 고모가 다시 고개를 돌려 나를 보았다. 유모의 말을 듣고 내 속마음을 얼핏 눈치챈 것 같았다.

“미우야. 설마 너도 그 여학교인지 뭔지를 다니려는 건 아니겠지?”

그제야 난 속마음을 털어놓았다.

“다른 나라에서는 여인들도 학교에 가서 배운다고요. 그리고 그 배운 것으로 일을 해요. 저도 그러고 싶어요."

"말도 안 되는 소리!"

고모가 손으로 바닥을 쳤다.

"너도 이제 열여덟이야. 곧 스물이고. 스물이 다 된 처녀가 되어서는 생각하는 것이 어찌 그것밖에 되지 않느냐? 그래, 나도 안다. 세상은 분명 바뀌고 있지. 허나 절대 바뀌어서는 안 되는 것이 있다. 자고로 너처럼 명문가의 규수로 태어났다면 일찌감치 시집을 가서 일부종사를 해야 하는 것이다. 계집이 일 따위를 한다는, 그런 말도 안 되는 생각을 하는 것이 아니라."

"응응!"

고모님의 말에 동조하듯 유모가 고개를 세차게 끄덕였다. 난 인상을 찌푸리며 유모를 쳐다보았고, 유모도 지지 않겠다는 듯 마주 인상을 찌푸렸다. 결국 내가 먼저 자리에서 일어섰다.

"늦었으니 그만 돌아가겠어요. 과년한 처녀가 어찌 집 밖에서 오래 머무르겠어요?"

"에휴."

난 고모의 한숨 소리를 들으며 돌아섰다. 고모가 나의 등 뒤에 대고 중얼거렸다.

"그때 오라버니가 미국을 가지 말았어야 했는데……."

내가 어렸을 적, 나의 아버지는 조선 최초의 주미 대사셨다. 그 덕분에 어머니와 나는 조선을 떠나 전혀 다른 세계에 발을 들였다. 나에게는 큰 충격이었다. 내가 태어나고 자랐던 세상과 전혀 다른 세상을 만난다는 것. 미국에서 체류한 2년은 내게 많은 것을 남겼다.

"어쨌든 나는 시집가기 싫어. 그러니 당분간은 절대 고모님 댁에 오지 않을 거야."

대문을 나서자마자 나는 유모에게 강한 어조로 말했다. 유모도 고모와 마찬가지로 한숨을 푹푹 내쉬었다.

끼익. 끼이익.

우리가 대문을 나서자마자 하인들이 대문을 닫았다. 나는 굳게 닫힌 대문을 올려다보며 말했다.

"이런 삶을 살라고? 죽을 때까지 집 담 밖으로 나오지도 못하는? 난 절대 못 해. 이런 건 끔찍하다고."

미국에서 살 때는 그런 제약을 전혀 느끼지 못했다. 그 시절 나는 종종 어머니와 인근 공원에 산책을 나갔다. 그곳에서는 많은 여성들과 아이들이 자유롭게 시간을 보내고 있었다.

"또 그 미국에서 살았던 이야기를 하시려고요? 그런 거라면 그만두세요. 여기는 조선이라고요, 조선."

"알아. 나도 안다고……."

조선은 바뀌고 있다. 내가 미국에서 보았던 풍경들로 말이다. 하지만 여인을 향한 시선만큼은 바뀌지 않는다. 아니 바뀌려 하지 않는다.

조선에서 외국어를 배우고 익히는 여인들은 신분상승을 바라는 천한 신분의 여인들뿐이다. 고관들이 외국어를 할 줄 아는 여인을 데려다가 첩으로 삼고 통역으로 부린다는 풍문이 돈 뒤로는 더욱 그러했다. 이렇다 보니 가뜩이나 배우는 것을 기피하는 반가의 규수들은 여학교를 갈 생각을 전혀 하지 않았다.

"어서요. 어서 늦기 전에 댁으로 돌아가셔야죠. 과년한 처녀가 집 밖에 오래 머무는 건 흉이 아니겠어요? 흉."

유모가 불만 가득한 얼굴로 입을 쭉 내밀며 말한다. 나는 속으로 한숨을 내쉬고는 기다리고 있던 가마에 올랐다.

잘 가던 가마가 갑자기 움직이지 않는다.

"으아아앙!"

그리고 들려오는 어린아이의 울음소리. 나는 가마의 창을 열고 유모를 찾아 밖을 살폈다. 유모는 몰려든 군중 사이로 무언가를 구경하느라 정신이 없어보였다.

"유모, 유모."

난 유모를 불렀고 그제야 유모가 가마 옆으로 다가왔다.

"아가씨."

"앞에 무슨 일 있어?"

"가서 보니까 어떤 사내아이 하나가 울고 있는데요. 부모를 잃어버렸는지 참 통곡을 하네요, 통곡을."

"아이가 운다고? 근데 그게 이렇게 많은 사람이 구경할 일이야?"

"그게……."

유모가 설명을 하려고 할 때였다. 사람들 사이에 가려져 보이지 않는 소년의 울음소리 사이로 낯설지 않은 단어 하나가 들려왔다.

"mama!"

난 그제야 사람들이 모인 이유를 알아차렸다. 난 가마를 바닥에 내리게 한 후 밖으로 걸어 나왔다. 유모가 내 뒤를 따랐다.

사람들 틈을 비집고 들어가자 모자를 쓴 서양인 아이가 군중 한가운데에 서서 울고 있는 것이 보였다. 얼마나 오랫동안 운 것인지 하얀 얼굴이 붉게 달아올라 있었다. 소년은 자신을 둘러싼 동양인들을 겁에 질린 얼굴로 보고 있었다.

"쯧쯧, 어미를 잃었나 봐."

"어미를 찾아주고 싶어도 어디 말이 통해야 묻지."

"계속 저리 울다가 탈진하겠는데?"

도와주고는 싶어도 도울 수가 없었던 사람들은 별 수 없이 우는 소년을 구경하듯 쳐다만 보고 있었던 것이다. 잠시 망설이던 나는 주변의 아무도 그 소년을 도울 수 없다는 것을 깨닫고는 앞으로 나서려 했다. 그런 나의 팔을 유모가 힘주어 붙잡았다.

"안 돼요. 안 돼요, 아가씨."

매정하게도 유모는 나를 가마가 있는 곳으로 끌어당겼다. 그러나 나는 유모의 손을 뿌리치고 소년 가까이로 다가갔다. 사람들의 시선이 내게 모였다. 소년은 장옷을 뒤집어쓰고 걸어오는 나를 두려워 하는 듯한 눈빛으로 바라보았다. 소년의 앞에 이르자, 난 장옷을 어깨까지 내리고는 몸을 굽힌 채 웃으며 말을 걸었다.

"이름이 뭐니?"

물론 영어로.

"!"

내 입에서 나온 영어에 소년의 눈이 번쩍 뜨였다. 다행히도 이 소년은 영어를 배운 적이 있거나 영어를 쓰는 나라에서 온 것 같았다. 소년은 잠시 울음을 그치고 내 눈을 응시했다. 난 다시 한 번 웃으며 소년에게 말을 걸었다.

"내 이름은 미우야. 넌?"

"미셸."

"미셸? 그래, 미셸. 왜 여기서 울고 있니?"

"난……. 난……."

친절하게 물어오는 내 목소리에 소년이 다시 울음을 터트렸다. 난 소년의 울음을 그치게 하려고 어깨를 두드리며 물었다.

"내가 네 부모님을 찾아줄게. 부모님이 어디에 계시는지 아니?"

미셸이 천천히 고개를 끄덕였다.

"미셸!"

"엄마!"

외국 공사관 건물들이 몰려있는 정동. 소년은 프랑스 공사관에서 손님으로 지내는 어느 가족의 일원이었다. 소년이 돌아왔다는 소식에 소년의 어머니는 울며 뛰쳐나왔다. 소년의 아버지는 소년을 찾으러 나가 아직 돌아오지 않았다고 했다.

"고마워요, 아가씨."

소년의 어머니에게서 감사의 인사를 받은 나는 뿌듯한 마음을 안고 돌아섰다. 여유로운 걸음으로 유모가 기다리는 큰길을 향해 걸어가려던 때였다.

"그 영어, 어디서 배웠지?"

젊은 남자의 목소리가 들려왔다. 주변을 두리번거렸지만 사람의 모습은 보이지 않았다.

"이쪽이야."

목소리의 주인이 다시 한 번 소리를 냈다. 나는 소리를 따라 고개를 돌렸다. 그는 공사관 담벼락에 등을 기댄 채 서 있었는데, 담벼락 뒤로 우거진 나무 그림자에 가려 얼굴이 보이지 않았다. 그도 그것을 알았는지 그림자 아래에서 천천히 걸어 나왔다. 남자는 막 스물을 넘긴 듯 한 나이에 양장을 입고 있었고, 매력적인 구릿빛 피부와 날카로운 눈매를 가지고 있었다.

"한성의 여학교를 다 가봤어. 그렇지만 너만큼 영어를 쓰는 여학생은 본 적이 없어. 아니, 너 정도라면 이미 추천을 받아서 알게 되었겠지. 넌 대체 누구지?"

아직 조선에서 외국어를 하는 여성은 신분이 높지 않다. 그렇기에

이 남자도 내게 초면부터 말을 낮추는 것이다.

'흐응~ 날 그렇게 보고 있단 말이지?'

나 역시도 그에 대한 호기심이 일었다. 영어를 할 줄 아는 여성을 찾아 여학교를 돌아다녔다는 그에 대해서. 난 웃으며 그의 말을 받았다.

"그래서요?"

당돌하게 되받는 나의 태도에 그의 눈가에 살짝 주름이 잡혔다. 그는 이 상황을 전혀 예상하지 못한 것 같았다. 일반적으로 신분이 낮은 여성들이란, 잘난 척하는 사내들 앞에서 주눅부터 드는 것이 정상일 테니.

난 한 술 더 떠 말했다.

"초면이라면 먼저 자신이 누구인지부터 소개해야 하는 것이 아닌가요?"

형식적인 것이지만 신분제는 갑오년에 폐지되었다. 그러나 잘나신 가문들은 여전히 집안 대대로 내려오는 신분을 과시한다. 그 역시 그런 사람들 중 한 명이라면……. 난 그가 내게 화를 낼지도 모른다고 생각했다. 적어도 그는 내가 자신보다 신분이 낮은 여성이라고 착각하고 있는 것 같으니까.

그런데 의외의 반응이 되돌아왔다. 금방이라도 화를 낼 것처럼 딱딱한 언굴을 하고 있던 그가 피식 웃음을 터트린 것이다. 그러더니 옷 속에서 무언가를 꺼내 내 앞으로 내밀었다. 명함이었다. 앞면에는 한자로, 뒷면에는 영어로 그의 이름이 적혀있었다.

閔玗瑨(민우진)

내가 고개를 들었을 때, 그의 태도는 조금은 정중하게 바뀌어있었다.

"난 우체총사의 사장 민우진이다. 최근 우체총사에서 여직원을 뽑고 있어. 너 정도의 영어 실력이라면 급료는 다른 남자 직원들과 동일하게 주지. 해볼 생각은?"

"민우진? 진짜 그 민우진?"

"민우진이 누군지 알아? 우체총사 사장이라고 하던데."

낮에 받은 명함을 현주에게 내밀며 내가 물었다. 현주는 내 오랜 친구로, 몇 년 전 부친이 사망한 후 궁궐에서 전화교환수로 일하고 있다.

"당연히 알지!"

현주가 얼굴을 붉히며 목소리를 크게 내자 난 손가락을 입에 대고 쉿 소리를 냈다.

"조용히 해. 목소리 낮춰. 유모가 듣는단 말이야."

그때 다과상을 든 유모가 소리도 없이 문을 열고 들어오며 말했다.

"이미 다 들었어요. 아가씨."

"드, 들었어?"

"듣다마다요."

유모는 나를 흘겨보며 상을 바닥에 내려놓더니, 내 옆에 앉아 잔소리를 늘어놓기 시작했다.

"세상에나! 제게는 길 잃은 아이의 어머니만 찾아주고 오셨다더니……. 외간 사내와 말을 섞어요? 그놈이 대체 뭐하는 놈인지는 몰라도 제가 당장 가서 멱살을 잡겠어요! 감히 우리 아가씨가 누구인지 알고 말을 막 함부로 하고……."

"노우~ 노우~ 노우~"

현주가 손가락을 저으며 대화에 끼어들었다.

"민우진 정도면 그래도 되지."

유모가 현주에게 물었다.

"민우진이 누군데요?"

그러자 현주가 자신 있게 입을 열었다.

"이번에 통신원 총판(장관)이 되신 민상호 대감의 차남이야. 잘생겼지, 옷 잘 입지, 유학파라 똑똑하지~ 최근 유학 갔다가 돌아왔다는 소식을 들었어. 이번에 부친이신 민상호 대감이 통신원 총판이 되면서 폐하께 아들인 민우진도 통신원 참서관으로 추천했다나 봐. 통신원 참서관은 우체총사 사장을 겸하기도 하니까, 그가 네게 우체총사 사장이라고 말했다면 거짓말은 아닐 거야. 게다가! 민우진이 유학 간 사이에 정혼녀가 병으로 죽었대. 다시 말해서 미혼이란 거지!"

현주가 손가락을 튕기며 나와 유모의 얼굴을 번갈아 보았다.

"그래서 미우야! 나도 실제로 민우진을 본 적은 없는데, 잘생겼던? 첫눈에 반하겠던?"

"첫눈에……."

내 당돌함에 그가 화를 냈다면, 난 현주에게 그를 만난 이야기를 꺼내지도 않았을 것이다. 그러나 그는 내 예상과 다르게 웃음을 지었다. 그리고…….

"급료는 다른 남자 직원들과 동일하게 주지."

'내 속을 꿰뚫어보고 하는 말 같았어.'

"그냥……. 못생기진 않았더라."

내 대답에 실망한 듯 현주가 한숨을 내쉬며 물었다.

"그래서? 일할 거야?"

"일하다니?"

"우체총사."

"……."

난 대답 대신 웃음을 지으며 현주에게서 고개를 돌렸다. 그러자 방 한구석에 걸어둔 엄마의 양장 드레스가 눈에 들어왔다. 백악관에서의 연회 날, 엄마는 연회장에 모인 사람들 중에서는 매우 키가 작은 편이었다. 그러나 체구가 우람한 서양인들 사이에서도 결코 주눅 든 모습을 보이지 않고 당당했다. 그 순간 난 엄마가 그 누구보다도 자랑스러웠다.

"미우야?"

현주가 대답 없는 나를 불렀고, 그제야 난 어린 시절 기억 속에서 빠져나올 수 있었다.

"우체총사에서 일할 생각이 있는 거니?"

通信院(통신원)

거대한 현판이 걸린 정문 앞. 문은 누구든지 자유롭게 왕래하도록 활짝 열려있었다. 이곳 통신원은 제국의 많은 기관들 중에서도 최근 가장 주목받는 곳이었다. 전선과 우편, 그리고 수출입 업무를 모두 맡고 있는 이곳은 제국의 중추와도 같다. 현주는 우체총사가 바로 이 통신원 안에 있다고 했다.

땡땡!

정문으로 막 들어섰을 때, 어디선가 종소리가 들려왔다. 이어 흰 두루마기에 검은 베레모를 쓴 소년들이 우르르 정문 쪽으로 달려왔다.

워낙 갑작스런 일이라 당황한 나는 소년들을 피해 뒷걸음치려다가 뒤에 서 있던 사람을 보지 못하고 그대로 부딪히고 말았다.

"죄송합니……!"

사과의 말을 하며 돌아선 나는 깜짝 놀랐다. 내가 부딪힌 사람은 다름 아닌 서양인 남자였다. 그는 내 놀란 눈을 보고는 머쓱한 미소를 지으며 말을 걸어왔다.

"괜찮아요?"

"아, 저……!"

그의 입에서 나온 능숙한 우리말에 순간 나는 할 말을 잃었다. 그런데 그는 이런 내 반응을 조금 다르게 받아들인 것 같았다. 내가 그를 불편해 한다고 여긴 것이다. 어찌 보면 당연했다. 여전히 많은 조선인들이 서양인을 낯설어하며 거리를 두고 있었으니까.

이런 상황에서는 조금이라도 빨리 자리를 뜨는 것이 도움이 된다고 여겼는지, 그는 그대로 씁쓸한 미소를 지으며 돌아섰다. 오해를 풀어야겠다고 결심한 나는 입을 열었다.

"저……. 괜찮아요."

내 입에서 흘러나오는 말에 그의 걸음이 멈췄다. 그는 고개를 돌려 나를 쳐다보았다. 조금은 놀란 얼굴이었다. 나는 그를 향해 방긋 미소를 지으며 다시 말했다.

"괜찮습니다."

그는 내게 돌아왔다. 어느새 그의 얼굴에는 조금 전 잃어버렸던 미소가 돌아와 있었다.

"저는 미륜사라고 합니다. 이곳 통신원 안에 있는 전무학당(電務學堂)에서 학생들을 가르치고 있는 교사죠."

그의 소개를 듣고 나서야 나는 조금 전 들었던 종소리가 학교 수업이 끝나는 것을 알리는 소리였다는 걸 알게 되었다.

"전무학당? 통신원 안에 학교가 있나요?"

"전기와 통신에 관한 기술을 가르치는 학교입니다."

그의 설명에, 난 통신원 안에 우체총사뿐만 아니라 교육기관도 있다는 사실을 알게 되었다.

"그럼 혹시 우체총사가 어디 있는지 아시나요?"

"물론이죠. 우체총사를 찾아오셨다면 제가 도움을 드릴 수 있습니다. 우표를 구입하러 오셨나요? 아니면 우편물을 부치러 오셨나요?"

난 웃으며 고개를 저었다.

"민우진 사장님을 만나러 왔어요."

"아, 민 사장. 아마도 지금 우체총사에 있을 겁니다. 제가 길을 안내해드리지요."

미륜사가 앞장서서 어디론가 걸어가기 시작했다. 얼마 지나지 않아 그는 ㄷ자 모양의 단층으로 된 건물 앞에 멈춰 섰다. 건물은 한옥과 양옥이 뒤섞인 독특한 형태를 하고 있었다. 문을 열고 안으로 들어서자, 한쪽으로 우편물을 부치러 온 사람들이 줄지어 앉아있는 것이 보였다. 그들은 서양인과 나란히 들어온 나를 향해 호기심 어린 눈빛을 보냈다.

미륜사도 사람들의 이런 시선을 의식한 것 같았다. 그는 안으로 들어선 후엔 줄곧 말없이 길게 늘어진 복도를 따라 걸었다. 사람들이 거의 없는 복도 한가운데에 이르자 그는 걸음을 멈추고는 나를 돌아보며 말했다.

"이 복도 맨 끝 방입니다. 그곳이 민 사장의 사무실이죠."

아마도 그의 안내는 여기까지인 듯싶었다.

"고맙습니다."

난 그의 파란 눈을 바라보며 해맑게 웃었다. 그는 나의 감사에 미소로 화답하고는 그대로 자리를 떠나려다가 갑자기 걸음을 돌려 내게 돌아왔다. 그리고는 조심스레 입을 열었다.

"마드모아젤. 당신은 지금 이 순간 내가 느낀 감정을 절대 알지 못할 겁니다."

"예?"

내가 이해를 하지 못하고 고개를 갸웃거리자 그가 말을 덧붙였다.

"조선에 온 지 상당히 많은 시간이 흘렀지만 여전히 조선 사람들, 특히 조선의 여성들은 관습에 매여 저를 마치 귀신 보듯 합니다. 우연히 마주쳐도 말을 나누기는커녕 눈길도 피한 채 무시하며 지나가 버리기 일쑤였죠. 이 나라의 예를 모르는 것은 아니지만, 인간으로서 상처를 받지 않을 순 없었습니다. 그런데 오늘 조선에 온 후 처음으로 저와 눈을 똑바로 마주하고 말을 나눈 여성을 만났습니다."

어린 시절 내가 미국에서 만났던 서양인들은 내게 친절하게 대해 주었다. 그 시절, 그리고 그때 만난 사람들은 모두 내게 좋은 기억으로 남아있다. 만약 그런 기억이 없었다면, 보통의 조선 사람들이 본의 아니게 그에게 상처를 남긴 것처럼 나 역시 오늘 이 사내에게 또 하나의 상처를 더했을지도 모른다.

쑥스러워진 나는 말없이 미소만 지었다.

"앞으로도 이 좋은 인연이 계속 이어지기를……. 마드모아젤."

그는 내게 정중히 인사를 하고는 우리가 걸어온 복도 쪽으로 돌아갔다.

미륜사와 헤어진 후 나는 민우진의 사무실 앞에 도착했다. 사무실 문을 가운데 두고 양 옆 벽에 커다란 유리창이 나 있었다. 나는 바로 문을 두드리려다가 문득 안에 민우진이 있는지 궁금해졌다. 하지만 창문은 반투명한 유리로 되어있어 안을 들여다보기가 여의치 않았다. 더군다나 유리창 안쪽에는 커튼까지 쳐져 있어 안이 전혀 보이지 않았다.

그래도 난 포기하지 않았다. 반투명한 유리에 얼굴을 바짝 대고는 안에 있는 사람의 그림자라도 보려고 시도했다. 하지만 반투명한 유리 너머의 사무실은 빛조차도 침묵에 잠겨있는 듯했다. 사람의 움직임은 전혀 찾아볼 수 없었다.

"응?"

그때 유리 너머로 작고 까만 점이 나타났다. 아니, 그 까만 점은 이 전부터 있었는지도 모른다. 내가 그 까만 점의 존재를 알아차린 것이 바로 지금인 것뿐.

문제의 까만 점은 밤하늘에 반짝이는 별처럼 나타났다 사라지기를 반복했다. 나는 눈을 유리에 붙일 듯 가까이 대고 그 점의 움직임을 따라 눈을 깜빡였다. 가구일까? 아니면 가구의 그림자일까?

난 의문을 갖고 까만 점을 오랫동안 응시했다. 그러다 어느 순간 까만 점이 천천히 옆으로 움직이기 시작했다. 난 마치 낚시꾼이 던진 미끼를 쫓는 바보 물고기처럼 까만 점을 따라 옆으로 몸을 움직였다. 그런데 까만 점은 반투명한 유리를 벗어나더니 커튼이 쳐진 유리창 너머로 빠르게 사라졌다. 잠시나마 내가 헛것을 보았다고 생각한 순간이었다.

차륵!

유리창을 가리고 있던 커튼이 사무실 안쪽에서 걷히며 한 남자가 내 앞에 모습을 나타냈다.

"엄마야!"

난 기겁해서 뒷걸음치다가 그만 발을 헛딛고 말았다. 내 몸은 그대로 뒤로 넘어지려고 했다. 난 이제 막 날갯짓을 배운 아기 새처럼 두 팔을 허공에 필사적으로 휘저었다.

바로 그때였다! 닫혀있던 창문이 활짝 열리더니, 그 남자가 나를 향해 두 팔을 뻗었다.

"조심해!"

그가 소리치며 내 양 팔꿈치를 낚아채듯 잡았다. 팔이 욱신거릴 정도로 강한 힘이 느껴졌다. 그는 나를 제 쪽으로 끌어당겼다.

"휴우, 다행이군."

"!"

내 입에서보다도 먼저 그의 입에서 안도의 한숨이 나왔다. 나는 고개를 들었다. 짙은 갈색의 눈동자가 나를 내려다보고 있었다. 눈동자 색을 확연히 알아볼 수 있을 만큼 가깝게 마주보고 있다는 걸 깨닫자 가슴이 두근거리기 시작했다.

"지금 내 사무실에서 대체 뭐하는 거지?"

'민우진?'

어느새 민우진이 복도에 서서 우리를 바라보고 있었다. 남자는 민우진을 보자 곧바로 날 잡았던 손을 놓고 사무실 밖으로 나왔다.

"자네를 기다리고 있었어. 마침 문도 열려있기에……."

민우진은 그에게 한 걸음 다가서며 날카로운 목소리로 말했다.

"우리가 평등했던 건 성균관에서 지내던 시절뿐이야. 우체총사에서 난 사장이고 넌 직원이다. 명심해. 그게 싫다면 언제든지 우체총사를 떠나도 좋아."

"……."

민우진은 이 말을 마친 후 바로 사무실 안으로 들어가 버렸다. 남겨진 남자는 민우진의 뒷모습을 보며 짧게 한숨을 내쉬었다.

'한쪽은 더 이상 친구가 아니라는 건가?'

생각보다 민우진의 성격이 차갑다는 느낌을 받았다. 안에서 들어오라는 민우진의 목소리가 들렸다. 나와 같이 서 있던 남자가 먼저 앞장서서 사무실 안으로 들어갔다. 하지만 그는 곧장 민우진에게 가지 않았다. 그는 사무실 안으로 들어서자마자 돌아서서 내가 들어올 때까지 문고리를 잡아주었다.

"고맙습니다."

무심코 나온 내 인사에 그가 싱긋 웃었다.

그와 나란히 걸어 들어오는 나를 보며 민우진이 말했다.

"정말 올 줄 몰랐는데."

"그때 말씀하신 대로 급료가 다른 남자 직원들과 동일하다면요. 하겠어요."

급료 이야기에 내 옆에 서 있는 남자의 시선이 나를 향하는 것이 느껴졌다.

"좋아. 출근은 일주일에 3일이야. 근무시간은 오전 열 시부터 오후 세 시까지고."

난 잠시 머리를 굴렸다. 일주일에 3일 정도면 아버지에게 들키지 않을 자신이 있었다. 문제는 유모였다. 유모는 아직 내가 통신원에 온 사실을 모른다. 내가 여기서 일하기로 결심했다는 사실도 모른다. 그러니 일주일에 3일씩, 같은 시간마다 사라지는 것을 어떻게 둘러댈 수 있을까?

'유모가 알면 틀림없이 반대할 텐데.'

"왜? 마음에 안 드는 점이라도 있나?"

대답 없는 나를 향해 민우진이 물었다. 난 재빨리 고개를 저으며 대답했다.

"아니요. 좋아요."

내 입에서 좋다는 답이 나오자마자 민우진은 내 옆에 서 있는 남자를 향해 말했다.

"서로 인사해. 오늘부터 동료 직원이 되었으니까."

그러더니 민우진은 무심히 서류를 뒤적거렸다. 우리에게 인사할 시간을 주려는 것 같았다. 남자가 나를 돌아보며 자신을 소개했다.

"난 이선이야. 우체총사에 들어온 지 한 달 되는 신입이지. 넌?"

"미우예요. 제 성은…… 없어요."

성이 없다는 것은 신분이 천하다는 증거. 하지만 어쩔 수 없었다. 관직에서 물러났다고 하지만 아버지는 한성 출신으로 미국 대사까지 지낸 유명한 인물이다. 비록 어머니가 병으로 돌아가시면서 조선으로 돌아왔지만, 이후로도 관운에 있어서는 승승장구했다. 제국의 최고위직을 두루두루 거치고 지금은 궁내부 특진관의 자리에 계시니까. 그러니 내 이름에 성까지 댔다가 아버지가 누군지 들통난다면 난 절대 여기서 일을 할 수 없을 것이다.

"미우? 예쁜 이름인데?"

나는 고개를 푹 숙인 채, 스스로 신분을 미천하게 만든 사실을 자책하며 서 있었다. 그런데 서류를 뒤적거리던 민우진의 소리가 들리지 않았다. 고개를 들자 민우진은 하던 행동을 모두 멈춘 채 내 얼굴을 뚫어져라 쳐다보고 있었다. 마치 모든 걸 꿰뚫어볼 것 같은 그의 시선이 조금은 부담스러워졌을 때였다. 민우진이 자리를 털고 일어서며 말했다.

"사무실을 안내해주지. 미우, 따라와."

내게 사무실이 생겼다.

"여기야."

아주 커다란 책상과 작은 책장. 겉옷을 걸어둘 수 있는 옷걸이 하나. 단출하게 있을 것만 있는 빈 사무실이 이제 나의 차지가 되었다.

민우진은 나를 사무실 책상에 앉히고는 내 앞에 책 한권을 던지듯 내려놓았다.

大朝鮮國郵征規則(대조선국우정규칙)

"지금부터 틈날 때마다 봐. 전부 외우진 못하더라도 웬만한 건 숙지하는 게 좋을 거야. 불시에 내용을 물어볼 수도 있으니까."

"네."

난 책을 펼쳐보았다. 순 한자로만 되어있는 책이었다. 다행히 내가 모두 아는 글자라 어렵진 않았다. 내가 책을 뒤적거리며 살피자 민우진이 말했다.

"한자를 모른다면 한글로 된 책으로 주지."

나는 머뭇거리며 입을 열었다.

"괜찮아요. 저는 한글도 알지만 한자도 알아요. 이 정도는 읽을 수 있어요."

"거기에 영어까지 할 줄 안다는 건가? 재미있군."

"네?"

재미있다고 말하는 민우진의 얼굴과 목소리에서는 아무런 감정이 느껴지지 않았다. 그는 자신을 멀뚱멀뚱 바라보는 나를 가만히 보다가 날렵한 턱을 살짝 추켜올리며 내게서 돌아섰다.

"수고."

그가 사무실을 나간 후에야 나는 참았던 숨을 편하게 쉴 수 있었다. 민우진에게는 말로 설명하기 어려운 어떤 분위기가 있었다. 그 분위기는 곁에 있는 사람으로 하여금 바짝 긴장하게 만든다. 혹시 그가 사장이라는 지위를 갖고 있기 때문일까?

"근데 대체 뭐가 재미있다는 거야?"

투덜거리며 난 민우진이 주고 간 책을 펼쳐 읽어 내려갔다.

제 1장 국내 우편요금. 제 1조 대조선국 국내를 왕복하는 편지는 거리의 원근에 상관없이 중량에 따라 우편요금을 징수하며, 그 규칙은 다음과 같음. 중량 1전 이하부터 1전까지는 10문…….

벌써부터 한숨이 나오려고 한다. 난 혹여 잠이라도 들까 큰 소리로 읽기 시작했다.

"제 2조 경성 내에서 오고 가는 편지, 즉 경성 안 사람들이 경성 안에 사는 사람이라고 명시하는 사람들과 주고받은 편지는……. 하암."

한 줄을 다 읽기도 전에 하품이 터져 나왔다.

똑똑.

유리를 두드리는 소리가 들렸다. 하지만 내가 있는 사무실은 민우진의 사무실과 달리 복도로 난 창이 없는 곳이었다. 창문이라고는 오로지 내 등 뒤 바깥으로 난 창문 하나뿐이었다. 난 서둘러 돌아섰다.

'미륜사?'

창문 밖으로 웃으며 손을 흔들고 있는 미륜사가 보였다. 난 놀란 얼굴로 닫혀있던 창문을 활짝 열었다.

"여긴 어쩐 일이에요? 어떻게 알고 왔어요?"

눈이 휘둥그레진 나를 보고 그가 웃으며 말했다.

"설마 했는데……. 마드모아젤. 이건 운명의 장난이 분명합니다."

"운명의 장난?"

"민우진 사장이 여직원을 뽑을 거라고 했지만, 그게 마드모아젤, 당신일 거라고는 상상도 하지 못했으니까요."

그제야 난 그가 내가 이곳에서 일하게 된 사실을 알고 찾아왔음을 알아차렸다. 난 방긋 웃으며 답했다.

"네. 앞으로 여기서 일할 거예요. 혹시 민 사장님에게 들었나요?"

그가 장난스레 코를 찡긋하며 속삭이듯 내게 말했다.

"친구 '태양'에게 들었답니다."

"태양?"

난 손가락으로 하늘을 가리키며 되물었다. 그러자 미륜사는 큰 소리로 웃음을 터트리며 고개를 저었다.

"선(Sun)에게서 들었답니다. 이선. 민 사장의 사무실에서 그를 만났지요?"

난 조금 전 인사를 나눈 이선을 떠올리고는 고개를 끄덕이며 물었다.

"그와 친구예요?"

이 질문에 미륜사의 목소리가 한층 커졌다.

"아주 친한 친구죠. 제가 만난 조선 사람 중에 가장 좋은 사람이고 멋진 사람이죠. 앞으로 우체총사에서 도움을 구할 일이 있다면 그에게 부탁해 봐요. 여성의 부탁이라면 절대 거절하지 않을 테니. 아, 물론! 저도 있어요. 도움이 필요하면 언제든지 잊지 말고 저를 찾아주세요. 낮에는 주로 학당에서 학생들을 가르치지만, 오후에는 통신원 안의 전보국에서 제국의 관리로서 일을 하니까."

나는 조선 사람보다 더 조선말을 잘하는 그의 말을 들으며 궁금증이 생겼다.

“조선말을 굉장히 잘하시네요.”

그가 능청스런 웃음을 지으며 내게 말했다.

“조선에 오래 있었으니까요.”

“언제 처음 조선에 오셨어요?”

“상당히 오래전에요. 원래는 상당 기간 청국에서 살았죠. 일 때문에 청국과 조선을 오가다가 조선에 정착한 지는 얼마 되지 않았습니다.”

“청국 사람은 아니시죠?”

그가 웃으며 말했다.

“왜 그렇게 생각하죠, 마드모아젤?”

“이름 때문에요. 미륜사라고 하셨잖아요. 서구에서 온 사람들은 그런 이름을 쓰지 않잖아요.”

“맞아요. 그건 사실입니다. 미륜사라는 이름은 청국에서 지낼 때 그쪽 사람들이 지어준 이름입니다. 아시는지 모르겠지만, 청국 사람들은 그쪽 방식에 맞추어 이름을 짓지 않으면 상대도 하지 않으려 하거든요. 제 진짜 이름은 헨리 예센 묄렌스테트. 덴마크 출신입니다.”

“덴마크? 덴마크는 어디에 있나요?”

그가 약간 실망한 빛으로 내게 설명했다.

“독일을 아시나요?”

“서구에 있다는 건 알지요.”

“그러면 영국은?”

"그 나라도 서구에 있다고 들었어요."

그가 씁쓸한 얼굴로 말했다.

"어쩌면 모르는 게 당연합니다. 지금 이 조선에 살고 있는 덴마크 사람은 저 하나뿐이니까. 덴마크는 일 년의 절반이 겨울인 나라죠. 나머지 절반은 여름이고요. 겨울의 대부분은 도시가 짙은 안개에 가려져 있습니다. 그에 반해 조선에는 사계절이 있지요. 저는 그 사계절에 반해 이 나라를 떠나지 못하는 객의 운명을 선택했죠."

똑똑.

이번에는 문 쪽에서 소리가 들렸다.

"누가 왔나 봐요."

나는 당황해서 사무실 문을 쳐다보며 말했다. 헨리는 고개를 끄덕이며 창문에서 한 걸음 물러섰다. 그가 내게 말했다.

"헨리라고 불러주세요. 그게 제 진짜 이름이니까."

"네, 그럴게요."

난 창문을 닫으려다가 그에게 내 이름을 말한 적이 없다는 것을 알아차리고는 다급히 말했다.

"제 이름은 미우예요."

"미우……."

그가 내 이름을 중얼거리듯 되뇌었을 때였다. 문이 열리며 민우진이 나타났다. 창틀을 사이에 두고 서 있는 나와 헨리를 발견하자 그의 표정이 곧바로 딱딱하게 굳었다. 민우진은 재빨리 내 곁으로 다가와 아직 열려있는 창문을 통해 헨리에게 말을 걸었다.

"미륜사. 자네가 맡고 있는 전무학당이나 전보국 일이 상당히 바쁠 텐데, 이선과 합세해서 우체총사 일까지 관여할 생각은 아니겠지?"

헨리는 여유로운 미소로 민우진과 맞섰다.

"새 우체총사 직원과 인사를 나눴을 뿐입니다. 그럼."

헨리가 정중히 인사하며 자리를 떠나자 민우진은 바로 창문을 굳게 닫아버렸다. 그리고 나를 돌아보며 물었다.

"벌써 책 내용을 모두 숙지한 건가?"

"아, 아니요."

"그러면 일을 시작한 첫날부터 노닥거릴 생각부터 하는 건가?"

"노닥거리는 게 아니라 인사를 한 거예요. 헨리도 이곳에서 일하는 사람이니까……."

"헨리?"

민우진이 나의 말꼬리를 잡았다. 난 곧바로 기가 죽어 작은 목소리로 말했다.

"미, 미륜사도 여기서 일하는 사람이니까요……."

"하지만 미륜사는 우체총사와는 상관없는 전보국 소속의 기술자다. 지금 이 안에만 있어서 모르는 것 같은데, 다른 직원들은 모두 바쁘게 일하고 있어. 남자 직원들과 동일한 대우를 받고 싶다면 그만한 일을 수행해야겠지."

"……."

민우진의 말이 아예 틀린 것은 아니어서 나도 모르게 고개가 숙여졌다. 그 모습을 보고 있던 민우진이 말했다.

"좋다. 일을 주지."

"무슨 일이요?"

민우진은 내게 글을 모르는 여성을 대신해서 대필을 맡긴다고 했다. 대필이라면 자신이 있었다. 내 유모도 글을 잘 몰라서 먼 곳에 사는 친척에게 소식을 보낼 때면 내게 대필을 부탁하곤 했다. 그런 일이라면 언제든지 환영이었다.

그러나 대필을 해주어야 할 여자 손님을 처음 본 순간, 내 눈은 휘둥그레 커질 수밖에 없었다. 사무실 안으로 들어오는 그녀는 지독할 정도로 강한 향분 냄새를 풍기고 있었고 얼굴은 가면에 가까운 짙은 화장으로 덮여있었다. 입고 있는 옷도 지나치게 화려했다. 누가 보더라도 그녀의 신분을 한 번에 알아차릴 수 있을 법한 차림새였다.

"기생이잖아요?"

나는 사무실 안으로 유유히 걸어 들어오는 그녀를 응시하며 옆에 선 민우진에게 속삭였다. 그러나 민우진은 내 말을 전혀 못 들은 척, 그녀를 내 책상 앞에 놓인 의자에 앉도록 정중히 안내했다.

"여기 이 직원이 손님의 대필을 도와드릴 겁니다."

"오오~ 여직원이네. 반가워요. 안 그래도 올 때마다 남자 직원들뿐이라 얼마나 불편했는지 몰라아."

난 민우진에게 못 한다는 말을 하려고 했다. 그러나 이미 민우진은 밖으로 나간 뒤였다. 난 침통한 심정으로 자리에 앉았다.

통신원에 처음 오자마자 하는 일이 기생의 대필이라니! 말 그대로 참담했다. 모든 사대부가의 여인들이 멀리하고 기피하며 또한 손가락질을 하는 신분의 여인이 바로 기생이었다. 그런 여인과 지금 마주 앉아있다. 그것도 한 공간 안에!

그녀의 시선을 피하며 종이를 펼친 나는 어렵사리 입을 열었다.

"무슨 내용을 대필하실 건가요?"

그녀는 옷 속에서 작은 부채를 꺼내들더니 살랑살랑 부채질하며 나를 쳐다보았다. 무심코 부채 위 그림을 본 나는 크게 당황했다. 그녀의 부채에는 적나라한 춘화가 그려져 있었다. 당장 자리를 박차고 나가고 싶은 마음을 꾹꾹 누르며 난 붓을 들었다.

곧 그녀의 입이 열렸다.

"한성부 남부 둔지방에 사는 최 부자 들어라~ 네 이놈! 지난 날 우리 기방에 손님으로 와서 주제도 모르고 외상을 놓고 간 돈이 벌써 기와집 한 채 값이다. 사대부 입에서 백정 입내보다 더 진한 구린내가 난다더니, 볼 때마다 갚는다 해놓고 이제는 아예 나타나지도 않는 것이냐. 내 마음 같아서는 당장이라도 네 집을 찾아가 곳간을 들어내려 하였으나, 너도 딸린 식솔들이 있을 테니 망신까지는 주지 않으려 참고 또 참았다. 그러나 이제 더는 못 참는다. 이 글을 받는 즉시 돈을 갚지 않으면……."

그녀가 돌아간 후 나는 곧장 사무실을 뛰쳐나와 민우진의 사무실로 돌진했다. 그러나 민우진은 그곳에 없었다. 우체총사를 이곳저곳 돌아다닌 끝에 간신히 민우진이 있는 곳을 발견할 수 있었다. 그곳은 우체총사에서도 가장 큰 방이었다. 책상이 여럿 있고 많은 직원들이 바쁘게 일하고 있었다. 민우진은 십여 명의 직원들에게 둘러싸여 업무 지시를 하는 중이었다.

"민우진 사장님!"

나는 소리쳐 부르며 그에게로 뛰어갔다. 만약 평소의 나였다면 주변을 의식하며 조용히 다가가 말을 걸었을지도 모를 일이다. 그러나 지금의 나는 마치 억울한 일을 당해 관아에 고발하러 온 것과 같은 심정이었다. 그래서인지 사람들이 많다는 사실에 오히려 내 억울함을 모두 들어달라는 듯 목소리가 잔뜩 커졌다.

"무슨 일이지?"

민우진은 무심한 얼굴로 나를 돌아보며 딱딱하게 물었다.

"이거 보세요!"

난 조금 전 기생을 위해 대필해준 편지를 그의 앞에 내밀었다. 그러자 주변에서 일하던 다른 직원들도 몰려들어 편지의 내용을 보려고 힐끔거렸다. 민우진은 몰려든 직원들에게 눈치를 주어 물러서게 하고는 편지의 내용을 읽어 내려갔다. 그러더니 다 읽기도 전에 편지를 반으로 접고서는 고개를 들었다.

"그런데?"

그의 반응은 황당함 그 자체였다. 나는 더욱 흥분해서 소리쳤다.

“여긴 관청이잖아요? 어떻게 그런 여인을……. 게다가 내용 보셨죠? 대필할 가치도 없는 쓸모없는 내용이라고요. 어디 기생이 양반을 협박하고 글을 보내요? 당장 관아에 신고해야 한다고요.”

“…….”

민우진은 내가 외치는 동안 내내 침묵을 지켰다. 그러자 주변에 있는 모든 직원들도 조용해졌다. 잠시 후 민우진이 싸늘한 표정으로 내게 말했다.

“미우. 네가 지금 한 말에는 세 가지 모순이 있다. 첫째, 신분제는 갑오년에 황명으로 폐지되었어. 설령 네가 영의정의 딸이라고 해도 조금 전 네가 만난 기생과 같은 신분일 뿐이야. 둘째, 난 우체총사의 사장이고 넌 이곳의 직원이다. 네가 사장의 말을 따르지 않고 손님마다 불만을 가지고 이렇게 항의한다면 우체총사는 전혀 돌아가지 않을 거다. 마지막으로 셋째. 넌 네 스스로 성도 없는 천민이라는 사실을 밝혔다. 대체 그 기생과 너의 차이가 무엇이지?”

“그건……!”

난 내가 스스로 만든 무덤에 빠져 할 말을 잃어버렸다. 게다가 이제 와서 내가 누구이고 내 아버지가 누구인지 밝힌다고 하더라도 조금 전 민우진이 말한 말에 의하면 난 그 기생과 전혀 다른 것이 없었다.

“네 영어 실력이 뛰어났기 때문에 우체총사에 채용한 거다. 그런데 이제 보니 너는 신식 교육만 받은 구식덩어리였을 뿐이군. 그런 생각으로 우체총사에서 일하려고 했다면 오늘 당장 그만두도록."

말을 마친 민우진은 하던 일로 돌아갔다. 직원들은 민우진의 지시에 따라 일사불란하게 움직이기 시작했다. 그 한가운데 버려지듯 남겨진 나는 철저히 혼자였다. 이 방에 내 편은 아무도 없다고 느꼈다.

"미우?"

이선이었다. 언제부터 이곳에 있었는지, 그가 멍하니 서 있는 내게로 다가왔다. 그는 조금 전 상황을 모두 지켜본 듯 주변을 둘러보며 나지막이 중얼거렸다.

"일단 여기서 나가자."

순간 참고 있던 서러움과 분노가 모두 이선에게 쏟아졌다. 나는 눈물을 터트리며 이선을 밀치고는 밖으로 뛰쳐나갔다.

건물 밖으로 나온 나는 사람이 지나다니지 않는 한적한 곳에 주저앉아 울음을 쏟아냈다. 이런 기분을 느낀 것은 태어나서 처음이었다. 절대 내가 잘못한 것이 아니었다. 적어도 이곳에 나와 같은 여인이 한 명이라도 더 있었다면, 그녀는 분명 나를 이해했을 것이다. 난 그렇게 믿었다.

"흐흑."

한참을 소리 내어 울고 있는데 내 옆으로 흰 손수건이 불쑥 튀어나왔다. 고개를 들자 이선의 얼굴이 보였다. 난 그가 내게 내민 손수건을 받아들고는 눈물을 훔쳐내며 자리에서 일어섰다.

"민우진이 널 울린 사실은 이미 통신원 안에 전부 퍼졌으니까 그만

울어도 돼. 조금 전 총판대감께서 민우진을 불렀어. 네가 울고 있다는 소식을 들으신 게 분명해. 여직원 때문에 통신원 전체를 시끄럽게 만들었다고 아마 지금쯤 크게 혼나고 있을걸?"

총판대감이라면 민우진의 부친 민상호 대감일 것이다. 고작 나 하나 때문에 부친에게 불려가 꾸중을 듣는다니? 고소하면서도 한편으로 겁이 났다. 그가 옹졸한 사내라면 내게 복수할지도 모른다는 생각이 든 것이다.

"민 사장이 제게 화를 낼까요?"

"그 녀석이 좀 답답한 부분이 없지 않아 있지만, 여인에게 함부로 하진 않아. 그건 한때 성균관 동기였던 내가 보증하지."

난 이선에게 물었다.

"제가 틀렸다고 생각해요?"

"틀리다니? 뭐가?"

"조금 전에 민 사장님에게 했던 말이요."

"그건……."

난 일부러 시무룩한 표정을 지으며 이선을 쳐다보았다. 거짓이라도 좋으니 내게 위로가 되는 말을 해주기를 바라서였다. 지금 이 순간 내가 바라는 말은 단 하나뿐이었다. 내가 틀리지 않았다는 것. 그러나 이선의 입에서 나온 말은 날 실망시켰다.

"말을 전달하는 방식이 조금 거칠었을 뿐, 나도 민우진의 말에 동의하고 있어."

여기에 그는 한 술 더 뜬다.

"그 기생을 신분제의 잣대로 본 건 네가 잘못한 거야. 우편은 모든 사람에게 열려있어. 또 그 안에 담긴 내용의 가치는 우체총사에서 일하는 우리가 정하는 게 아니야. 보내고 받는 사람이 정하는 거지. 넌 그 손님을 신분의 잣대로 평가했고 또 그 내용을 네 상식의 잣대로 평가했어. 그건 아주 잘못된 거야. 그런 생각을 버리지 않고 우체총사에 일하고 싶다면……. 민우진의 말대로 이쯤에서 일을 그만두는 게 좋겠어."

민우진에 이어 이선까지도 내 편을 들어주지 않는다.

'남자들이란!'

결국 다 한편인 것이다.

손수건의 주인

그날 오후, 일을 마치고 퇴궐한 현주가 나를 찾아왔다.

"결국 갔구나? 그치?"

현주는 혹시라도 유모가 밖에서 엿들을까 작은 목소리로 내게 물었다. 나는 모르는 척 현주의 말을 받았다.

"무슨 말이야?"

"우체총사. 아니, 통신원. 거기 간 거 맞지? 유모가 오늘 낮에 하루 종일 고모님 댁에 가서 부엌일 해주고 왔다던데. 그렇게 유모를 속이고 너만 통신원으로 쏙 빠져나간 거야?"

현주가 꺼내는 우체총사 이야기에 나는 낮의 일이 떠올라 다시금 시무룩해졌다.

"우체총사에서 재미없었어? 민우진 못 만났어?"

"만났어. 채용도 됐고. 일도 했어."

"그런데?"

무슨 이야기가 더 있다는 것을 알아챘는지 현주가 나를 채근한다. 나는 한숨을 길게 내쉬었다.

"내일은 안 갈 거야. 아니, 내일부터 안 갈 거야. 다시는 거기 안 가."

난 무릎에 두 팔을 얹어 얼굴을 파묻었다.

"왜? 왜 안 가는데? 너 전부터 내가 궁궐에서 일하는 거 부러워했잖아. 이제 너도 일하는 여성이 되었는데, 싫어?"

나는 고개를 들어 심각한 얼굴로 현주에게 말했다.

"나, 시집이나 갈까?"

그러자 현주의 얼굴이 순식간에 밝아졌다.

"민우진이랑? 벌써 거기까지 갔어?"

나는 대답 대신 한숨을 내쉬며 현주의 얼굴을 쳐다보았다. 오랫동안 알고 지낸 친구 사이지만, 가끔 얘 머릿속에는 뭐가 들어있을지 궁금할 때가 있었다.

"현주야."

"응?"

"넌 궁궐에서 일하면서 힘든 적 없었어?"

"힘들기야 매일 힘들지. 세상에 안 힘든 일이 어디 있어? 너도 알다시피 나를 포함해서 여성 전화교환수가 다섯 명이잖아. 상급자들이 모두 남자고. 그러다 보니 우리를 얼마나 무시하는데? 그래, 남자들이 무시하는 건 그렇다 쳐. 같은 여자인 궁녀들이 더 심해. 얼마나 우리를 무시하고 괴롭히는 줄 아니?"

"궁녀들이?"

"응! 늙은 상궁부터 젊은 나인들까지, 자기들은 생각시부터 궁궐 생활을 한 왕의 여인들이고~ 나 같이 출근하고 퇴근하는 여성은 무수리보다 못하다고 여긴다니까. 심지어 무수리까지 궁녀들을 따라 죄다 우리를 무시한다고. 그게 좀, 힘들 때가 있어."

힘들다고 말하지만 현주는 이제 이골이 났는지 별 대수롭지 않다는 투다. 난 이제 겨우 하루인데, 내 편이 아무도 없는 것 같은 우체총사 생활을 과연 버틸 수 있을까?

"나…… 거기서 유일한 여직원이다."

"그렇겠지. 너 영어특기생으로 거기 뽑힌 거나 마찬가지잖아. 안 그러면 관청에서 여성을 뽑겠니?"

"다 남자 직원들이고……."

내 목소리가 점점 울먹거렸다. 현주의 목소리는 더욱 커졌다.

"너무너무 힘들겠네! 짓궂게 괴롭히는 유치한 애들은 없니? 난 궁궐에서 젊은 내관들이 장난 걸 때 제일 어이가 없다니까!"

현주 특유의 호들갑스러운 위로에 내 눈가에 눈물이 그렁그렁 맺히기 시작했을 때였다.

"아가씨."

갑자기 문이 열리며 유모가 들어왔다. 난 서둘러 눈물을 훔쳐냈다. 하지만 눈치 빠른 유모가 이를 못 봤을 리가 없었다.

“무슨 일이래요?”

“아무 일도 아니야.”

내 변명에 유모의 예리한 시선이 죄 없는 현주를 향한다.

“또 어렸을 때처럼 우리 아가씨와 싸우는 거예요?”

“싸, 싸우다니! 내가 뭘? 내가 뭘?”

현주가 말도 안 된다는 듯 손을 내저었다. 그러나 유모는 의심의 눈초리를 거두지 않았다.

“여기 부탁하신 손수건이요.”

내 앞에 다가와 앉은 유모가 곱게 다린 손수건을 내밀었다. 흰 바탕에 테두리는 금실로 촘촘히 마감이 되어있고 손수건의 끝에는 흰색의 자두꽃이 수놓아져 있었다.

“못 보던 손수건이데요. 어디서 났대요?”

이선에게서 받았다는 건 차마 말할 수 없어서 난 거짓말을 했다.

“우연히 주웠어.”

“주웠다고요? 아이고 이를 어쩌나. 이 귀한 걸. 잃어버린 사람이 엄청 찾고 있겠어요.”

“이게 귀한 건지 어떻게 알아?”

“물에 빨다 보니 알았죠. 빨기 전에도 좋은 향이 났거든요. 근데 빨고 난 뒤에도 향이 가시질 않고 더 진하게 나더라고요. 천이 고급 천인가 봐요. 여기 자수도 보세요. 이런 자수는 한두 번 해본 실력으로 놓을 수 있는 게 아니라고요."

유모의 칭찬에 관심이 생겼는지, 내가 손수건을 집어 들려는 순간 현주가 먼저 손수건을 낚아채듯 가져갔다. 현주는 손수건을 살펴보더니 눈을 동그랗게 뜨며 말했다.

"진짜 이거 주웠어?"

"어? 어어……."

난 유모의 눈치를 보며 현주에게도 거짓말을 하고 말았다. 지금 이 자리에 유모만 없었다면 이 손수건을 이선에게서 받았다는 사실을 솔직하게 말했을 것이다.

"이걸 어떻게 주웠대? 용하다, 야."

"이 손수건을 알아?"

"알지! 내가 궁궐 출입만 벌써 몇 년짼데."

"궁궐?"

"응."

현주가 고개를 힘차게 끄덕이며 말했다.

"이 자수 말이야. 딱 봐도 영보당 마마의 작품이야."

"영보당 마마?"

"폐하가 가장 총애하시는 후궁. 수방 나인 출신이라 자수 솜씨가 일품이셔. 간혹 폐하께서 영보당 마마가 수놓은 손수건을 신하들에게 하사품으로 내려주신대. 그때마다 똑같은 자수를 놓으시니까 나도 알지. 근데 이거 귀한 건데? 지금까지 이 자수가 수놓아진 손수건을 받은 신하들이 손에 꼽을 텐데?"

나는 이선을 떠올렸다.

폐하가 직접 신하에게 내려주는, 게다가 총애하는 후궁이 수놓은 손수건이라……. 절대 아무에게나 주진 않을 것이다. 내 짐작에 아직 젊은 그가 폐하께 직접 받았다기보다는 그의 부친이 폐하께 총애를 받아 하사받았을 것이라는 생각이 들었다. 부친의 것이라면 자식인 그가 지니고 다녀도 이상할 것이 없을 테니까.

"그럼 귀한 거네……."

아무 생각 없이 받았던 손수건이 사실 아주 귀한 물건이었다는 사실에, 그런 귀한 물건을 별다른 주저 없이 내게 내어준 이선이 조금은 달리 보였다. 더불어 낮에 그에게 퉁명스럽게 대한 것도 떠올라 미안한 마음이 들었다.

다음 날 아침.

"도착했습니다요."

인력거가 통신원 정문 앞에 멈췄다. 그러나 나는 인력거에서 내리지 못하고 있었다. 어제 있었던 일 때문이었다. 나는 많은 직원들 앞에서 민우진에게 혼쭐이 나고서 울면서 밖으로 뛰쳐나왔다. 이선은 그 소동으로 민우진이 통신원 총판대감에게 불려갔다고 말했다. 어쩌면 민우진은 어제 일로 이를 갈고 있을지도 몰랐다.

"안 내리십니까?"

내가 돈이 없어서 안 내린다고 여겼는지 인력거꾼의 목소리에 짜증이 묻어난 그때였다. 팅~하며 엽전이 튀어 오르는 소리가 들리는가 싶더니 인력거꾼의 얼굴에 화색이 돌았다. 고개를 들자 통신원 정문 앞에 서 있는 이선의 모습이 보였다.

"이 정도면 되겠지?"

"예예~"

인력거꾼은 만족스러운 듯 뒤로 물러섰다. 난 뾰로통한 얼굴로 인력거에서 천천히 내렸다.

"저도 돈은 있어요."

이선이 내 곁으로 가까이 다가와 말했다.

"그래? 난 돈이 없어서 안 내리는 줄 알았지. 그래서 도와준 건데."

"드릴게요, 그 돈."

내가 주머니에서 돈을 꺼내려 하자 그가 손을 내저으며 말했다.

"조금만 더 늦었다가는 지각일 텐데? 민 사장은 지각을 제일 싫어한다고."

민우진 이야기가 나오자 난 걱정스런 얼굴로 물었다.

"민 사장님 화가 많이 났나요?"

"화가 나다니?"

나 때문에 민우진이 총판대감에게 불려갔다는 소식을 전한 사람은 이선이었다. 그런데 이선은 무슨 말인지 전혀 모르겠다는 표정을 짓고 있었다.

"어제 총판대감께서 민 사장님을 불렀다면서요? 저 때문에요."

"아아……. 글쎄?"

이선이 쿡쿡거리며 웃었다.

"글쎄라니요?"

나는 눈을 가늘게 뜨며 의심의 눈초리로 이선을 쳐다보았다. 이선이 눈웃음을 지으며 내게 말했다.

"총판대감께서 민우진을 부른 건 사실이지만, 평소에도 하루에 여러 번씩 부르시는걸. 부자가 같은 관청에서 일을 하고 있으니 그런가 보다 싶지. 만나서 무슨 대화를 하는지까지 내가 어떻게 알겠어?"

"어제 저 때문에 혼났을 거라면서요!"

이선은 내 말을 못 들은 척, 정문 안으로 시선을 돌리며 말했다.

"조금만 더 늦으면 진짜 지각할 수도 있겠네. 그러면 민 사장에게 또 혼나겠어."

이선에게 놀림받았다는 사실을 깨달은 나는 씩씩거리며 정문 안으로 들어갔다. 곧장 우체총사까지 쉬지 않고 걸어오고 나서야 난 또 이선에게 속았다는 걸 알았다. 하지만 한편으로는 고마운 마음이 들기도 했다. 그가 정문에 나타나 나를 이런 식으로 자극하지 않았다면, 난 도로 인력거를 타고 집으로 돌아갔을지도 모르니까.

'그는 대체 무슨 생각인 거야?'

나를 도와줄 생각이 있는 건지 없는 건지 의심하며 뒤를 돌아보니 이선이 없다. 나를 쫓아 바로 올 줄 알았는데 중간에 어디로 사라진 모양이다. 나는 보이지 않는 이선을 향해 흥 하며 콧소리를 내고는 어깨에 힘을 주고 우체총사 안으로 들어갔다.

'이런…….'

눈앞에 민우진이 걸어오고 있었다. 어차피 피해갈 수는 없으니 한 번은 마주치겠지만, 아침부터 마주치고 싶지는 않은 사람이었다. 다행히 민우진은 아직 나를 보지 못했다. 그는 직원들에게 둘러싸여 진지한 표정으로 대화를 나누며 내가 서 있는 문을 향해 걸어오고 있었다. 그가 걸어갈 때마다 스쳐 지나가는 직원들이 인사를 건넸다. 하지만 그는 그 인사를 모두 받아주지 못할 정도로 바빠 보였다. 나는 그가 내 옆으로 지나가기 직전 옆으로 물러서며 개미만 한 목소리로 인사를 건넸다.

"안녕하세요, 민 사장님."

난 그가 다른 직원들의 인사를 받지 못한 것처럼 내 인사도 못 듣고 지나가기를 간절히 바랐다. 그러나 내 바람은 곧바로 깨져버렸다. 그는 정확히 내 인사가 끝나자마자 걸음을 멈췄다. 그리고 내게 고개를 향하며 말했다.

"왔군."

'어?'

그는 그대로 나를 지나쳐 직원들과 우체총사 건물을 나가버렸다. 나는 넋 나간 얼굴로 민우진이 사라진 문을 응시하고 있었다.

'이게 다야?'

사무실로 들어온 뒤에도 민우진의 태도가 계속 신경 쓰였다. 차라리 왜 왔냐느니 앞으로 올 필요가 없다느니 했다면 어제처럼 뒤도 돌아보지 않고 우체총사를 떠났을 것이다. 그리고 다시는 통신원 근처에 얼씬도 하지 않았겠지.

그런데 고작 '왔군?'

더 이상 어제의 일은 묻지 않겠다는 걸까?

나는 어제 민우진이 주고 간 책을 뒤적거리다가 한쪽으로 밀어버렸다. 반복해서 책을 읽는 것은 따분하기 그지없었다. 차라리 어제 소동의 원인이 되었던 기생이라도 찾아와 대필을 의뢰하는 게 책을 보는 것보다는 덜 따분하겠다는 생각이 든 참이었다.

똑똑.

나는 자리에서 벌떡 일어서며 대답했다.

"네에."

그러자 문이 조금 열리더니 이선의 얼굴이 보였다. 아침에 있었던 일이 떠오른 나는 심통 난 표정을 지었다.

"무슨 일이죠?"

반기지 않는 표정이 내 얼굴에 그대로 드러나서일까? 이선도 조금은 당황한 듯 이번에는 웃지 않고 내게 말했다.

"누가 너를 찾는 것 같아서 말이야."

"누가요? 이번에도 민 사장님이 찾는다고 하려는 건 아니겠죠?"

난 자리에 다시 앉으며 이선에게 주었던 시선을 거뒀다. 그리고 마치 그가 들어오기 전부터 매우 바빴다는 듯 책을 펼쳐 유심히 들여다보는 척 했다. 이선이 말했다.

"아니, 밖에서 누가 박미우라는 여성을 찾던데? 헌데 내가 아는 미우는 여기에서 일하는 '성이 없는' 미우뿐이라, 혹시나 해서 물어보러 왔지."

'박미우?'

난 자리에서 벌떡 일어섰다.

"누, 누가 박미우를 찾는데요?"

"아아……. 세상에나!"

우체총사에서 걸어 나오는 나를 보자마자 유모가 한 손으로 머리를 짚으며 신음소리를 낸다.

"유모?"

당장 앞으로 고꾸라질 듯한 유모의 모습에 놀란 나는 서둘러 달려갔다. 유모는 부축을 받을 것처럼 한 손을 뻗더니, 그 손을 내 등 뒤로 돌려 등짝을 세게 내리쳤다. 열 살 때 현주와 장난으로 화롯불에 종이를 태우다가 불을 낼 뻔했던 날 이후 등짝을 맞은 것은 처음이었다.

"아얏! 아파! 아프다고!"

"아파요? 그럼 더 아파 봐요!"

"일단 이쪽으로 와, 어서!"

혹시라도 다른 사람이 볼까 난 유모를 한적한 곳으로 잡아끌었다. 유모도 주변의 시선을 의식했는지 순순히 나를 따라왔다. 하지만 주변에 사람이 보이지 않자, 다시 내 등짝으로 손을 날렸다. 이번에는 나도 순순히 맞아주지 않고 재빨리 피했다.

"아가씨 미쳤어요? 대감마님 아시면 어쩌려고 그래요?"

"뭘 어째? 유모만 입 다물면 되는 거지……."

"세상에, 세상에나! 그 민우진인가 뭔가가 여기서 일해 볼 생각 없냐는 말을 했다기에 의심은 했지만……. 어떻게 이럴 수 있어요? 쇤네를 고모님 댁으로 빼돌리고 어떻게 이러실 수가 있냐고요!"

"어떻게 이러기는? 알았으면? 절대 허락 안 했을 거 아니야."

"당연하죠! 가라는 시집은 안 가시고 이렇게 사고만 치고 다니실 거예요?"

"걱정 마. 다들 내가 누구인지 모르니까."

"됐어요. 걱정이고 뭐고 당장 집으로 가요!"

유모가 억센 힘으로 내 손을 잡아끌었다. 난 끌려가지 않으려고 발끝에 힘을 주었다.

"안 간다니까!"

"안 가요? 이러다 들키면 어찌 되는지 아세요? 아가씨 혼사길 영영

막혀요! 그 전에 대감마님 얼굴에 먹칠이라고요! 아무리 세상이 변해도 그렇지, 절대 변해서는 안되는 게 있어요. 그게 바로 이거예요, 아가씨! 아가씨 같은 분이 사내들 틈에서 일을 하다니요?"

난 유모의 손을 밀쳐내며 소리쳤다.

"그러면 현주는? 현주는 되고 왜 나는 안 되는데?"

"그거야 현주 아가씨는 부친께서 돌아가시고 가세가 기울어서 어떻게든 입에 풀칠을 하려고 일을 하시는 거죠. 하지만 아가씨는 뭐가 아쉬워서 그래요?"

"아쉬워서 하려는 거 아니야. 내가 하고 싶어서 하는 거야. 유모 말대로 세상이 변했다고. 난 우리보다 앞서서 변하는 나라들을 봤어. 우리도 이제 더 많이 변할 거야. 신분에 상관없이 모든 여인들이 자유롭게 바깥에서 일을 할 수 있는 때가 올 거라고."

"그래도 아가씨는 안 돼요!"

유모가 단호하게 말하며 다시 우악스럽게 내 손을 잡으려 할 때였다.

"무슨 일이지?"

유모의 앞으로 민우진이 나타났다. 민우진은 유모와 실랑이를 벌이는 날 향해 묻고 있었다.

'이디까지 들었지?'

아가씨라는 말을 들었다면 더 이상 변명의 여지는 없다. 민우진에게 난 성이 없다고 했다. 스스로 신분이 천하다고 해놓고 이제 와서 대갓집 규수 노릇을 할 수도 없었다. 아니, 내 진짜 신분을 안다면 민우진은 분명 나를 우체총사에서 일하지 못하게 할 것이다. 반가의 규수가 이런 곳에서 일한다는 것은 곧 추문일 테니까.

"그게……. 민 사장님."

기어들어가는 소리로 말하는 나를 뒤로하고 유모가 나섰다.

"당신이 그 민 머시기……. 그 우체총사 사장 나리시오?"

무표정한 얼굴의 민우진의 눈동자가 나를 떠나 유모를 향했다.

"그렇다면?"

민우진이 인정하자 유모가 씩씩거리며 말했다.

"그럼 쉰네가 이 자리에서 분명히 말하지요. 우리 아가씨 같은 분은 이런 곳에서 사내들과 뒤섞여 일할 분이 아니에요. 그러니 우리 아가씨를 당장 데려가겠어요."

'망했다!'

나는 눈을 질끈 감았다. 신분을 속이고 일하려던 게 탄로 나고 말았다. 그것도 절대 탄로 나서는 안 되는 사람인 민우진 앞에서.

다음에 이어질 끔찍한 상황들을 머릿속에 그릴 새도 없이 난 천천히 눈을 떴다. 여전히 유모는 민우진과 대치 중이었다. 그러나 흥분한 유모와는 달리 민우진의 표정은 조금 전과 전혀 다를 게 없었다. 그는 내 얼굴을 슬쩍 보더니 유모를 향해 입을 열었다.

"궁내부 특진관 박정양 대감의 무남독녀께서 이곳 우체총사에서 신분을 감춘 채 일하는 것은 나 역시도 옳다고 생각하진 않소."

그의 입에서 나온 말에 유모는 물론 나도 깜짝 놀랐다.

"제가 누구인지 알고 계셨어요?"

내 입에서 나오는 목소리가 심하게 떨렸다. 그러나 반대로 민우진은 여전히 놀란 얼굴이 아니다. 그는 입을 굳게 다문 채 고개를 한 번 끄덕였다.

"어, 언제부터요?"

"처음 보았을 때부터."

"처음?"

"그대는…… 사람들의 시선에도 아랑곳없이 도움이 필요한 어린 소년을 도와주러 나섰소."

민우진의 말투는 정중해져 있었다.

"그대가 소년의 부모를 찾아주겠다며 정동 공사관에 들어갔을 때 내가 가마꾼들에게 물었소. 가마꾼들은 그대의 신분을 알려주었지."

"그걸 알면서도 내게 우체총사에서 일할 생각이 있는지 물었어요? 어째서요?"

"난 그때 분명히 그대에게 신원을 물었소. 하지만 그대는 신분을 밝히지 않았지."

민우진의 말은 사실이었다. 공사관 앞에서 나를 기다리고 있던 민우진은 처음부터 내게 무례하게 굴면서도 한편으로는 내가 누구인지 물었다. 만약 그 자리에서 내가 신분을 밝혔더라면, 그는 정중해졌을 것이고 내게 일자리 이야기를 꺼내지도 않았을 것이다.

"그래서 나도 더 이상은 묻지 않았던 거요. 애초에 내게 중요한 건 그대의 신분이 아니라 그대가 가진 재능이었으니까. 그러니…….”

민우진이 유모를 돌아보며 말했다.

“당분간이라도 그녀는 이 우체총사에 필요하오. 지금처럼 신분을 감춘 채 일을 해줬으면 하오.”

당연히 유모가 찬성할 리가 없다.

“그건 절대 안 되는…….”

그러자 민우진이 유모의 말을 끊었다.

“문제가 생긴다면 내가 책임지지.”

민우진이 내게 눈길을 주며 다시 한 번 힘주어 말했다.

“그녀에게 무슨 일이라도 생긴다면 그 책임을 모두 내가 지겠다는 말이오.”

“아무리 그래도……. 어찌 그 약속만 믿고 우리 아가씨를…….”

민우진이 다소 언짢은 표정으로 유모에게 말했다.

“내 부친께서는 통신원의 총판이신 민상호 대감이시고, 난 통신원 참서관이자 우체총사 사장직을 맡고 있는 민우진이오. 오늘 내 이름을 걸고 이 자리에서 한 약조는 반드시 지키겠소. 그녀가 이 우체총사를 떠날 때까지 그녀의 진짜 신분을 아는 사람은 오로지 나 하나뿐일 거요.”

“그럼, 아가씨…….”

통신원의 정문 앞에서 유모는 여전히 걱정스런 얼굴로 나를 바라보고 있었다.

"이따 끝날 때 쇤네가 다시 올게요."

"괜찮아. 나 혼자서 인력거 타고 돌아갈 수 있어."

"아니요, 마음이 안 놓여서 그래요."

유모는 내 뒤에 조금 떨어져서 서 있는 민우진을 흘깃 쳐다보고는 다시 해맑게 웃고 있는 내 얼굴을 보며 말했다.

"좋은 인연이 되면 좋으련만……."

"그게 무슨 소리야?"

"아, 아니에요. 어찌되었든 당분간 대감마님께는 비밀로 할게요."

"당연하지! 아버지께 괜히 걱정 끼쳐드리고 싶지 않으니까, 꼭! 꼭! 비밀로 해줘. 알았지, 유모?"

"예에……. 알았어요."

유모는 연거푸 한숨을 쉬더니 마지못해 발길을 돌렸다. 난 유모가 눈에서 보이지 않을 때까지 웃으며 손을 흔들어주었다. 유모가 완전히 모습을 감춘 후, 난 민우진에게로 돌아섰다. 민우진은 여전히 차갑고 딱딱한 표정을 짓고 있었지만, 그런 그가 이제 내게는 조금 다르게 보였다.

난 실실 웃음을 흘리며 민우진에게 다가갔다.

"조금 전처럼 제게 존대를 계속 쓰실 건가요, 민 사장님?"

"아니."

그는 딱 잘라 거절했다.

"난 우체총사의 사장이고 그대……. 아니 미우 너는……."

"직원이죠. 헤헤."

웃음을 흘리는 나를 보며 민우진이 이해할 수 없다는 듯 말한다.

"박정양 대감께서 자녀교육에 꽤나 자유로우셨던 것 같군."

"아니요!"

"아니라고?"

"아버지는 제게 관심이 없었어요. 어머니가 돌아가신 후부터요."

갑자기 짧지만 행복했던 미국 생활이 떠오르며 콧잔등이 시큰해졌다. 나는 서둘러 말을 돌렸다.

"그나저나 말씀드릴 게 있어요."

"뭐지?"

"어제요. 제가…… 실수한 것 같아요."

"실수?"

민우진은 무슨 말인지 모르겠다는 듯 반문한다.

"대필했을 때요……."

"아……."

그제야 민우진은 알았다는 표정을 짓는다.

"지금도 제가 다 틀렸다고 생각하진 않아요. 그래도 다른 직원들 앞에서 민 사장님께 대들었던 건 잘못이겠죠?"

민우진이 또 나를 혼내기라도 할까 봐 내 목소리는 점점 작아졌다. 그런데 나를 지그시 내려다보던 민우진의 입에선 오히려 짧은 웃음이 터져 나오는 게 아닌가.

'웃었어?'

예상치 못한 상황에 내 눈이 휘둥그레졌다. 내 표정을 본 민우진은 순식간에 웃음을 감추더니 우체총사 쪽으로 걸어가기 시작했다. 나는 그의 뒤를 급히 따르며 얼굴을 다시 보려 했다. 조금 전 내가 보았던 웃음이 헛것이 아님을 확인하기 위해서였다. 그러나 그의 얼굴에서는 웃음의 흔적을 전혀 찾아볼 수가 없었다.

"민 사장님?"

내가 그의 얼굴을 유심히 쳐다보며 쫓아가서일까? 굳게 닫혀있기만 할 것 같던 그의 입이 열렸다.

"나도 네가 화를 냈던 상황을 전혀 이해하지 못하는 건 아니다. 반가의 규수로 자랐으니, 그런 여성과 맞닥뜨린 상황에서 당황스럽고 화가 날 수도 있겠지. 하지만 조금 전 네가 네 유모에게 했던 말대로 세상은 변하고 있다. 좋은 쪽으로든 나쁜 쪽으로든."

민우진이 걸음을 멈추고 내게로 돌아섰다.

"나도 미국에서 유학을 했고 변화한 세상을 눈으로 확인했다. 그래서 지금 네게 말해주지."

"무엇을요?"

"앞으로 우체총사에서 일하며 겪게 될 일들. 신분을 감추고 네가 가진 능력으로만 인정받고 싶다면, 네가 가진 기준으로 다른 사람을 판단하려 하지 마. 다른 사람의 신분 역시 너의 판단의 기준이 되어서는 안 돼."

그가 가버린 후 나는 내 사무실로 향했다.

"어이! 미우~"

이선이었다. 그를 흘겨보고 싶은데, 왠지 모르게 웃음이 났다.

"기분이 상당히 좋아 보이는데?"

"그래요?"

이선이 나를 요상한 눈길로 응시했다. 내 기분이 좋은 이유를 찾아내려는 것 같았다. 나는 두 눈을 깜빡이며 찾아낼 수 있으면 찾아내 보라는 식으로 마주보았다.

"미우!"

그때 사장실 쪽에서 우체총사 직원이 나를 부르며 다가왔다. 난 이선에게서 눈을 돌려 나를 부른 직원을 쳐다보았다.

"조금 전 사장님이 널 부르셨는데 깜빡했어."

"조금 전에요? 그게 언제쯤인데요?"

"한 열한 시쯤이었나?"

그가 가물거리는 기억을 되짚으며 복도에 놓인 벽시계를 보았다. 이미 시계바늘은 열한 시가 지난 지 한참이었다. 난 조금 전에 유모와 실랑이를 벌이던 곳에 나타난 민우진을 떠올렸다.

"조금 전에 사장님을 뵈었는데 별다른 말씀은 못 들었는데요?"

"그래도 모르니까 한 번 더 가봐. 아까 무슨 일로 부르셨는지도 물어보고."

"네!"

활짝 웃으며 대답하고는 난 이선의 곁을 지나쳐 민우진의 사무실로 향했다. 순간 이선의 말없는 시선이 내 움직임을 따라오는 것이 느껴졌다.

민우진의 사무실 앞에 막 도착했을 때였다. 사무실 밖으로 조금은 격앙된 민우진의 목소리가 들렸다.

"그럴 거면 대체 왜 우체총사에 보낸 겁니까?"

사무실 문이 조금 열려있었기에, 문틈으로 안을 들여다볼 수 있었다. 민우진은 자신의 책상에서 일어서 있었고 그 앞에 검은 양장을 입은 남자가 선 채로 민우진을 바라보고 있었다. 내가 있는 곳에서는 그 남자의 등만 보일 뿐, 얼굴은 보이지 않았다.

"폐하의 뜻을 제가 어떻게 알겠습니까?"

그리고 돌아오는 목소리는 내가 처음 듣는 목소리였다.

"이영효 비서관."

민우진이 조금은 화를 가라앉힌 목소리로 그를 불렀다.

"이선이 우체총사에서 일을 하게 된 것이 누구의 뜻이든 간에, 앞으로도 이렇게 자주 빠져야 한다면 더는 이곳에서 일을 할 순 없을 겁니다."

'이선이 빠져? 아, 맞다!'

민우진과 비서관이라는 사람의 대화를 엿듣던 나는 주머니 속에 넣어두었던 이선의 손수건을 꺼냈다.

'돌려준다는 걸 깜박했네.'

손수건을 손에 쥔 채 복도 쪽을 돌아보았지만, 조금 전까지 복도에 있었던 이선의 모습을 찾을 순 없었다. 그때였다.

"응?"

민우진의 사무실 문이 열리며 조금 전 민우진과 대화를 나누던 남자가 나타났다. 문이 완전히 닫혀있던 것이 아니었기에 나는 그가 문을 여는 소리를 듣지 못했던 것이다. 난 당황한 얼굴로 그를 보았다. 전체적으로 마른 몸에 길쭉하게 키가 크고, 멋진 콧수염을 기르고 있는 삼십대 중반의 남자였다.

"아, 죄송합니다."

문 앞을 막고 있던 나의 사과에 그는 인자한 미소를 지으며 나를 내려다보다가 내 손에 들린 손수건에 시선을 멈췄다.

"이건?"

난 그의 시선이 손수건을 향해 있는 것을 알고는 허겁지겁 손수건을 집어넣었다.

"미우?"

그때 민우진이 사무실 안에서 나타났다. 나를 보자 그는 내 앞에 선 남자에게 나를 소개했다.

"이번에 새로 뽑은 여직원입니다. 비서관님."

"아아, 이 아가씨가……."

그는 웃으며 내게 선뜻 인사를 건넸다.

"나는 황실 비서관인 이영효라 합니다."

"저는…… 미우입니다. 성은……."

난 민우진의 눈치를 슬쩍 보며 말했다.

"……성은 없고요."

"미우라……. 반갑습니다, 아가씨."

비서관이라면 황실에서 일하는 관리라는 뜻이다. 그런데도 그는 성이 없다고 말하는 내게 정중한 태도를 취하며 묘한 웃음과 함께 물끄러미 나를 내려다보았다. 그는 조용히 내 옆을 지나쳐가려다 무언가 생각났는지 걸음을 멈추고 나를 돌아보며 말했다.

"공사관 연회에서의 활약을 기대하겠습니다."

'공사관 연회?'

난 영문을 모르겠다는 얼굴로 비서관을 쳐다보았다. 그러나 그는 웃음을 남긴 채 복도 끝으로 홀연히 사라졌다.

이 비서관이 떠난 후 난 민우진을 따라 그의 사무실 안으로 들어갔다.

"조금 전에 저를 찾으셨다고 해서요."

"맞아."

"무슨 일 때문이죠?"

민우진이 책상 앞에 앉으며 말했다.

"요즘 우체총사가 많이 바쁘다. 얼마 전에 대한제국이 만국우편연합에 가입되었다는 승인서가 도착했거든. 당분간은 국제우편관련 법을 새로 정비하느라 국내우편을 살필 시간이 부족해."

"만국우편연합?"

"만국우편연합에 가입하면 우리 우체총사에서도 국제우편을 취급할 수 있게 되는 거지."

"아아, 그렇구나."

내가 고개를 끄덕이며 유심히 듣는 것을 보며 민우진이 말했다.

"그래서 당분간만이라도 네가 국내우편 업무를 봐주었으면 해. 어렵진 않아. 단순히 우편물을 분류하는 작업이니까. 시간이 많이 소요되는 일이지만 어려운 건 아니야."

"알겠어요. 언제부터 하면 되는데요?"

"내일부터. 그리고 오늘은 이만 집으로 돌아가도 좋아."

"알겠습니다."

민우진의 사무실을 나온 나는 넣어두었던 손수건을 다시 꺼냈다. 퇴근하기 전에 이선에게 돌려줄 생각이었다.

"이선? 조금 전에 퇴근한다고 가던데."

이선이 일하는 사무실로 간 나는 그를 만나지 못했다. 대신 그의 상사인 강 주사(主事, 우체총사의 한 직급)를 만나 그의 행적을 들을 수 있었다.

"벌써요? 아직 퇴근시간 아니잖아요."

"맞아. 그렇지만 이 비서관님이 데려가셨으니 우리야 할 말이 있나."

"이선이 그 비서관님과 함께 갔다고요?"

"종종 그러더라고. 이선 그 녀석 집안이 대단한가 봐. 일을 끝내기도 전에 냅다 날라버리는데도 사장이 지금까지 별말 안하는 걸 보면 말이지. 또 비서관 정도면 품계는 낮아도 폐하의 측근이니까 권세가 대단하거든. 그런 비서관이 챙기는 녀석이니 오죽하겠어?"

그러자 다른 직원이 끼어들었다.

"아이고, 강 주사님. 뭘 모르시는 말씀을 하시네요. 우리 민 사장님 성격 몰라요? 이선이 황태자 전하래도 '난 사장이고, 넌 직원이야!'라고 말할 사람인 거."

"알지 알아, 잘 알지! 하하하!"

이영효 비서관과 이선.

단순히 우체총사의 신입 직원이라고만 생각했는데, 의외로 이선의 신분은 의문투성이였다. 영보당 마마의 손수건을 지니고 다니는 것도 그렇고, 비서관 같은 사람이 그를 신경 쓴다는 것도 그랬다. 그렇다면 그도 나처럼 집안을 숨기고 일을 하고 있는 것일까?

다음 날 아침은 비가 오려는지 하늘이 어둑어둑했다.

우체총사에 도착한 나는 곧바로 우편 분류실로 향했다. 그곳은 문이 없는 작은 방이었는데, 가운데 창문을 제외하고는 모든 벽에 책꽂이 형태의 분류대가 서 있었다. 그리고 바닥에는 정리되지 않은 수백

개의 우편물이 나뒹굴고 있었다.

“바닥에 있는 우편물을 지역을 확인해서 맞는 곳에 꽂아두면 돼.”

강 주사의 설명에 나는 고개를 끄덕였다. 분류대의 칸마다 우체사가 있는 지방 도시들의 이름이 적혀있었다.

“어렵지 않지? 원래 이 일은 이선 그 녀석이 하는 일인데……. 민 사장님이 말하길 오늘 그 녀석이 못 온다더군.”

‘이선이 오늘 안 온다고?’

“그럼 잘해봐.”

강 주사가 나간 후 나는 바닥에 놓인 우편물을 집어 들었다. 주소는 모두 한자로 적혀있었다. 필체가 알아보기 힘든 것도 있었고 지금은 쓰지 않는 옛 지명이 적힌 경우도 있었다. 눈에 익은 일이 아니다 보니 우편물 하나를 골라내 꽂아두기까지 많은 시간이 필요했다. 게다가 분류대의 도시들은 쉽게 알아볼 수 있게 음(音)에 맞춰 칸이 나열된 것이 아니라 순서가 뒤죽박죽이었다.

‘이대로라면 밤새 해도 절반도 못 할 거야.’

난 우편물들을 내려다보며 깊은 한숨을 내쉬었다. 그러나 곧 두 손을 번쩍 들어 기지개를 쭉 켜고는 길게 심호흡을 했다.

“자, 할 수 있어! 난 할 수 있다!”

다시 우편물 분류에 뛰어들었지만, 한 시간이 지나도록 내가 분류한 우편물은 고작 다섯 개였다. 그나마도 정확하지 않은 것 같아 재차 확인한다고 30분을 더 소비했다. 점점 기운이 빠지져가던 때였다.

"네가 하고 있었구나!"

이선이 우편 분류실 안으로 들어오며 미소를 지었다.

"오늘은 못 온다고……."

그는 겉옷을 벗어 벽걸이에 걸어두고는 입고 있던 흰 셔츠의 소매를 걷어 올렸다.

"못 올 뻔했지. 하지만 이 일을 너한테 하라고 할 것 같더라고. 그래서 잠시 들렀어."

그는 우편물 속에 파묻힌 내 쪽으로 오더니 순식간에 우편물을 크기와 종류별로 모으기 시작했다.

"이렇게 먼저 분류해야 빨라. 크기 순으로 꽂지 않으면 나중에 한 곳에 다 안 들어가거든."

"입사한 지 한 달밖에 안 되었다면서 왜 이렇게 잘 알아요?"

뜻밖의 칭찬인지 우편물을 분류하던 그가 나를 돌아보며 씩 웃는다.

"민우진이 그랬어. 이 일을 능숙하게 배우면 다른 일을 하게 해준다고 말이지. 아마도 그 녀석은 일부러 날 여기에 넣었을 거야. 내가 우편물 분류를 하다가 지겨워서 그만두고 도망칠 거라 생각한 거지. 하지만 한 달이 지난 지금 내가 없으면 이 부서는 안 돌아간다니까."

"그럼 오늘 이걸 다 끝낼 수 있을까요?"

"내가 하면 가능할지도, 하지만 네가 하면 불가능할걸?"

"오늘 안에는 불가능해요?"

"봐."

그가 텅텅 비어있는 분류대를 가리켰다.

"출근한 후로 시간 한참 되지 않았어? 그런데 분류 상태를 보아하니 어제 그대로 같은데?"

나는 투덜거리며 말했다.

"몇 개는 했어요. 했다고요."

"오오~ 그러십니까?"

놀리는 듯한 이선의 말투에 난 들고 있던 편지봉투로 그를 때리는 시늉을 했다. 이선은 내 손목을 움켜잡으며 웃음을 터트렸다. 그때였다. 이선의 뒤로 민우진이 서 있는 것이 보였다. 당황한 나는 서둘러 잡힌 손을 빼냈다. 그제야 이선도 민우진이 나타난 것을 알고는 웃음을 그쳤다.

민우진이 이맛살을 찌푸리며 이선에게 말했다.

"오늘 오지 못한다고 들었는데."

"맞아, 민 사장. 그런데 나를 대신할 담당이 이 일을 감당하기 어려워 할 것 같더라고. 그래서 잠깐 들렀지."

이선은 한때나마 동기였을 민우진에게 친근하게 말을 건넸다. 그러나 민우진은 그의 말을 모두 사장으로서 받아들이는 것 같았다.

"이선. 우체총사에서 문제를 일으킬 생각이라면……."

"어떤 문제를 말하는 거지?"

이선이 민우진의 말을 끊으며 되묻는다. 민우진은 그런 이선을 향해 무언가 대꾸를 하려다가 내 얼굴을 보더니 조용히 돌아서서 자리를 떠났다. 아주 잠깐 동안이었지만 두 남자의 신경전에 안 그래도 좁은 우편 분류실이 더 갑갑하게 느껴졌다. 난 바닥에 떨어진 우편물을 한가득 모아들며 이선에게 말했다.

"옛날에 친구였을지 모르지만 지금은 사장님이잖아요. 뭐가 그렇게 대단하다고 사장님 앞에서도 당당한 거예요?"

"당당하다니? 난 정중했는데?"

"제가 바로 옆에서 봤잖아요. 조금 무례했어요. 아무리 그대로 사장님인데……."

"으응?"

이선이 의심의 눈길로 나를 바라본다.

"뭔가 이상하다? 언제부터 민우진에게 그런 존경의 눈빛이 되어 버린 거지?"

"존경이라니요?"

"민우진을 싫어하는 거 아니었어?"

"싫어할 이유가 있어요? 이상한 소리 말고 우편 분류 작업이나 도와주세요."

나는 들고 있던 우편물을 이선에게 내밀며 말했다. 이선은 우편물을 받아 한쪽에 내려놓고는 주머니에서 무언가를 꺼내 내 앞에 내밀었다. 그것은 종이에 싸여있었다.

"사실 내가 오늘 우체총사에 들른 건, 이걸 네게 주기 위해서야."

난 이선이 내미는 종이 꾸러미를 받아 펼쳤다. 검은색의 알갱이들이 여러 개 들어있었다.

"이게 뭐죠?"

"초콜릿."

"초콜릿?"

"일단 한번 먹어봐."

검은색이라 의심은 들었지만 얼핏 양갱과 비슷하게 보여 거부감은 덜했다. 난 손가락으로 알갱이를 하나 집어 입안에 넣었다. 처음 맛은 조금 텁텁했다. 그러나 입안의 열로 인해 그것이 조금씩 녹기 시작하고, 이로 깨물자 상상도 못 했던 달달한 맛이 입 안 가득 퍼져나가는 것이었다.

"와아……."

순식간에 내 얼굴이 밝아지며 만족스런 탄성이 터져 나오자 덩달아 이선의 얼굴도 밝아졌다.

"맛있지?"

"네, 맛있어요."

내가 고개를 끄덕이며 활짝 웃었을 때였다. 밖에서 강 주사가 나타나 그를 불렀다.

"이선! 이 비서관님이 왔어!"

나를 보던 이선의 얼굴이 조금 어두워졌다.

"그만 가야 할 것 같아."

"어디를요?"

나는 종이에 싼 초콜릿을 두 손에 든 채로 그에게 물었다. 그는 걸어두었던 겉옷을 챙기느라 내 물음을 듣지 못한 것 같았다. 그가 옷을 걸치며 내게 말했다.

"대충 하고 퇴근시간 맞춰서 퇴근해."

"알았어요."

내 목소리에는 그가 떠나는 것에 대한 실망감이 묻어났다. 난 기운 빠진 얼굴로 아직 한참이나 정리해야 하는 우편물들을 둘러보았다.

"미우."

이선이 나를 불렀다. 내가 고개를 돌려 이선을 쳐다보자 그는 미소를 지었다.

"왜 웃어요?"

"무리하지 마. 괜히 욕심내지 말라고. 어차피 여기 이 분류 작업은 오늘 안에 못 마치니까."

나는 속마음을 들킨 것 같아 눈을 동그랗게 떴다. 그는 나를 보고 웃으며 중얼거렸다.

"똑똑한 듯 보여도 의외로 허점이 많네. 그게…… 그 녀석의 마음을 흔들지는 모르겠지만."

이선은 내가 이해할 수 없는 말을 남긴 채 자리를 떠났다. 난 그가 가버린 뒤에야 그에게 돌려줄 손수건이 여전히 내 주머니 속에 들어 있음을 깨달았다.

퇴근시간은 오후 세 시.

세 시쯤 이르러 다른 직원들이 하나둘씩 퇴근하기 시작했다. 네 시 무렵에는 우체총사 안에서 사람의 목소리가 전혀 들려오지 않았다. 그런데도 나는 내가 홀로 남아있다는 사실을 망각한 채 우편 분류 작업에만 매달렸다.

그렇게 시간이 흐르고 흘러 날이 본격적으로 어두워지기 시작한 뒤에도 나는 우편 분류실 안에 혼자 있었다.

우르릉, 쾅!

천둥 번개 소리가 들려오고 나서야 나는 고개를 들었다. 창밖에는 거친 비바람이 몰아치기 시작했고, 난 혹시라도 우편물이 젖을까 창문을 다시 한 번 단단하게 걸어 잠갔다.

'몇 시지?'

우편 분류실에 걸린 벽시계의 초침이 흐릿하게 보일 정도로 날이 어두워져 있었다. 간신히 확인한 시간은 저녁 일곱 시. 이쯤이면 유모가 걱정되어 나를 찾을 법도 하지만, 오늘까지 고모님 댁에서 부엌일을 도와준다고 했으니 유모는 아직 고모님 댁에 있을 시간이었다.

"그만 집에 갈까?"

나는 아침과 그리 커다란 차이가 보이지 않는 분류대를 바라보며 한숨을 지었다. 그리고 돌아갈 준비를 하려고 쌓아둔 우편물들을 한쪽으로 밀어두기 시작했다. 그때 또 한 번 천둥이 크게 쳤다.

콰쾅!

"으악!"

난 비명을 지르며 우편 분류대 아래로 몸을 숨겼다. 천둥소리가 어찌나 컸던지 우체총사 건물을 두 쪽을 낼 것 같았다.

"어휴……. 일찍 갈걸."

후회하기에는 이미 늦었다. 이 정도 비라면 집까지 타고 갈 인력거를 찾는 것도 어려울 듯했다. 인력거꾼들도 장사를 접고 모두 집으로 들어갔을 테니까.

'유모가 올 때까지 기다릴까?'

내가 집에 없는 것을 알면 유모는 분명 나를 데리러 통신원까지 올 것이다. 하지만 날씨가 이러니 유모가 고모님 댁에서 돌아오는 시간이 많이 늦어질지도 모른다. 그때까지 홀로 이 우체총사에 남아 어둠과 싸우고 싶은 생각은 눈곱만치도 없었다.

'불을 찾아보자, 불.'

우편 분류대 아래에서 나와 보니, 몰려온 비구름 탓인지 이미 한 치 앞도 분간하기 어려울 정도로 어둠이 짙게 깔려있었다. 시야가 좁아지자 몸이 바짝 긴장되며 식은땀이 흐르기 시작했다.

휘이잉!

순간 강한 바람이 창문을 무섭게 흔들고 지나갔다.

"아아악!"

난 비명을 지르며 그대로 다시 우편 분류대 아래로 기어들어가 눈을 질끈 감았다.

"유모……."

잔뜩 겁에 질린 나는 어둠 속에서 벌벌 떠는 것 외에는 아무것도 할 수 없었다. 그런데 그때, 복도에서 끼익 끼익 하는 사람의 발자국 소리가 들려왔다. 소리는 점점 내가 있는 우편 분류실 쪽으로 가까워지고 있었다.

"누, 누구세요?"

직감적으로 사람의 발소리라고 생각한 나는 작게 소리를 냈다. 그러나 소리가 너무 작았는지, 아니면 상대가 못 들었는지 돌아오는 답은 없었다.

'귀신?'

절대 아니길 바라는 최악의 경우다. 우체총사에 편지를 맡겼다가 편지가 분실되어 전해지지 못한 한을 품고 죽은 귀신 같은 게 있지 않기를 간절히 바라고 바랄 뿐이다.

끽. 끽.

점점 더 크고 분명하게 다가오던 발자국 소리가 문 바로 앞에서 완전히 멈췄다. 난 두 손으로 얼굴을 가린 채 몸을 웅크렸다.

"설마 했지만 정말로 있을 줄이야."

익숙한 목소리에 난 얼굴을 가렸던 손을 내렸다. 이선이 사각형 유리등에 담긴 촛대를 들고 서 있었다. 복도를 울리던 공포스런 발소리의 주인공이 이선이라는 것을 확인하자, 나는 안도의 숨을 내쉬며 분류대 아래에서 기어 나왔다.

"놀랐잖아요!"

그는 씩 웃으며 들고 있던 촛대를 분류대에 올려놓고는 비에 젖은 모자를 벗었다. 그리고는 그 모자로 어깨에 묻은 비를 털어냈다. 그는 우체총사에 올 때 우산을 가지고 오지 않았던 걸까?

"우산은요?"

"말을 타고 왔어. 그래서 비를 맞았고."

"왜 여기에 온 거예요?"

그는 비에 젖은 머리를 쓸어넘기며 빙긋 웃었다.

"너 때문이야."

"네?"

그가 나를 똑바로 응시하며 말했다.

"네가 여기에 남아있을 것 같았거든."

나는 혼란스러워졌다. 그의 말대로라면 그는 나 때문에 비가 오고 천둥번개가 치는 이 밤에 우체총사에 들렀다는 뜻이었다. 왜 나를 위해 비까지 맞아가며 온 것일까?

"말을 타고 왔으면, 오다가 인력거꾼을 봤나요?"

"아직은 길에 좀 있더라고."

"그럼 인력거꾼을 불러주실래요? 집에 가야 해서요."

이선은 내가 그 말을 할 줄 알았다는 듯 고개를 끄덕였다.

"그럴 줄 알고 오는 길에 우체총사로 인력거꾼을 불렀어. 곧 도착할 거야." 난 그를 흘겨보며 캐묻듯 물었다.

"제가 여기에 없었으면요?"

"그럼 가져온 말은 여기다 두고 내가 타고 가면 되니까."

"에이, 뭐야."

새초롬한 표정을 지으며 투덜대는 나를 보며 그가 씩 웃는다. 그는 곧 분류대 위에 올려놓았던 촛대를 옆으로 치우고는 내 옆으로 다가와 나와 나란히 앉았다.

자리를 옮기며 흔들리는 촛대의 불빛이 젖은 그의 머리카락을 반짝반짝하게 만들었다. 나는 그의 젖은 머리카락 사이로 보이는 두 눈을 응시하다가 문득 찾아온 깨달음에 숨을 크게 들이켰다. 태어나서 처음으로 이런 늦은 시각에 남자와 단 둘이 있다. 유모가 안다면 기절초풍할 일이었다. 이 사실을 깨닫자 나는 가슴이 떨려서 더는 이선의 얼굴을 볼 수가 없었다.

"왜 그래, 미우?"

"네?"

"정작 비를 맞은 건 난데 감기는 미우 네가 든 것 같다."

"왜, 왜요?"

"얼굴이 빨개졌잖아."

떨리던 가슴이 터질 듯이 두근거리기 시작했다. 난 두 손으로 얼굴을 감싸 쥐고는 이선에게서 돌아섰다.

'으, 난 몰라! 대체 왜 이러는 거지?'

"……인력거꾼이 왔나 보고 올게. 여기서 기다려. 나가보았자 비만 맞을 테니."

말을 마친 그는 재빨리 어둠이 깔린 복도로 뛰어가 버렸다. 나는 다시 홀로 남겨졌지만 촛대의 불빛 때문인지 하나도 무섭지 않았다. 오히려 따뜻함까지 느꼈다. 난 불빛으로 바닥에 쌓인 우편물들을 비춰 보았다.

'내일 해야겠지?'

쓸데없는 욕심을 부렸다는 걸 깨닫기에는 너무 늦어버리긴 했다. 그나마 다행인 것은 이선이 찾아와주었다는 사실 하나뿐이었다.

난 거의 텅 빈 분류대를 촛대로 하나하나 비춰보다가 이상한 점을 발견했다. 분류대에는 각각의 칸마다 한자로 지명이 적혀 있었다. 모두 우체사가 위치한 지방 도시들의 이름이다. 그건 이미 알고 있었다. 그런데 분류대에는 또 다른 특징이 있었다.

"지도……?"

분류대에 적힌 도시의 이름들은 신기하게도 모두 지리적 위치에 따라 놓여 있었던 것이다. 나는 촛대로 더욱 자세히 분류대를 살펴보며 중얼거렸다.

"이제 알겠어. 이 분류대는 조선의 지도 모양이었던 거야. 그 자리에 맞춰서 분류대 칸을 지정해 놓은 거고."

"맞아."

"!"

갑자기 들려오는 소리에 깜짝 놀란 나는 고개를 돌렸다. 아주 가까운 거리에 민우진이 서서 나를 쳐다보고 있었다. 예상치 못한 민우진의 등장에 놀란 나는 그만 뒤로 미끄러지며 손에 들고 있던 촛대를 놓치고 말았다. 촛대는 그대로 종이로 된 우편물이 가득 쌓인 바닥으로 떨어졌다.

"앗!"

내가 비명과도 같은 소리를 질렀을 때였다. 민우진이 내게로 뛰어오더니 한 손으로 떨어지는 촛대의 고리를 잡고 다른 한 손으로는 미끄러져 넘어지는 내 허리를 감아 붙잡았다.

잠시 후……. 그의 손에 들린 촛대의 촛불이 아슬아슬하게 흔들리며 타오르는 소리만이 우리 둘을 감싸고 있었다. 꺼지지 않은 촛대에서 흘러나온 빛이 그와 나의 얼굴을 비춘다. 금방이라도 그의 입술이 내 입술에 닿을 듯한 가까운 거리에서.

"꼴깍."

내가 침을 삼키는 소리도, 그가 숨을 들이쉬고 내쉬는 소리도 아주 정확하게 들린다. 분명 다른 그 어떤 소리보다도 지금 밖에서 세차게 내리는 비 소리가 가장 크게 들려와야 할 텐데도 말이다.

"……미우. 조심해라."

어느새 그는 내 허리를 감았던 손을 천천히 풀고는 다른 손에 들려있던 촛대를 분류대 위에 조심스럽게 내려놓았다.

"우편물이 모두 불에 탈 뻔했다."

"아, 네에!"

아직도 심장 소리가 귓가를 울렸다. 실수라도 살짝 그가 고개를 잘못된 방향으로 돌리기만 했어도, 그의 입술은 분명 내 입술을 스치고 지나갈 뻔했다. 난 불에 데인 것처럼 화끈거리는 얼굴을 식히려 계속해서 애꿎은 손바람만 얼굴에 부채질했다. 그 사이 민우진은 조금 전 내가 바라보던 분류대를 바라보고 있었다.

"미우."

"네엣!"

그가 부르자마자 나는 반사적으로 몸을 틀었다. 뜨겁게 달궈진 나의 얼굴과는 다르게 민우진은 평소 그대로의 얼굴을 하고 있었다.

"편지가 오가기 시작하고 물자가 오가기 시작하면 도시가 발전하고 사람들이 모여든다. 그것이 나라 발전의 기틀이고, 지금 이 제국에 그 무엇보다도 필요한 것이라고 생각한다."

민우진이 분류대에서 눈을 떼고 나를 돌아보았다.

"비록 지금의 우체총사는 통신원의 한 부서일 뿐이지만, 나중에는 통신원에서 독립해 더 큰 관청으로써의 역할을 수행할 것이라 확신한다."

민우진의 머릿속은 온통 우체총사 일로 꽉 찬 것 같다. 나는 그런 그가 감탄스러웠다.

"네에……."

"그런데 왜 이때까지 남아있던거지?"

뒤늦게 그는 분류실에 남아있던 내게 관심을 보인다.

"우편분류작업을 하다가……."

"시간이 많이 늦었군. 내 마차로 데려다주지."

"예? 아, 아니 괜찮아요! 인력거를 불렀어요."

이어 나는 이선을 떠올리고는 민우진에게 말했다.

"이선이 왔고요."

그러나 민우진은 비바람에 내 목소리를 듣지 못한 것 같았다. 그는 통신원 정문을 지키는 문지기를 향해 촛대를 흔들어 불빛으로 신호를 보냈다. 불빛을 본 문지기는 자리에서 일어나 마구간 쪽으로 뛰어갔다. 내가 타고 갈 마차를 준비시키려는 것 같았다. 문지기가 뛰어가는 것을 본 민우진이 다시 나를 돌아보며 말했다.

"곧 마차가 올 거다."

그러나 문지기가 되돌아오더니 민우진에게 말했다.

"사장님, 혹시 인력거를 부르셨습니까?"

"인력거라니?"

"통신원 앞에 인력거가 기다리고 있던데요."

난 민우진을 쳐다보며 '거봐요-'라는 시선을 보내며 조금 전에 했던 말을 다시 꺼냈다.

"이선이 왔다고요."

뒤늦게 내 말을 알아들은 민우진이 고개를 갸웃거렸다.

"이선이?"

"네. 와서 제게……."

내 말이 끝나기도 전에 민우진이 확신에 찬 목소리로 말했다.

"이선은 오늘 밤 절대 이곳에 올 수가 없을 거야. 그에게 중요한 일이 있거든."

하지만 난 분명 이선을 보았다. 문지기가 말한 인력거도 그가 부른 것이라고 확신했다.

"정말이에요. 저는 정말로 이선을..."

그러나 민우진은 내 말을 들을 생각이 없어보였다.

"인력거가 왔다니 마차는 필요 없겠군. 그럼 조심히 돌아가라."

그는 나를 남겨둔 채 다시 자신의 사무실이 있는 곳으로 돌아서 가버렸다.

밖으로 나가자, 문지기의 말대로 인력거가 와 있었다. 하지만 이선의 모습은 보이지 않았다. 나는 고개를 갸웃 하며 인력거를 타고 집으로 돌아왔다.

집에 도착하자 마침 현주도 와 있었다.

"오늘 아침에 날이 우중충했잖아. 비가 올 것 같더라고. 그래서 어머니에게 미리 말했어. 비가 많이 오면 너희 집에서 자고 간다고."

부친이 일찍 돌아가셔서 가장이 되어버린 현주는 비교적 다른 이들의 눈치를 보지 않는다. 그녀가 눈치를 보았다면 반가의 규수로서 궁궐에서 전화교환수로 일을 시작하지도 않았을 것이다.

"그런데 비가 내리는 건 둘째 치고 궐에 사건이 터졌지 뭐니?"

"사건?"

"응. 오늘 외국 공사들이 초청되어서 궁궐에서 연회가 열렸거든. 영보당에서."

영보당이라면 지난번 현주가 말한 손수건을 수놓은 후궁이 거처하는 곳이다.

"그런데?"

"어차피 그건 비가 오더라도 취소될 건 아니었지. 외국 공사들이 오는 연회라니까 영보당 마마도 엄청 신경 써서 오랫동안 준비하셨거든. 그런데 사건이 터진 거지."

"그러니까 그 사건이 뭔데?"

"완친왕."

전에 한 번쯤 들어본 사람 같은데 아마도 그때 별 관심이 없어서 주의 깊게 듣지 않았던 것 같다. 그렇지 않고서야 이렇게 낯설게 들릴 리가 없을 테니까. 그런데 어째선지 그 이름을 듣는 순간 가슴이 덜

컥 내려앉는 기분에 사로잡혔다. 말 그대로 단지 기분일 뿐이겠지만.

"완친왕?"

"몰라? 하긴 몇 년 전까지는 완화군이셨으니까, 친왕으로 봉해지신지는 얼마 안 되었고. 그러니 네가 잘 모를 수도 있겠다."

"그게 누군데?"

"영보당 마마의 하나뿐인 아드님. 폐하의 장자이기도 하지. 그러니까 황태자 전하의 형님?"

"왜 난 처음 듣지?"

"황태자 전하가 계시니까 별로 주목받는 활동을 안 하고 다니시거든. 나도 멀리서 딱 한 번 봤어. 근데 확실히 풍채가 다른 왕자님들과 달라. 특히 외모는……."

현주가 혀를 말아 똑, 소리를 냈다.

"내가 본 종친들 중에서 갑. 갑 중의 갑. 궁녀들도 그러는데 백 년에 한 번 나올까 말까 하는 외모래."

"풋."

내 웃음소리에 현주가 인상을 찌푸렸다.

"왜? 못 믿어?"

"얼굴이 잘 생겨봤자……."

순간 내 머릿속에 떠오르는 사람은 민우진.

"……여자들이 줄을 섰겠지. 그리고 그 줄 선 여자들이 죄다 완친왕의 후궁이 되었겠고. 황족들은 후궁 늘리기에 혈안이라며, 안 그래?"

"아니야, 그건 아니야."

현주가 고개를 도리질쳤다.

"아니라니?"

"신기한 게 뭔지 알아? 아직 혼인도 안 했어."

"나이가 어려?"

"아니."

"부인이 죽었어?"

"아니이! 그럼 혼인을 안 한 게 아니라 했는데 또 해야 하는 거지!"

"그럼 대체 왜 혼인을 안 했는데?"

"흠! 흠흠!"

현주가 목청을 가다듬는다. 자기는 알고 나는 모르는 재미있는 이야기를 할 때, 꼭 먼저 하는 행동이었다.

"영보당 마마는, 사실 승하하신 황후마마와 혼인하시기 전에 폐하께서 유일하게 사랑하셨던 후궁이었대. 폐하의 부친인 흥선대원군께서 왕비를 맞이하기 전까지는 절대 후궁을 들여선 안 된다고 하신 바람에 후궁으로 맞이하지도 못하고 맛만 본 거지."

"무슨 맛?"

"연애를 했다고."

나는 소스라치게 놀랐다.

"연애? 폐하께서 연애를 했다고? 그게 가능해?"

"가능하지이~ 어차피 궁녀는 모두 전하의 여인인걸. 여하튼 그런

사연 때문에 영보당 마마께서 특별히 전하께 부탁하셨나 봐. 완친왕께서도 스스로 친왕비를 택할 수 있게 해달라고 말이지.”

“그럴 수가 있나? 그랬다가는 민가에서 난리가 날걸. 황실이 그럴 수 있으면 양반들도 죄다 따라 하게 될 텐데.”

“내 말 아직 안 끝났어. 결국 뻔한 이야기라니까. 친왕비급 되려면 적어도 명문가에서 뽑아야 하는데, 명문가 규수들을 친왕이 어떻게 일일이 얼굴을 보겠니? 결국에는 궁녀들 중에서 적당히 괜찮은 애를 점찍으면 주시겠다는 거지. 뭐, 궁녀들만 신났겠지만.”

“그래서 예전 폐하처럼 궁녀와 연애 중이래? 그 완친왕이?”

“그거야 모르지.”

현주가 킥킥거리며 웃다가 갑자기 뭔가 생각난 듯 심각한 표정으로 말했다.

“아니, 오늘 밤 역사가 일어났을 수도 있어!”

“무슨 역사?”

현주가 한 손바닥으로 가슴을 쳤다.

“아이고, 답답아. 내가 이야기를 말아야지! 여하튼 오늘 외국 공사들이 죄다 영보당에 모였는데 완친왕만 사라졌대.”

“사라져?”

“응. 그래서 궁궐을 쥐 잡듯이 뒤졌는데도 못 찾았나 봐. 그때까지 난 퇴궐 안 하고 궁궐에 남아있었거든? 비가 와야 그 핑계로 너희 집에 묵을 수 있을 거 아니겠어? 결국 궁궐에 남은 유일한 전화교환수가 되어버렸고 바로 영보당으로 불려갔어."

"불려가서?"

"완친왕을 찾으라는 특명이 내려진 거지 뭐. 영보당에서 나오자마자 바로 관청이란 관청에 다 전화 돌리고 심지어 인천까지 전화 돌렸어. 완친왕이 거기 계시는지 확인하려고. 하지만 비가 오는 날은 전화가 잘 안 터진단 말이야. 그래서 세 시간 내내 시끄러운 전화음이 들리는 전화기를 귀에 대고 있었다고. 휴우, 아직도 귀가 윙윙거린다."

"그래서 찾았어? 완친왕."

현주가 고개를 저었다.

"못 찾았어. 연회가 끝날 때까지 돌아오셨는지는 모르겠는데 폐하가 단단히 화가 나셨어. 영보당 마마는 안절부절이고. 뭐, 영보당 마마가 걱정하는 건 다른 데 있나 봐. 완친왕을 마지막으로 본 내관의 말로는 비가 오는데도 말을 타고 나가셨다지 뭐야."

달콤한 우유차와 함께

"일 배우는 속도가 상당히 빠른데?"

반나절 만에 우편 분류의 절반을 끝낸 나를 본 강 주사의 말이다. 그는 이렇게 칭찬을 하면서도 혹시 '여자'인 내가 틀린 것은 없는지, 분류대에 정리해둔 우편물을 한참이나 뒤적거린다.

"이선, 그 녀석도 이렇게 빨리 배우지는 못했던 것 같은데……. 대체 비결이 뭐야?"

난 입꼬리를 당겨 가느다란 미소를 지었다.

그런데 이상했다. 이선은 왜 우편분류실에 오지 않는 걸까? 어쨌든 그의 본업은 이 우편물 분류인데 말이다. 난 분류실을 나가려는 강 주사를 붙잡았다.

“이선은 오늘 여기서 일 안 하나요?”

“이선?”

이선의 이야기에 역시나 인상부터 쓰는 강 주사다.

“네. 혹시 그가 다른 부서의 일을 돕고 있나 해서요.”

“한 달 된 신입이 무슨 다른 일을 해?”

“그럼요?”

강 주사가 한숨을 길게 내쉬며 말한다.

“이선 그 자식. 벌써 퇴근했다.”

“이선이 퇴근했다고요? 또요?”

“그래. 그 녀석이야 입으로는 안 가겠다고 하더라. 하지만 민 사장이 직접 나보고 이선을 퇴근시키라는데 별 수 있겠어? 어쨌든 퇴근시키라는 민 사장도 말투는 좋아 보이지 않았고. 이대로라면 빠른 시일 내에 이선 그 자식을 해고시킬 분위기던데. 그러면 이 분류실은 미우, 앞으로 네가 맡으면 되겠는데?”

“하하…….”

싫다는 말 대신에 억지 웃음소리를 내보지만, 강 주사는 이런 내 속마음을 전혀 알아채지 못한 것 같다.

“오늘은 여기까지만 하고 퇴근해.”

“네.”

일찍 퇴근하라는 말이 어찌나 신나던지, 가벼운 발걸음으로 퇴근 준비를 위해 사무실로 돌아왔을 때였다.

똑똑.

자리에 앉자마자 문을 두드리는 소리.

"네에. 들어오세요."

그런데 문이 열리지 않는다. 우체총사 직원들이라면 이미 문을 열고 사무실 안으로 고개를 들이밀었을 것이다. 난 의아해 하며 직접 가서 문을 열었다. 문 앞에는 다름 아닌 이영효 비서관이 서 있었다.

"이 비서관님?"

"기억하고 계시군요."

그는 처음 만났을 때와 다름없이 정중한 태도로 웃음을 지으며 나를 바라본다.

"여기는 무슨 일이세요?"

"전해줄 것이 있습니다."

그는 고급스런 무늬가 들어간 흰색 봉투를 내밀었다. 엽서가 들어갈 만한 크기에 겉면에는 황실의 문양인 자두꽃이 새겨져 있었다. 봉투를 받아드니 그 위에 붓글씨로 '미우'라고 적혀있는 것이 보였다. 놀란 나는 고개를 들어 이영효 비서관을 향해 물었다.

"이게 뭐죠?"

"내일 저녁에 영보당 마마께서 주관하시는 연회가 경운궁에서 열립니다. 그 연회의 초대장입니다."

"연회 초대장?"

나는 봉투를 받아들고도 한동안 어리둥절했다. 영보당 마마가 누구인지는 안다. 그러나 한 번도 뵌 적이 없는 분이다. 그분의 존재를 알게 된 것도 최근 현주를 통해서였다.

"영보당 마마께서는 우체총사의 유일한 여직원이자 최초의 여직원인 미우 아가씨에게 관심이 아주 많으십니다. 그러니 꼭 한번 뵙고 싶다고 전하셨습니다."

"영보당 마마께서……."

이 비서관의 설명에 나는 초대장을 받은 이유를 알게 되었다. 하지만 걱정되는 점이 하나 있다. 나의 아버지는 궁내부 특진관이다. 궁내부 건물은 궁궐과 떨어져 있지만, 업무 때문에 궁궐을 자주 출입하신다고 한다. 그래서 혹시라도 궁궐에 갔다가 아버지와 마주치지나 않을까 걱정이 든 것이다.

다만, 저녁이라면 아버지가 퇴궐하신 뒤기는 하지만…….

"꼭 참석하실 것이라고 믿고 그렇게 전하겠습니다."

이 비서관이 웃으며 내게서 돌아서려 할 때였다. 난 뒤늦게 내가 지니고 있던 이선의 손수건을 기억하고는 그를 붙잡아 세웠다.

"비서관님!"

"무슨 일입니까?"

"저……. 이것을!"

난 이선의 손수건을 꺼내 이 비서관에게 내밀었다. 손수건을 본 이 비서관의 눈에서 웃음이 사라졌다.

"이것은……."

"이선의 것이에요. 그에게서 우연히 받았는데……. 돌려줘야 해요. 이 비서관님은 그와 가까운 사이신 것 같으니까, 저 대신 돌려주실 수 있을 것 같아서요. 부탁드려도 될까요?"

그러자 그가 짧은 웃음을 터트렸다.

"이선을 잘 아는 것은 사실이지만, 제가 대신 돌려줄 수는 없는 물건입니다."

"네?"

난 말뜻을 이해하지 못해 되물었다. 이 비서관이 말했다.

"내일 저녁 연회에서 이선을 만나실 수 있을 겁니다. 그때, 그에게 직접 돌려주시지요."

그는 내 부탁을 정중히 거절하고는 자리를 떠났다.

"뭐? 너도 받았어?"

현주에게 이 비서관에게 받은 초대장 이야기를 꺼낸 것은 이제라도 솔직한 이야기를 하기 위해서였다. 영보당 마마의 손수건 주인이 바로 이선이라는 사실을 밝히고 고민도 털어놓을 생각으로 말문을 연 것이었는데……. 현주는 놀란 얼굴로 한숨을 푹푹 내쉰다.

"아아~ 역시……. 초대장을 나만 받은 게 아니었어!"

현주는 절망적인 얼굴로 머리를 두 손으로 쥐어뜯는 시늉까지 해 보인다.

"나만 받은 게 아니라고? 너도 받았단 말이야?"

현주가 슬픈 듯이 끄덕이며 봉투를 하나 꺼낸다. 내가 이 비서관에게 받은 봉투와 같은 봉투였다. 다만 겉면에 적힌 이름만 달랐을 뿐.

"전화교환수들 중에서는 나만 받았거든. 한 사람만 갈 수 있다고도 했고……. 그게 나라서 엄청 기뻤는데……. 흑흑."

슬퍼하는 현주와 달리 나는 기분이 나아졌다. 혼자 가는 것을 걱정했는데, 현주까지 같이 간다는 사실에 마음이 놓인 것이다.

난 웃으며 현주에게 말했다.

"그게 왜 슬플 일이야? 나랑 같이 가는 게 그렇게 싫어?"

"당연히 슬플 일이지! 왜냐구?"

현주의 목소리가 커졌다.

"내일 저녁 연회에 초대장을 받은 사람들의 공통점이 뭔지 알아?"

"뭔데?"

현주가 심각한 표정으로 말한다.

"혼기가 꽉 찼거나 혼기를 앞둔, 정혼한 적이 없는 처자들."

"그래서?"

"그래서라니? 딱 들으면 모르겠어?"

"난 모르겠는데?"

“으이그~ 영보당 마마께서 드디어 전면에 나서신 거라고! 완친왕의 배우자를 찾으려고!”

‘완친왕.’

지난번에 이어 두 번째로 현주의 입을 통해 듣게 되는 사람이다. 그 때문인지 한 번도 만난 적이 없는 그가 점점 익숙해진다.

난 작게 웃음을 터트렸다.

“그럼 말이 안 되잖아.”

“말이 안 되다니?”

“네 말대로 그 완친왕의 배우자를 찾기 위해 영보당 마마께서 처자들을 불러 모으셨다고 쳐. 그럼 나는 왜 부르는데?”

“응?”

현주가 고개를 갸웃거린다. 여전히 이해를 못하는 현주를 보며 난 차근차근 설명하기 시작했다.

“완친왕과 어울릴 만한 처자라면 어느 정도 가문이나 신분이 보장되어야 하잖아. 하지만 난 우체총사에서 일하는 성도 없는 ‘미우’인걸. 내 신분도 감춘 상태이고 말이야. 그런데도 영보당 마마께서 하나뿐인 아드님이신 완친왕의 배우자를 찾는 그런 자리에 나를 초대하실 이유가 없잖아. 안 그래?”

“네 말을 듣고 보니 그런 것 같기도 하네?”

현주가 머리를 긁적이며 말했다.

“그러면 정말로 완친왕의 배우자감을 찾는 연회가 아니라, 단순히 일을 가진 여성들에게 흥미를 가지셔서 마련한 연회 자리일까?"

"그렇겠지. 나도 이 비서관님께 그렇게 들은 것 같아."

"이 비서관님?"

"이영효 비서관님이라고……."

이영효 비서관에 대해 설명하려는 순간 현주가 눈을 크게 뜨며 내 말을 끊었다.

"이영효 비서관?"

현주는 믿을 수 없다는 얼굴로 나를 추궁했다.

"미우야! 이 초대장, 이영효 비서관이 네게 직접 전해준 거야?"

"응. 왜?"

그러자 현주의 얼굴이 심각해진다.

"이영효 비서관이 왜 네게 직접……."

"왜라니? 왕실 비서관이시니까 그랬겠지."

"아니 아니, 그게 아니라!"

현주가 고개를 도리질하며 내 손을 잡는다.

"정말, 정말이야? 정말로 이영효 비서관이 네게 직접 전해줬단 말이야?"

"그렇다니까. 대체 왜 그러는데?"

잡았던 내 손을 놓은 현주는 골똘히 생각에 잠긴 얼굴로 중얼댄다.

"내가 잘못 알았나?"

"뭘 잘못 알았는데?"

"그러니까……."

현주가 나를 돌아보았다.

"내가 알기로 이영효 비서관은 영보당 마마의 일을 하지 않아. 영보당 마마를 모시고 명을 수행하는 상궁들이 따로 있으니까. 나도 영보당 마마를 모시는 상궁에게 초대장을 받았는걸. 그리고 황실 비서관은 소수이기 때문에 하는 일이 한정되어있어. 무엇보다 이영효 비서관은 완친왕의 성균관 동문 출신이기 때문인지, 지금 완친왕 직속 비서관으로 일하고 있어."

"또 그 완친왕?"

나는 한숨을 내쉬며 말했다.

"잘 됐네! 내일 궁궐에 가서 그 완친왕의 잘난 면상을 한번 꼭 봐야지. 네 말대로 정말 잘생겼는지, 이 난리를 피울 정도의 사내인지 두 눈으로 똑똑히 확인하겠어!"

굳은 의지를 내보이는 나를 보며 현주가 혀를 찬다.

"너 그러다가 완친왕 보고 첫눈에 반하는 거 아니지? 미리 말하지만, 완친왕은 내가 먼저 침 발랐어."

나는 헛웃음을 지으며 현주를 흘겨보았다.

"황실에 친왕이 몇 명인지는 모르지만 '완'자 들어가는 황족은 네가 다 찜하세요~ 난 거들떠도 안 볼 테니까."

"너! 그 말 후회 않기다?"

"후회 안 할 거거든요~!"

다음 날 저녁.

현주와 함께 경운궁에 도착한 순간부터 난 지난밤의 대화를 까맣게 잊어버렸다.

"세상에! 저기 봐."

"어디?"

"저기 저 여자애. 내각총리대신의 손녀야. 거기다 저기 저 애는 학부대신이 집안에 꽁꽁 숨겨두었다는 고명딸이고……. 저기, 저기 쟤는 시위대장 딸이잖아!"

"넌 그걸 어떻게 다 아니?"

현주가 날 돌아보며 심각한 표정으로 말한다.

"궁궐에서 일해 봐. 보고 듣는 게 모두 피가 되고 살이 되는 정보들이니까. 그나저나 너희 아버지는 참 이상하다."

"우리 아버지가 왜?"

"이쯤 되면 오늘 한성의 정혼한 적 없는 명문가 처자들은 다 온 것 같은데? 그런데 너희 아버지는 널 친왕비 후보에 올리고 싶지 않을 정도로 아끼시는 거니, 아니면 권력욕이 없으신 거니? 박미우. 궁내부 특진관 박정양의 여식인 네가 이 자리에 정식으로 초대받지 않았다는 게 수상할 정도야."

난 미간을 찌푸리며 현주에게 답했다.

"아버지는 나한테 전혀 관심이 없어. 내가 몇 살인지조차 모르실걸."

"넌 아버지 이야기만 하면 싸늘해지더라. 난 이야기할 수 있는 아버지라도 있으면 좋겠는데."

"시끄럽고, 안 들어갈 거야?"

"어어! 미우야, 기다려!"

난 처자들이 길게 줄을 선 곳으로 앞장서 걸어갔다. 그곳에는 영보당 마마가 머무는 전각으로 들어가는 작은 입구가 있고, 문 앞에 영보당 마마를 모시는 상궁들과 내관들이 서서 처자들이 가져온 초대장을 일일이 확인하고 안으로 들여보내고 있었다. 나도 그 줄의 맨 뒤에 가서 현주와 함께 섰다. 대략 서른 명이 넘는 처자들이 초대를 받은 것 같았다. 그리고 마침내 내 차례가 왔다.

"성함이……."

내 초대장을 받아든 상궁의 얼굴이 굳어졌다. 초대장에 성씨가 적혀있지 않은 것을 본 것이다. 당황한 상궁이 옆에 서 있는 내관에게 눈짓을 보냈다. 내관이 다가와 내 초대장을 보더니 마찬가지로 당황한 듯 한동안 말을 잇지 못했다.

"혹여 초대장에 성씨가 누락되었습니까?"

내관이 믿지 못하겠다는 얼굴로 내게 정중히 물었다. 나는 그들의 눈치만 살피며 쉽사리 답을 주지 못했다. 솔직히 이 초대장을 받은 '미우'는 '박미우'가 아니었으니까.

"그게……."

그러자 현주가 불쑥 튀어나왔다.

"뭐, 문제 있나요? 이 아가씨는 초대장을 분명 이영효 비서관님께 전해 받았다고 하던데요?"

"이영효 비서관님께 직접 초대장을 받으셨다고요?"

상궁이 놀라 되묻자 현주는 더욱 기세당당하게 목소리를 냈다.

"예, 저는 그렇게 들었어요. 미우야, 뭐 하고 있어? 네가 받았잖아. 어서 말씀드려."

난 고개를 끄덕이며 상궁에게 말했다.

"맞아요……. 제가 일하는 우체총사로 찾아오셔서 직접 건네주셨어요."

내 말에 상궁과 내관은 더욱 놀란 얼굴이다. 믿지 못하는 걸까? 아니면 이영효 비서관이 그렇게 대단한 사람인 걸까?

"잠시 여기서 기다려주시지요."

내 초대장을 든 상궁이 안으로 급히 사라진다. 현주는 그런 상궁의 태도가 상당히 불만인 듯 내관을 향해 툴툴거렸다.

"뭐예요, 이게! 우리가 가짜 초대장을 가져온 것도 아닌데."

그러자 내관이 현주에게 물었다.

"아가씨께서는 초대장을 가져오셨습니까?"

"물론이죠. 자, 여기 제 초대장이요."

내관이 현주의 초대장을 받아들더니, 그대로 큰 소리로 읽었다.

"달성 서 씨가(家)의 서현주님이십니다!"

그리고는 작은 목소리로 현주에게 속삭였다.

"어서 들어가시지요."

"네? 저만요?"

현주는 나를 쳐다보며 물었다. 그러나 내관은 답을 주지 않았다. 그저 안으로 어서 들어가라며 현주를 등 떠밀 듯 손짓을 했을 뿐이다. 얼떨결에 안으로 걸음을 옮기며 현주는 나를 향해 말했다.

"미우야, 안에서 만나!"

"어어……!"

현주가 그렇게 사라지고 나서도 나는 한참이나 그 자리에 서 있어야 했다. 초대장을 가지고 사라진 상궁은 돌아올 기미가 보이지 않았다. 그 사이 줄을 길게 서 있던 처자들은 모두 안으로 들어가 버렸다. 나는 이제 홀로 입구에 남아있었다. 안에서는 연회가 시작되었는지 서양 악기 연주 소리가 들려왔다. 하하 호호 웃는 소리도 들리고 연회의 분위기는 좋은 듯했다. 현주가 도로 나오지 않는 걸 보니, 안에서 완친왕을 만났을지도 모른다.

그 사이 전각 앞에도 조금씩 어둠이 찾아왔다. 그리고 전각 입구에 세워진 가로등에 지직 하는 소리와 함께 불이 들어왔다. 갑작스럽게 들어온 주황색 전깃불에 놀란 나는 고개를 들었다.

"미우 님."

조금 전 안으로 사라졌던 상궁이 돌아와서 나를 부르고 있었다.

"이쪽으로 오시지요."

그런데 그녀가 안내하는 곳은 다른 처자들이 들어간 입구 쪽이 아니었다. 입구와 정반대 쪽, 전각의 담벼락을 따라 난 어두컴컴하고 좁은 길이었다.

"어디로 가는데요?"

"따라오시면 아시게 될 것입니다."

궁궐에서 상궁이 길잡이를 하겠다고 하니, 해코지를 하는 것은 아니라 여긴 나는 그녀를 따라 나섰다. 그러나 내심 불안한 마음이 드는 것도 사실이었다. 왜 나만 따로 불러내는 것일까? 혹시 성이 없다고 해서 밖으로 쫓겨나는 것일까? 그렇다면 차라리 다행이었다. 조용히 집으로 돌아가면 그만이니까. 단지 현주에게 들었던 궁궐 상궁과 나인들의 이야기가 자꾸 떠올랐다. 궁궐에 산다는 이유만으로 한 성격 하더라, 예쁜 여인들만 보면 괜히 궁궐의 으슥한 곳으로 데려가서 조용히 숨을 끊어버린다더라……. 들을 때는 농담처럼 웃으며 들었던 이야기들이지만 밤의 궁궐에서 떠올리기에는 썩 좋은 이야기가 아닌 듯싶었다.

"이쪽으로……."

게다가 나인도 아니고 상궁이 직접, 혼자서 나를 안내하고 있다. 그녀가 가는 길은 어두컴컴해서 아무것도 보이지 않는다. 듣기로는 황후께서 을미년에 경복궁에서 참변을 당하신 후, 밤에는 궁궐 곳곳에 전깃불을 놓아 환히 밝힌다고 했다. 그런데 왜 내가 가는 길에만 전깃불은커녕 등롱조차 보이지 않는 걸까? 마치 일부러 나를 다른 사람의 눈에 띄지 않게 안내하는 느낌이었다.

"이곳입니다."

마침내 목적지에 다다랐다.

그곳은 경운궁의 후원이었다. 밤이 찾아와 고개를 숙인 채 잠든 꽃들 사이에 일정한 간격으로 전깃불이 놓여 있었다. 투명한 유리등에 담긴 전깃불이 후원 곳곳에 놓여 오묘한 빛을 만들어내고 있었다.

인간이 만든 빛에 의해 드러난 밤의 꽃들은 낮에 보는 꽃들과 다른 색다른 기분을 느끼게 한다. 민가도 아닌 황실의 후원이니 오죽할까. 나는 전깃불이 밝히고 있는 후원을 둘러보다가 문득 상궁이 사라졌다는 것을 깨달았다.

"!"

뒤늦게 내가 왔던 길을 돌아보았지만 그곳에는 불이 없다. 길이 있는지조차도 의심스러운 어두컴컴한 공간만이 있을 뿐이었다. 도저히 혼자서는 저 길을 다시 걸어갈 엄두가 나지 않는다. 바로 그때였다.

"미우."

나의 이름을 부르는 익숙한 목소리.

다시 후원 쪽으로 시선을 돌리자 멀지 않은 곳에서 내게로 걸어오는 한 남자가 보였다. 나는 그가 누구인지 단번에 알아보았다.

"이선?"

낯선 곳에서 만난 익숙한 얼굴에 반가운 마음이 든 나는 그에게로 서둘러 다가갔다.

“이 비서관님 말씀이 맞았네요? 여기에 오면 당신을 만날 수 있을 거라고 했어요.”

반가워하는 나의 표정에 그의 얼굴에 잔잔한 미소가 퍼진다.

‘그런데…….’

그의 옷차림이 평상시와 다르다. 우체총사에서는 다른 남자 직원들과 비슷한 양장을 입던 그였다. 그런데 오늘 그가 입고 있는 양장은 검은색의 제복. 아버지가 입는 서양식 관복과 비슷하다. 하지만 아버지 것과는 달리 금빛 휘장이 가득한 옷이다. 팔목 부분에 금실로 파도치듯 새겨진 줄이 눈에 들어왔다. 그러고 보니 예전에 아버지에게 얼핏 들었던 것 같다. 제복의 팔 부분에 새겨진 금줄의 개수는 황족의 신분과 지위를 나타낸다고…….

‘황족의 지위?’

내 얼굴에서 미소가 사라졌다.

영보당 마마의 손수건.

이영효 비서관.

그리고 황족의 표시.

“이선. 당신 누구예요?”

나의 단도직입적인 질문에 이선의 얼굴이 약간 경직된다. 그러나 그는 어느 정도 예상했다는 듯 짧은 숨을 내쉬며 말한다.

“미우. 네가 받은 초대장은 사실 영보당 마마가 보낸 게 아니야. 내가 이름을 빌려 네게 보낸 초대장이었어."

"영보당 마마의 이름을 빌렸다고요? 왜 그랬는데요?"

"널 궁으로 초대하기 위해서였어. 네게 진실을 털어놓기 위해서는 궁궐만한 무대가 없다고 생각했거든."

"진실?"

그의 말을 이해하기가 어렵다. 대체 무슨 진실을 털어놓기에 궁궐이라는 무대가 필요한 것일까?

"너에 대해 알고 싶어졌어. 그 전에 돌이켜보니 난 네게 솔직하지 않았던 것 같아. 아니, 솔직해야 할 일이 없을 거라고 생각했지. 하지만 상황은 달라졌고, 그래서 네게 내 소개를 정식으로 다시 할까 해."

그가 내게로 한걸음 가까이 다가섰다. 그리고는 나의 두 눈을 똑바로 응시하며 입을 열었다.

"황제폐하께서 내게 하사하신 작위는 완친왕. 미우, 난 이 제국의 황자인 완친왕 이선이야."

"완친왕……."

내가 처음 완친왕의 존재에 대해 들었던 것은 현주에게서다. 궁궐에서 일하는 현주는 그의 얼굴을 알고 있었다. 그리고 그에 대해 나보다도 더 잘 알고 있었다. 하지만 난 현주가 말하는 완친왕의 얼굴을 단 한 번도 상상해본 적이 없다. 그와 나는 다른 세계의 사람이었고, 내가 그를 만날 일은 결코 없다고 생각했었으니까.

이제야 그와 연관된 모든 것들이 하나로 연결되어 해답을 만들어

나간다. 그가 내게 주었던 영보당 마마의 손수건. 그를 데리러 우체총사에 왔던 이영효 비서관과 민우진의 대화. 그리고 비가 오던 날 궁중에서 사라진 완친왕의 행방까지도…….

이선. 그가 바로 완친왕이었던 것이다!

후원을 밝혀주는 전깃불 아래서 우리는 거리를 두고 나란히 앉아 있었다. 우체총사에서 함께 일하던 직원 이선은 이처럼 거리가 있는 사람은 아니었다. 그러나 황자 이선은 달랐다. 황족에 대해서는 듣기만 했지, 단 한 번도, 멀리서라도 본 적이 없었다. 그를 뭐라고 불러야 할까? 폐하의 아드님이고 작위가 왕이라면 전하라고 불러야 하는 걸까? 이선 전하? 완친왕 전하?

고민이 깊어갈수록 시간도 함께 흐른다. 이선은 내가 먼저 입을 열기를 기다리고 있었던 듯하다. 오랜 시간 내 입이 열릴 기미가 보이지 않자, 그가 턱을 괸 채 내 쪽으로 고개를 돌린다.

"나를 상당히 불편해 하고 있는 것 같은데? 아닌가?"

'엄청 불편하지!'

하지만 난 입가에 어색한 미소를 지으며 고개를 저었다. 어쨌든 그는 황족이다. 그리고 궁궐은 황족의 구역. 정신이 나가지 않고서야 황족의 구역에서 황족에게 무례하게 구는 바보가 있을까. 그랬다가는 그대로 끌려가버릴 테니까.

"호칭이 문제라면 늘 부르던 대로 불러. 내 이름."

'그게 그렇게 간단한 문제가 아니잖아요.'

이번에도 나는 어색한 미소를 유지한 채 고개를 저었다. 그렇게 할 수 없다는 뜻이었다. 그러자 이선이 보란 듯이 푹 한숨을 내쉬더니 자리에서 일어선다.

"내가 그렇게 불편하다면, 오늘은 이만 물러가야겠군."

그대로 그가 내게서 돌아서려 한다.

"그게 아니라……!"

순간적으로 열린 입. 이선이 방긋 웃으며 다시 나를 돌아보았다.

"그게 아니라?"

"아휴!"

난 답답한 듯 거친 숨을 연거푸 내쉬며 참고 있던 말들을 쏟아내기 시작했다.

"황족을 직접 만난 건 처음이라 어떻게 불러야 할지 모르겠다고요! 궁중 예법이니 이런 거 하나도 배운 적도 없고요. 아니요! 전 궁궐에도 출입한 적이 없다고요. 그러니 지금 제 머릿속은 이선 전하라고 불러야 할지, 아니면 완친왕 전하라고 불러야 할지, 어떤 말투를 써서 말을 꺼내야 할지 복잡해서 어지러울 지경이라고요!"

하고 싶은 말을 다 하고 나니 오히려 속은 시원해진다. 물론 그 뒤에 벌어질 상황이 조금은 두렵다. 이런 무례한 것을 봤나? 하며 군인들을 불러서 끌어내지는 않겠지? 뭐, 내가 알던 우체총사의 이선이라면 절대 그럴 사람이 아니지만, 황자 이선은 모르겠다. 그런데…….

"하하하!"

'웃어?'

이선이 한참을 웃어대더니 내게 말한다.

"날 이선 전하로 대하든 이선 직원으로 대하든 네 편한 대로 해. 난 상관없으니까."

"정말요?"

"그래. 이제야 말하는 거지만 우체총사에는 내 진짜 신분을 아는 사람들이 알게 모르게 많아. 그들 모두 나를 이선이라고 부르는걸. 우체총사 안에서만큼은 우린 같은 직원이니까."

"그럼 다행이네요!"

완친왕이 직접 편한 대로 대하라고 말했다. 남자니까 두말하지는 않겠지.

난 이영효 비서관의 말대로 혹시라도 그를 궁궐에서 만나면 돌려주려고 가져온 손수건을 꺼냈다. 이선도 내가 손수건을 꺼내들자 바로 알아본 표정을 짓는다.

"지난번에 제게 건네준 손수건이에요. 듣자하니 영보당 마마께서 손수 수를 놓으신 귀한 손수건 같던데요. 맞나요?"

"맞아. 특히 그 테두리가 금실로 된 손수건은 오직 아들인 내게만 만들어주신, 이 세상에 단 하나뿐인 귀한 손수건이지."

"그런 귀한 걸 아무에게나 막 내줘요?"

이선이 내게서 손수건을 받아들며 중얼거렸다.

"아무나가 아니라 내게 있어서 귀한 사람이 되려나 보지."

'귀한 사람…….'

잠잠하던 마음에 작은 물방울이 하나 떨어져 큰 파장을 만들어나간다. 그를 향한 내 시선이 자꾸 산을 타듯 오르락내리락을 반복하며 초조함을 드러낸다. 이선도 이를 보았는지 내 시선을 따라 눈동자를 굴린다. 어느 순간 그와 눈이 정면으로 마주쳤을 때, 이선은 이를 놓치지 않고 입을 열었다.

"미우. 난 이제 네가 누구인지 알고 싶은데."

"네?"

그는 말을 잇기 전에 왠지 초조한 듯 두 손을 깍지 낀다.

"지난번 대필 사건 때도 그렇고, 평소 하는 행동을 보아도 넌 분명 대갓집 규수야. 적어도 보통 민가의 여인들과는 달라."

"그건……."

그의 지적은 틀리지 않다. 하지만 우체총사에서 같이 일하는 사이일 뿐인 그가, 내가 정말로 누구인지 왜 알고 싶어 하는 것일까?

"이 비서관은 네가 고아라고 했지만, 난 그 말을 믿기가 어려워. 그래서 네게 묻는 거야."

"그게 왜 궁금한데요?"

"글쎄."

그는 대답을 회피하며 피식 웃었다.

나는 잠시 고민했다. 내 아버지가 누구인지 털어놓아야 할지 말지를 말이다. 어쨌든 그는 황자의 신분을 드러냈으니 나도 궁내부 특진관 박정양의 여식이라는 사실을 말하는 게 옳다. 문제는 이 사실이 알려지면 더는 우체총사에서 일하지 못하게 될 수도 있다는 것이다. 황자이기 전에 남자인 이선은 상관없겠지만 나는 다르다. 여인이, 그것도 명문가 규수가 남자들이 우글우글한 곳에서 일을 한다는 것은 아직 모두에게 용납되기 어려운 것이었다. 어쩌면 이선도 내게 실망할지 모른다.

"말하기 싫다면 굳이 말할 필요는 없어."

"꼭 그런 건 아니지만……. 이선은 규수가 우체총사에서 일하면 안 된다고 생각해요?"

"예전에는 그랬었어."

역시 그는 내가 아는 대로 솔직하다.

"하지만 너를 본 순간 달라졌어. 네가 내 예상대로 규수라면 말이지."

다시 가슴이 콩닥거리며 뛰기 시작한다. 하지만 나는 일부러 새침하게 말했다.

"규수에는 다른 의미도 있어요. 꼭 명문가 여식을 가리키는 말은 아니라고요."

그가 완친왕이라는 사실을 알고서도 평소 우체총사에서 주고받던 것처럼 툭툭거리는 나를 보며 그가 웃음을 터트렸다.

"미우. 대체 넌 지금까지 어디에 숨어있었던 거야."

그가 하는 말이 이해가 되지 않아 고개를 갸웃거렸을 때였다.

"전하."

후원 입구 쪽에서 이영효 비서관이 나타났다. 그의 등장에 나는 마치 죄를 지은 것처럼 자리에서 벌떡 일어섰다. 이선은 그런 나를 흘깃 보더니 이 비서관을 응시한다. 우리 앞으로 다가온 이 비서관은 곧바로 이선에게 고개를 숙이며 인사를 올렸다.

"영보당 마마께서 찾으십니다."

"벌써 아신 건가?"

"폐하께서 아직 모르시는 것을 다행으로 여기십시오."

그러면서 나를 쳐다보는 이 비서관.

설마 지금 두 사람의 대화 속에 나와 관련된 이야기가 조금이라도 있는 것은 아니겠지?

"알았어. 미우를 궐문까지라도 데려다 주고 나서……."

"전하. 안 됩니다."

이선의 말이 끝나기도 전에 이 비서관이 단호히 말을 잘랐다.

"전하께서 미우 아가씨와 있는 모습이 다른 이들의 눈에 띄기라도 하면 전하는 물론이고 미우 아가씨에게도 좋지 못한 소문이 날 것입니다. 그때는 정말로 폐하께서도 아시게 될 겁니다."

하긴, 황자인 이선의 얼굴을 모르는 나인이 궁궐에 있을 리 없다. 황자가 수수께끼의 여인을 궐문까지 배웅해주는 모습을 보이면 분명 시끄러워질 것이다. 결국 이선도 납득한 듯 고개를 끄덕였다.

"그럼 미우를 부탁하네."

"예, 전하."

이선이 아쉬운 표정으로 내게서 돌아섰다.

"이선!"

내가 급히 이선을 불러 세우자 이선의 옆에 서 있던 이 비서관이 싸늘한 눈빛을 내게 보냈다. 늘 부드러운 눈웃음을 짓고 있던 그의 모습과는 상반되는 것이었다. 난 혹시라도 내가 이선을 전하라고 호칭하지 않은 것 때문이 아닐까 생각했다. 그렇다면 이해가 된다. 그의 입장에선 내가 이선의 이름을 부른 것이 무례하다고 여겨질 테니까. 하지만 이 비서관이 아직 모르는 사실이 있다. 이선은 내게 마음 편히 대하라고 허락했다.

"앞으로도 계속 우체총사에 출근할 거죠? 그렇다면 더 이상 지각이나 조퇴는 하지 말아요. 강 주사님이 더 이상 용납하지 않으실 거라고요. 또 계속 그랬다가는 민 사장님도 진짜로 당신을 자를지 몰라요."

이선이 주먹 쥔 손을 입가에 가져가 대더니 쿡쿡대며 웃는다.

"어? 웃을 일이 아닐 텐데요. 제대로 출근할 거예요, 안 할 거예요?"

나의 다그침에 이선이 헛기침을 하며 나를 똑바로 응시했다.

"물론 출근해야지. 우체총사에서 보자고, 미우."

이영효 비서관은 이선과의 약속대로 나를 궐문 앞까지 안내해주었다. 그곳에는 내가 현주와 함께 타고 온 마차가 기다리고 있었다. 아직 영보당 마마의 연회가 끝나지 않았는지, 현주는 그곳에 없었다. 난 마차 안에서 현주를 기다릴 생각이었다.

"여기까지 데려다주셔서 고맙습니다."

정중하게 인사를 하는 내게 이 비서관이 말한다.

"박미우 양."

"!"

그의 입에서 나온 내 이름에 나는 크게 놀랐다.

"지금 저를 뭐라고……."

"궁내부 박정양 대감의 무남독녀이신 박미우 양. 맞으시지요? 미우 아가씨."

"제가 누구인지 알고 계셨어요?"

이 비서관이 입가에 부드러운 미소를 짓는다. 그러나 그 미소는 내가 평소에 보았던 그의 미소와는 분명 다른 무언가를 담고 있는 것 같다.

"쉽사리 알아낼 순 없었습니다. 민우진 사장은 박미우 양이 외국어 실력이 뛰어나서 고용했을 뿐, 다른 신상 정보는 전혀 모른다고 말했기 때문이지요. 그래서 직접 알아볼 수밖에 없었습니다. 어쨌든 이 일로 불쾌하지 않으셨길 바랍니다. 나는 완친왕 전하를 모시는 사람이고, 그분과 관련된 사람에 대해서는 모두 알아야 하니까요."

그러고 보니 이선은 나를 고아로 알고 있었다. 그것도 이 비서관이 말해준 것이라고 했다. 그렇다면 그것은 거짓말이다. 이 비서관은 내가 누구인지 알면서 왜 이선에게 거짓말을 한 것일까?

"하지만 이선은 내가 고아인 줄 알고 있었어요. 왜 그에게 거짓말을 하셨죠?"

이 물음에 이 비서관은 순순히 답을 주었다.

"전하께서 아가씨가 박정양 대감의 여식이라는 사실을 알았더라면 어떻게 되었을까요? 곧장 어머님이신 영보당 마마께 이 사실을 알렸을 것입니다. 무엇보다 박정양 대감의 여식이라면 친왕비가 되기에도 부족함이 없는 신분이지요. 그러니 영보당 마마께서 직접 나서서 혼사를 추진하려 하셨을 것입니다."

"친왕비?"

이 비서관이 말하는 친왕비는 완친왕인 이선의 정비를 뜻하는 말 같다. 그런데 왜 여기서 친왕비 이야기가 나오는 걸까?

"왜 영보당 마마께서 제 혼사를……."

"오늘 일을 보시고도 모르시겠습니까? 전하께서는 미우 아가씨께 호감을 가지고 계십니다. 지금까지 전하께서는 그 어떤 여인에게도 이런 호감을 표하신 적이 없었지요. 영보당 마마께서는 하루라도 빨리 완친왕 전하께서 친왕비를 맞아들이기를 바라시니, 전하께서 미우 아가씨에게 호감을 가지고 계신 것을 아신다면 직접 나서려 하실 것입니다."

"전하가 제게 호감을 가지고 계시다고요?"

이선에게 직접 들은 말도 아닌데 괜히 가슴이 두근거렸다. 하지만 이 비서관은 이 사실을 좋아하지 않는 것 같았다.

"혹시라도 친왕비가 되고 싶다는 헛된 꿈을 꾸신다면 지금이라도 접으시지요."

난 이 비서관의 말에 발끈했다.

"무례하시군요. 아무리 그래도 어떻게 그런 말씀을……."

"전하께는 이미 정해진 반려가 있습니다."

이 비서관의 말에 어째선지 내 가슴이 쿵 내려앉았다.

"아직 영보당 마마께서는 모르시지만 폐하께서, 그리고 제가 추진하고 있는 혼사입니다. 정 전하께서 미우 아가씨가 마음에 든다고 하신다면 후궁으로 들어오실 수는 있겠지요."

"후궁?"

명문가에서 태어난 내게는 혼인하더라도 후궁, 즉 첩이 된다는 것은 상상조차 한 적이 없는 일이었다.

"제 말이 아가씨에게 도움이 되었길 바랍니다."

이 비서관이 쏟아낸 말들의 충격이 가시기도 전에 그는 나를 두고 유유히 돌아섰다.

나는 지난 주 초대장을 받아 궁궐에 갔었던 날 이후로 제대로 잠을 이루지 못했다.

이선이 완친왕이라는 사실, 그리고 이영효 비서관이 말했던 이선의 반려 이야기. 게다가 완친왕을 좋아하는 현주에게 이선의 정체가 사실 완친왕이라는 것도 말하지 못하고 있었다. 연달아 터진 이 엄청난 사건들을 혼자 끌어안은 채 나는 무거운 마음으로 새로운 한 주를 맞이했다.

"마드모아젤!"

통신원의 정문을 막 넘은 내게 달려오는 사람이 있었다. 바로 미륜사, 헨리였다. 내 앞에 이르자 그는 쓰고 있던 모자를 벗어 정중히 인사를 했다.

"출근하기에는 조금 이른 시간인 것 같은데요?"

"오늘 일찍 일어난 데다가, 마냥 출근 시간까지 기다리기에는 머릿속을 복잡하게 만드는 생각들이 많아서요."

헨리가 기다렸다는 듯이 웃으며 말한다.

"제게 당신의 복잡한 머릿속을 말끔하게 해줄 묘약이 있다면 믿으시겠습니까?"

"묘약이요?"

전무학당 한편에 마련된 헨리의 작은 사무실.

책상과 단 두 개의 의자만으로도 가득 차 보이는 그의 사무실은 우체총사에 있는 내 사무실보다도 작았다. 그러나 그는 이 사무실을 그만의 방식으로 멋스럽게 꾸며놓았다. 사무실의 한쪽 벽면에는 독특한 무늬가 있는 융단이 액자처럼 걸려있었다. 그 외에도 다양한 나라에서 온 듯한 장식물들이 많았다. 그 때문인지 그의 사무실에 들어서는 순간, 조선과는 전혀 다른 분위기가 느껴졌다.

내가 그의 작은 사무실을 둘러보는 동안 헨리는 한쪽에 놓인 난로 위에 주전자를 올렸다. 찻물을 끓이려는 것이다.

"인도에서 온 아삼입니다."

그는 사무실 책상 위에 올려둔 작은 차 통을 살짝 흔들며 말했다. 난 잠시 그의 손에 들린 차통을 보다가 벽에 걸린 융단으로 시선을 돌렸다. 그러자 그가 내게 설명한다.

"그 카펫도 인도에서 온 겁니다."

"인도는 어디에 있는 곳이죠?"

"음……."

내 물음에 잠시 고민하던 헨리가 책상 밑으로 고개를 숙였다. 그는 곧 그 안에서 자기 머리보다 큰 지구의를 꺼내 책상 위에 올려놓았다.

"종종 세계의 지리를 물어오는 학생들이 있어서……. 제 한 달 월급의 반을 털어 구입했죠."

그는 지구의를 책상에 올려놓더니 천천히 돌렸다. 지구의가 두 바퀴를 돌았을 때, 그가 손으로 어느 한 곳을 누르며 지구의를 멈춰 세웠다.

"이곳이 인도입니다."

나는 호기심 어린 눈으로 지구의를 쳐다보았다. 이런 내 눈빛을 읽었는지, 그는 지구의를 가리키며 열심히 설명을 이어나갔다.

"여기는 조선. 바로 대한제국이지요. 대한제국의 아래로는 일본이 있고 위로는 러시아와 청국이 있습니다."

"미국은 어디에 있나요?"

"미국? 좋은 질문이군요."

그가 다시 지구의를 돌렸다. 그리고 넓고 광활한 대륙의 한가운데를 손가락으로 짚는다.

"이곳이 미국입니다."

내가 미국을 유심히 살펴보자 헨리가 묻는다.

"미국에 대해서 잘 아시나요?"

난 중얼거리듯 대답했다.

"어렸을 때 거기서 산 적이 있어요. 아버지가 주미 대사셨는데……."

나는 지구의에서 눈을 떼고 헨리를 보며 말했다.

"제가 헨리에게 하는 이야기들은 다른 사람들은 몰랐으면 해요."

"물론입니다, 마드모아젤."

웃으며 답하는 헨리가 내 말을 진지하게 들어주는지는 알 수 없다. 그래서 난 이선의 이야기부터 꺼냈다.

"헨리의 친구 '태양'에게도요."

헨리가 웃음을 멈추고 눈을 크게 뜬다.

"이선이요?"

"네."

난 길게 한숨을 내쉬며 말을 덧붙였다.

"헨리. 그가 황자라는 걸 알고 있었어요?"

"아……."

뒤늦게 내가 한 말의 의미를 알아차린 헨리가 심각한 표정으로 고개를 끄덕인다. 그러나 그것은 아주 잠깐이었다. 곧 헨리는 피식 웃으며 내게 말했다.

"제가 처음 이선을 만났을 때도 그는 신분을 숨겼어요. 이름까지도요. 먼저 자신을 태양이라고 불러달라고 말한 것도 이선이었고요. 그는 전신에 관해 배우고 싶어 하는 열혈 학생으로 가장했죠. 하지만 전 그가 찾아오기 전부터 정체를 알고 있었어요."

"어떻게요?"

"이영효 비서관이 이선보다 한발 앞서서 저를 찾아왔기 때문이죠. 그는 제게 호기심 많은 한 황자가 곧 찾아올 것이라고 알려주더군요."

'이영효 비서관.'

그는 이선의 일에 관해서라면 모르는 게 없는 사람임에 틀림없다. 이선이 알려준 것이든 아니든 간에 말이다. 그리고 분명 이선은 그만큼 그를 신뢰하고 있을 터이다.

"그래서 저는 대뜸 그에게 '거짓말쟁이에게는 아무것도 가르쳐드리지 않을 겁니다, 전하.'라고 말했습니다. 그때 이선이 놀라는 얼굴을 미우도 봤어야 했는데."

헨리가 추억을 회상하며 웃음 짓는다. 하지만 난 아직 웃을 수 없다.

"헨리. 왜 황자가 신분을 숨기고 우체총사의 직원으로 있는 거죠? 그는 황자잖아요. 우체총사에서 낮은 자리의 직원으로 일하고 있다는 사실이 알려지면 웃음거리가 될 수도 있어요."

"아니요. 역으로 생각하면 황자의 신분을 드러내면 직원이 되어 일할 수 없을 겁니다. 어찌어찌 일을 하게 된다 하더라도 우체총사의 직원들은 모두 그에게 잘 보이려고만 할 것이고, 민우진 사장의 말은 콧등으로도 듣지 않겠죠. 우체총사의 업무는 엉망이 될 겁니다."

헨리의 말은 어느 정도 나를 이해시켰다. 하지만 지난번 민우진과 이영효 비서관의 대화로 추측해보건대 이선이 이곳에서 일한다는 사실은 폐하도 알고 계신다. 왜 아들이 이곳에서 신분을 숨긴 채 일하는 것을 허락한 것일까?

"그럼 폐하께서는 왜 허락하신 걸까요?"

"그건……."

입을 열었던 헨리가 난로 위에 올려둔 주전자가 요동치는 것을 보고는 잠시 하려던 말을 중단했다.

"물이 다 끓었군요."

그는 난로 위의 주전자를 들어 올리더니 뚜껑을 열어 그 안에 찻잎을 넣었다. 내가 가만히 지켜보자 헨리가 한쪽 눈을 찡긋한다.

"저희 어머니의 비법을 보여드리죠. 믿어도 좋아요."

그의 손이 바빠지기 시작한다. 그는 우린 찻물을 따로 걸러내어 살짝 데운 우유와 섞어 달콤한 우유차를 만들어냈다. 그리고 조선식 다기에 담아 내 앞에 내밀었다.

"이것이 바로 동양과 서양의 조화가 아닐까요?"

내가 차의 향을 맡는 사이 헨리가 말을 덧붙였다.

"제가 말한 묘약입니다."

난 천천히 찻잔을 들어 안에 담긴 차를 한 모금 마셨다. 그러자 그가 말한 묘약의 의미가 무엇인지 알 수 있었다. 그 차는 내 머릿속을 복잡하게 만들던 생각들을 모두 잊어버리게 할 만큼 달콤한 맛이었다. 내 입가에 만족스러운 미소가 피어오르자 헨리가 말했다.

"약간의 설탕의 힘도 있지만."

그는 조금 전 중단했던 이야기를 다시 이어나갔다.

"16년 전 갑신년의 일입니다. 그때 조선의 통신 수단은 오로지 역마와 봉화, 두 가지뿐이었습니다. 하지만 조선 밖 세상은 바뀌고 있었어요. 역마는 우편제도가, 봉화는 전신, 전화가 대체하기 시작했으니까요. 그래서 폐하께서는 먼저 서양의 우편제도를 도입하셨지요. 그것이 바로 우정총국입니다."

"하지만 우정총국은 폐지되었잖아요."

헨리가 고개를 끄덕였다.

"우정총국 개국 축하연에서 일어난 정변으로 인해, 우정총국은 그 해를 넘기지 못하고 폐지되었습니다."

찻잔을 놓으며 그가 이어 말했다.

"그 후 조선은 다시 역마제와 봉수제를 유지했습니다. 그사이 일본은 조선에 거주하는 자국민들의 원활한 우편 교류를 위한다며 무단으로 조선의 곳곳에 일본 우체국을 세웠습니다. 청국 역시도 이를 보고만 있지 않았죠. 청국과 조선을 잇는 서로전선을 세웠으니까요. 전신이야 뒤늦게 조선에서 북로전선과 남로전선을 세우면서 되찾아올 수 있었지만, 아직 우편은 아닙니다."

헨리는 빈 찻잔에 차를 따른 후 한 모금 마셨다.

"폐하께서 올해 통신원을 만드시고 그 산하에 우편 업무를 담당하는 우체총사와 전신 업무를 담당하는 전보총사를 만드신 것도 바로 이러한 이유 때문입니다. 지금 제국은 일본이 빼앗아간 우편 업무를 되찾아 와야 합니다."

조선인보다도 더 조선인의 입장이 되어 말하는 헨리. 난 그런 그가 신기하게 여겨졌다. 그는 분명 외국인이다. 조선에서 태어나지도 않았다. 그는 단지 대한제국 정부에 고용되어 일하는 전무학당의 교사일 뿐이다. 그러나 그는 고용인의 마음을 넘어 진심으로 대한제국의 미래를 걱정하고 있었다.

"그만큼 우체총사의 일이 중요하다는 건 알겠어요. 그래서 폐하께서도 황자인 이선이 이곳에서 일하는 것을 허락하신 거겠죠."

헨리는 나를 보며 흐뭇한 미소를 지었다. 마치 이해력이 빠른 총명한 학생을 바라보는 교사의 눈빛 같았다. 헨리는 여기에 내가 모르는 정보를 하나 더 알려주었다.

"지금 한성에 위치한 외교관들은 모두 일본 우체국을 통해 외교 문서를 주고받습니다. 그 때문에 대한제국의 외교 전반을 일본이 꿰뚫고 있는 실정입니다."

나는 고개를 갸웃거렸다.

"하지만 조선에도 우체총사가 있잖아요. 얼마 전에 만국우편연합에도 가입했다고 들었어요. 그러면 조선에서도 국제우편을 취급할 수 있을 텐데요?"

"예. 그렇습니다. 헌데 일본이 방해공작을 펴고 있습니다."

"방해공작이요?"

"일본은 조선이 만국우편연합에 가입했다는 것이 조선이 일방적으로 내는 헛소문이며, 설사 가입이 사실이라도 하더라도 곧 취소될 것이라는 거짓 소문을 내고 있습니다. 민우진 사장이 우체총사에 취임한 이후부터 계속 골머리를 앓고 있는 점이 바로 이겁니다. 아마도 이번 공사관 연회에서 전환점을 찾으려 하겠죠."

'공사관 연회?'

지난번 이영효 비서관이 내게 했던 말이다. 의문이 떠오른 내 얼굴을 본 헨리가 말한다.

"정기적으로 프랑스 공사관에서 열리는 파티입니다. 한성에 주재하는 모든 외교관들과 그 가족들이 참석하지요. 또 한성에 거주하는 외국인들 상당수가 초대받는답니다."

"그럼 민 사장님은 프랑스 공사관에서 열리는 연회를 우체총사를 홍보할 수 있는 좋은 기회로 생각하시겠네요?"

"그렇겠죠."

그런데 헨리가 답해줄 수 없는 새로운 의문이 내 안에 생겨났다. 이영효 비서관은 분명 내게 공사관 연회에서의 활약을 기대한다고 말했다. 하지만 민우진이 참석하는 공사관 연회가 나와 무슨 상관이 있단 말인가?

공사관 연회

“역시! 내가 잘못 보지 않았어!”

우체총사 안으로 들어서는 나를 보자마자 환한 얼굴로 반기는 사람은, 다름 아닌 강 주사다.

“네?”

“정말 대단해, 미우! 언제 일을 다 끝낸 거야?”

“일이라니요?”

“모르는 척 말라고! 그리고 지금 나, 민 사장에게 가는 길이니까. 잘 말해줄게. 네 칭찬도 민 사장에게 엄청 해주지!”

강 주사는 콧노래까지 부르며 민우진의 사무실로 향한다. 난 강 주사의 뒷모습을 가만히 응시하다가 우편 분류실로 발걸음을 옮겼다.

정답은 그곳에 있었다. 분류실에 도착하고 나서야 난 강 주사가 한 말의 의미를 알아차린 것이다.

'뭐야…….'

분명 정리되지 않은 우편물들이 바닥에 가득 쌓여있어야 했다. 그러나 바닥은 깨끗했다. 우편물들은 모두 제자리를 찾아 분류대에 꽂혀있었다. 지난 주, 겨우 분류를 반만 끝내고 퇴근했었다. 그것만으로도 강 주사에게 칭찬을 받았었다. 그렇다면 나머지 반은 도대체 누가 끝내놓았단 말인가?

"어때? 내 실력이?"

이선이 우편 분류실 입구에 서서 날 보며 웃고 있었다. 그제야 나를 대신해 우편물 분류를 끝낸 사람이 다름 아닌 이선이라는 걸 깨달았다. 내 표정을 살피는 이선의 얼굴은 칭찬을 듣고 싶어 하는 표정으로 가득했다.

고마운 마음보다 먼저 순간적으로 장난거리가 떠올랐다. 난 이선을 향해 고운 눈웃음을 지으며 정중히 입을 열었다.

"고맙습니다. 완친왕 전하."

순간 웃고 있던 이선의 얼굴이 하얘졌다.

"여기서 그렇게 날 부르면 어쩌자는 거야?"

그러더니 당황한 얼굴로 분류실 밖 복도를 두리번거린다. 혹시라도 강 주사나 다른 직원들이 지나가다가 들었을까 봐 전전긍긍하는 얼굴이다. 난 그런 이선을 보며 크게 웃음을 터트렸다. 뒤늦게 돌아본 이선이 한숨 섞인 미소를 지었다.

"정말 미우는 못 말리겠네."

난 웃는 이선을 보며 당분간 그와 관련된 일은 마음속 깊은 곳에 묻어버리기로 결심했다. 그의 반려에 관한 것도, 현주에게 말해야 할 이선에 관한 진실도.

지금은 이 우체총사에서 일하는 순간이 가장 즐겁고 기쁘니까. 이 시간을 더 소중하게 지키고 싶었다.

이선 덕분에 모든 분류 일을 끝낸 나는 할 일이 없었다. 원래 분류실 일을 맡고 있던 이선도 마찬가지였다. 우리는 오전에 할 업무를 모두 끝낸 기념으로 손님 대기실로 향했다. 이른 아침이라 그런지 대기실 안에는 아무도 없었다. 나는 난 창가로 다가갔다. 창틀에는 막 봄 꽃을 틔운 화분 하나가 덩그러니 놓여있었다. 난 그 화분을 가운데 두고 왼편에 몸을 기댔다. 이선도 화분을 사이에 두고 건너편 창틀에 걸터앉았다.

그가 화분 쪽으로 고개를 숙였다. 난 그가 꽃향기를 맡으려는 줄 알았다. 그런데 꽃가지 사이에서 그의 시선이 나를 향한다. 그의 얼굴은 무표정했지만, 때마침 창문으로 쏟아져들어온 햇빛을 반사하는 그의 눈빛은 감정을 담고 있었다.

이를 알아챈 나는 뒤늦게 시선을 피했다. 그가 입을 열었다.

"아침에 우체총사로 오지 않고 학당에 가서 그 녀석을 만난 모양이군. 그렇지?"

난 다시 이선을 쳐다보았다.

"그 녀석? 설마 헨리요?"

이선은 내 입에서 헨리라는 이름이 나오자 조금은 놀란 얼굴이다.

"헨리? 미륜사를 헨리라고 부른단 말이야?"

난 고개를 끄덕였다.

"헨리가 그렇게 부르라고 했으니까요."

"그래애?"

약간 거슬린다는 말투였지만 싫은 표정은 아니었다.

"그런데 제가 헨리를 만난 건 어떻게 알았어요?"

이선이 입가에 미소를 띠며 내게 말한다.

"아까 분류실에서 인도 아삼의 향이 났거든. 헨리 그 녀석이 며칠 전부터 귀한 아삼을 구했다고 자랑했던 것도 생각났고."

난 이른 아침 내 머리를 맑게 만들어준 달콤한 우유차를 떠올리며 방긋 웃었다.

"맞아요. 달콤하고 맛도 좋았어요."

행복해하며 웃는 나를 보는 이선의 입가에도 미소가 지어졌다. 난 그에게 물었다.

"그럼 제가 헨리와 차를 마시는 동안에 우편물 분류를 모두 끝낸 거예요?"

이선이 어깨에 잔뜩 힘을 준다.

"왜? 이제야 내가 대단해 보여?"

칭찬을 받고 싶은 걸까? 그는 보란 듯이 팔짱을 끼며 자랑스러운 어투로 말한다. 난 그런 그를 보며 킥킥 웃었다.

"정말 대단하시네요, 완친왕 전하."

어차피 우리 두 사람만 있는 대기실이다. 그러니 조금 전과 달리 이 정도의 장난은 이선이 허락해 줄 거라고 여겼다. 그런데 나의 장난에 돌아온 그의 표정은 사뭇 진지하다.

"미우는 나를 오래도록 놀려먹을 거리를 찾아낸 것 같네?"

난 창틀에서 떨어져 허리를 바로 세웠다.

"싫다면 하지 않을게요. 하지만 악의는 없었어요. 아직도 믿기지가 않는걸요. '그 완친왕' 전하가 저와 함께 일하는 이선이라니……."

"그 완친왕? 그건 또 무슨 말이야?"

난 현주를 떠올렸다.

"제 오랜 친구 중에 현주라고 있어요. 전화교환수인데……."

"아, 알아. 서현주. 경운궁의 전화교환수지."

난 눈을 동그랗게 떴다.

"현주를 알아요?"

"궁궐에서 뽑은 첫 여자 교환수 중 한 명인데 내가 모를 리가 있나."

현주가 정말 펄쩍펄쩍 뛰며 좋아할 소식이다. 완친왕이 현주의 존재를 알고 있었다니! 오늘 퇴근하자마자 현주에게 해줄 이 놀라운 이야기에 가슴이 흥분으로 가득 찼다. 아, 물론 우연히 들었다는 점은 강조해야 할 것이다. 나와 함께 우체총사에서 일하는 이선이 '그 완친왕'이라고는 아직 말할 수는 없으니까.

그때, 이선이 무언가 떠올랐다는 듯 내게 말한다.

"종종 경운궁 나인들을 꾀어내어 공깃돌 놀이를 하면서 농땡이를 친다더군. 이 때문에 경운궁 상궁들이 그 아이에 대해 험담하는 걸 들었어."

'뭐라고?'

이건 나도 모르는 사실이다. 물론 현주가 자신이 궁궐에서 일하는 도중에 농땡이를 부린다고 스스로 말할 리도 없다. 그러고 보니 현주가 주워들은 정보들이 다 어디서 나왔는지 알 것 같기도 하다. 공깃돌 놀이를 하면서 친해진 나인들에게 들은 것이다.

"하지만 현주는 좋은 친구예요. 좋은 사람이고……."

"오래전에 죽은 그녀의 아비도 좋은 사람이었지. 알고 있어."

의외로 이선은 현주에 대해 많이 알고 있는 것 같다.

"음……."

"미우."

이선이 나를 부른다. 현주 생각에 빠져있던 나는 건성으로 답을 했다.

"네에……."

그러자 이선이 조심스러워진 말투로 내게 묻는다.

"지난 주 궁궐에서 내가 물었던 말 기억해?"

"네?"

그제야 심각한 분위기를 알아차린 나는 급히 이선에게로 눈을 돌렸다. 이미 이선의 얼굴에는 장난기라고는 전혀 찾아볼 수 없다. 이 순간, 오늘 아침부터 마주했음에도 낯설게 느껴지는 한 남자의 얼굴만이 나를 향하고 있을 뿐이다.

"네가 누구인지 궁금하다고 했던 말."

난 올 것이 왔다는 생각이 들었다. 그가 내 신분을 궁금해 한다는 것은 공식적으로 내 뒷조사를 해보겠다는 뜻일 것이다. 그리고 영보당 마마의 귀에 들어간다면……. 혼담. 내가 우체총사에서 일하고 있었다는 사실도 아버지가 알게 될 것이고 그리고 나는…….

"난 그냥 미우예요. 미우."

이선의 눈이 동그랗게 커진다.

"있는 그대로……. 보이는 그대로 나를 받아줄 순 없나요?"

"미우. 내가 알고 싶은 건……."

"계속 그렇게 묻는 건, 황자님 신분에 어울리는 친구를 사귀고 싶다는 말로 밖에 안 들려요. 안…… 그런가요?"

그가 여기서 만약 이 비서관의 말대로 내게 호감 그 이상의 감정이 있다고 고백해온다면, 난 이제라도 모든 것을 털어놓을지도 모른다. 그러나 아직은 나를 향한 그의 감정은 단순한 호감 단계인 것 같다.

"미우, 난……."

다소 진지해지는 그의 표정에 겁이 났다. 난 서둘러 그에게서 고개를 돌리며 아무 일도 없는 것처럼 목소리를 높였다.

"지금은 그저 우체총사에서 일하는 게 너무나도 좋아요. 새롭게 배우는 것도 좋고. 그러니까 그 외에 다른 생각은 하고 싶지 않아요. 지금은 그저…… 일하는 게 좋으니까."

"……."

나는 혹시라도 내가 듣길 두려워하는 말을 그에게서 듣게 될까 봐 선수를 치고 말았다. 그리고 이것은 제대로 먹혀들어갔다.

이선이 침묵한다.

그 침묵에 담긴 의미가 궁금하긴 했지만 난 끝까지 모른 척, 그의 시선을 피해 돌린 눈길을 그에게 되돌려주지 않았다.

드륵!

"일이 끝났으면 먼저 내게 와서 보고하는 것이 순서 아닌가?"

갑작스런 민우진의 등장에 나는 깜짝 놀라 이선에게서 한 발짝 떨어졌다. 모르는 사이에 이선과의 거리가 상당히 가까워져 있음을 깨달았기 때문이었다. 누가 보면 오해하기 딱 좋은 상황일 것이다.

"이선. 강 주사가 찾는다."

"알았어, 민 사장. 곧 가지."

이선이 걸터앉아있던 창틀에서 몸을 일으켜 세웠다. 그가 문 쪽으로 걸어가는데, 민우진이 나를 향해 말했다.

"미우, 오후에 양장사가 네 사무실로 갈 거야. 그때 옷 치수를 재도록."

대기실을 나가려던 이선의 걸음이 멈춘다.

"저요?"

영문을 모르는 나는 손가락으로 스스로를 가리키며 물었다. 이선이 민우진에게 다가가 말했다.

“민 사장. 그 이야기는 이미 끝난 거 아니었어?”

그러자 민우진이 차가운 얼굴로 이선을 돌아본다.

“그건 네가 참견할 일이 아니야. 우체총사와 관련된 일은 모두 사장인 내가 결정하니까.”

“민우진, 네 욕심에 미우를 이용할 생각이라면……!”

왠지 두 사람의 분위기가 당장이라도 싸울 것 같이 보인다. 내 착각이겠지?

“괜한 데 흥분하지 마, 이선. 우체총사를 위한 일이야. 무엇보다도 폐하께서도 이미 아시는 일이라고.”

폐하 이야기가 나오자 이선은 입을 다문다. 단, 여전히 날 선 표정으로 민우진을 쳐다보고 있다. 두 사람의 신경전은 민우진이 내 옷 치수를 재기 위해 양장사가 온다는 말을 하면서부터다. 그렇다면 나와 관련된 일이 분명하고, 난 신경전의 이유를 알 권리가 있다.

“왜 제가 옷 치수를 재어야 하는데요?”

그러자 두 남자가 동시에 나를 쳐다보았다. 먼저 입을 연 것은 민우진이었다.

“며칠 후 프랑스 공사관에서 연회가 있어. 미우 너는 그 연회에 우체총사 직원으로서 나와 함께 갈 거다. 그때 네가 입을 드레스가 필요한 거야.”

"민 사장님과 제가요?"

프랑스 공사관에서 열리는 연회라면 서양식 연회를 말하는 것이다. 상상만으로도 기대가 되어 내 얼굴에는 웃음꽃이 폈다. 그러나 반대로 이선의 표정은 어두워진다. 그는 분명 내가 이 연회에 가는 것을 반기지 않고 있다.

"난 반대야."

아니나 다를까, 민우진의 말이 끝나자마자 이선이 내게 말한다. 이런 그의 태도가 민우진을 화나게 만드는 것은 분명했다. 하지만 사장으로서 민우진은 되도록 침착한 태도를 고수하려고 했다.

"네게 미우가 연회에 참석하는 걸 반대할 권한 따위는 없어. 무엇보다도 우체총사를 위한 일이라면 더더욱."

그러자 이선이 코웃음 친다.

"우체총사를 위한 일이라고? 내 눈에는 사장인 네 독단으로밖에 보이지 않는데?"

입을 굳게 다문 민우진이 조금은 거칠어진 숨을 길게 내쉰다. 화가 단단히 난 게 분명하다. 그는 손가락으로 안경을 위로 치켜 올렸다. 그리고는 이선에게서 시선을 거두며 말했다.

"이선. 네가 계속 이런 식으로 나온다면 더는 우체총사에 남아있을 수 없을 거다."

말을 마친 민우진은 이선보다 먼저 대기실을 나가버렸다.

며칠 뒤, 공사관 연회가 열리는 밤이 찾아왔다.

"미우야, 너무 예쁘다아~"

양장 드레스로 갈아입은 나를 보며 현주가 연신 감탄사를 뱉었다.

"아가씨, 오셨어요."

밖에서 유모가 들어와 내게 조용히 말한다. 누가 왔는지 이름을 밝히진 않았지만 나는 알고 있다.

"아버지는?"

나는 조심스럽게 물었다.

"불이 꺼진 지 오래예요. 오늘은 일찍 잠드셨나 봐요."

"그래?"

아버지가 일찍 잠드셨다는 말이 이렇게 기쁠 수가 없다. 아버지 몰래 이 위험한 일을 꾸미면서도 죄책감 하나 들지 않다니. 지금 내 감정은 나의 것이 아니다. 입술에서 실실 웃음이 흘러나오는 것을 보니, 난 오늘 희대의 불효녀가 되기로 작정한 것 같다. 터져 나오려는 웃음을 최대한 참느라 입가가 실룩거렸다. 현주도 이를 보았는지 놀리듯 내게 말한다.

"미우 너. 지금 좋아 죽겠지?"

난 한 손으로 입을 가린 채 웃을 뿐 대답하지 않았다.

방을 나오자 마루 아래에 놓인 구두가 눈에 들어왔다. 서양식 신발. 약간 굽이 높아 걸을 때 소리가 나고, 신고서 오랫동안 걸으면 발이 조금 아프다는 단점이 있다. 하지만 오늘 내가 입은 드레스에 가장 잘 어울리는 구두임에는 틀림없었다.

난 마루를 내려와 구두를 신고는 조심스럽게 뒷문으로 향했다. 나보다 한발 앞서서 뒷문을 빠져나간 유모가 주변을 살피더니 내게 손짓한다. 밖으로 나오자 큰 서양식 마차가 서 있었다. 마부석에는 혹시라도 말이 울음소리를 낼까 다독이는 마부의 모습도 보였다. 하지만 내가 찾는 사람의 모습은 없었다. 잘 보자 마차 뒤편에 키가 큰 사람이 서 있는 것이 눈에 들어왔다. 그가 입은 옷이 전체적으로 검은 색이어서 자세히 보지 않으면 눈에 띄지 않았던 것이다.

난 발소리를 최대한 내지 않기 위해 살금살금 마차의 뒤로 걸어갔다. 그러나 그는 마지막 순간에 내 구두 굽 소리를 들었는지 내가 있는 방향으로 고개를 돌렸다.

"……."

내 예상대로 민우진이었다. 그는 검은 연미복에 망토를 두르고 불을 붙이지 않은 시가를 입에 물고 있었다. 난 우체총사 안에서 그가 시가를 피우는 모습을 아직까지 본 적이 없다. 평소 피우지도 않던 시가를 입에 문 것을 습관 때문이라 볼 수 없었다. 그러고 보니 그의 표정이 약간 긴장한 듯 보인다.

"오셨어요?"

나의 인사에 그는 입에 문 시가를 손으로 치우고는 입을 연다.

"그래."

그리고 그의 시선이 내 옷차림을 빠르게 한번 훑고 지나간다. 잠시 뒤, 민우진이 걸치고 있던 망토를 벗어 내 어깨에 걸쳐주며 말했다.

"그 차림이라면 추울 거야. 덮도록."

그가 마차의 문을 잡아 열고 다른 한 손을 내게로 내민다. 난 그 손을 잡고 마차 위로 올라탔다.

탁탁.

내 뒤를 따라 마차 위에 올라탄 그가 마차의 벽을 손바닥으로 두 번 두드렸다. 마부에게 보내는 신호 같았다. 곧 마차가 출발하고, 난 창밖으로 멀어지는 유모와 현주를 쳐다보았다.

좁은 골목길을 벗어나 큰길로 나오자 마차가 점점 빨라지기 시작한다. 마차가 앞으로 나아가면서 길가의 가로등 불빛이 마차 안으로 스며들었다가 빠져나가기를 반복했다. 나는 밖을 구경하다가 아무 말도 하지 않고 있는 민우진을 돌아보았다. 내게 말이라도 걸어주면 좋으련만 그는 전혀 그럴 생각이 없어 보였다. 나와 마찬가지로 시선을 창밖에 두고 있었지만, 밖을 구경한다기보다는 오히려 깊은 생각에 잠긴 얼굴이었다.

난 그런 그를 힐끔힐끔 보며 말할 기회만 노렸다. 그러던 어느 순간 마차 안의 모든 빛이 빠져나가며 어둠이 찾아왔다. 그리고 다시 가로등 불빛이 마차 안으로 들어왔을 때, 난 나를 바라보고 있는 그의 시선과 피할 곳 없이 정면으로 딱 마주하고 말았다.

당황한 나는 고개를 숙였다. 그러나 이번에도 그는 아무 말도 하지 않는다. 한참 후 내가 고개를 들었을 때 그는 다시 창밖으로 시선을 돌린 뒤였다. 그리고 그의 표정은 조금 전보다도 더 갑갑해 보였다.

정동에 위치한 프랑스 공사관 건물은 붉은 벽돌로 지어진 르네상스식 건물이었다. 주변 다른 공사관들 사이에서도 유독 화려한 디자인을 가지고 있었다. 지하 1층, 지상 2층 규모에 5층 높이의 옥탑까지 두고 있었는데, 이 옥탑은 조선에서 가장 높은 서양식 탑이기도 했다. 옥탑 안에는 대형 물통이 있어서 각 방까지 급수장치가 연결되어있다고 했다. 여기에 실내 장식까지도 최고급이라 정동에 위치한 외국 공관들 중에서 가장 아름답다는 평이 자자했다.

"우체총사 사장이신 민우진 참서관님과 동행인이십니다!"

공사관 소속 장교가 문 앞에 서서 우리가 도착했음을 알렸다. 우리가 안으로 들어서자 입구에 나와서 손님을 맞이하고 있던 프랑스 공사가 다가왔다.

"우진!"

프랑스 공사는 민우진과 매우 친한 듯 그의 이름을 불러가며 두 팔 벌려 환영했다. 민우진도 그를 향해 웃음을 지었지만, 그 웃음이 억지웃음이라는 건 나도 알아볼 수 있을 정도였다.

"플랑시 공사님."

민우진과 영어로 인사를 나눈 프랑스 공사가 이번에는 나를 돌아보았다.

"이 마드모아젤은?"

"최근에 우체총사에서 일을 시작한 여직원입니다. 미우?"

난 웃는 얼굴로 프랑스 공사의 앞으로 다가가 영어로 말했다.

"미우입니다."

"반갑습니다. 환영해요."

그는 내게 손을 내밀어 인사를 청하고는 돌아서서 한 여성을 불렀다.

"마담 보티에!"

프랑스 공사의 부름에 중년의 여성이 웃는 얼굴로 다가왔다. 그녀는 이미 민우진을 알고 있는지, 그에게 인사를 먼저 건넸다. 프랑스 공사가 내게 그녀를 소개했다.

"내겐 부인이 없습니다. 그 때문에 그녀가 공사관의 모든 살림을 맡고 있죠. 나와는 먼 친척이기도 합니다."

프랑스 공사의 소개가 끝나자 그녀가 한 발자국 내 앞으로 나섰다.

"클라르 보티에예요.

"네, 보티에 부인. 저는 미우라고 합니다."

"미우……. 이렇게 예쁜 아가씨가 오다니. 이쪽으로 와요. 내가 오늘 이 자리에 온 여성분들을 소개해 줄 테니까요."

그녀는 나를 따로 안내하려고 했고, 난 민우진을 쳐다보았다. 그는 프랑스 공사와 가까이 서서 이야기하고 있었다. 그때, 프랑스 공사가 작은 목소리로 속삭이는 것이 내 귀에도 들려왔다.

"자네는 정말 대단해. 못하는 게 없군. 정말로 구해오다니."

'무엇을 구해왔다는 거지?'

나는 보티에 부인을 따라 여성들만을 위해 마련된 응접실 안으로 들어섰다. 그 안에 있던 모든 여성들이 나를 주목했다. 보아하니 오늘 연회에 초대된 조선인 여성은 나 혼자뿐인 것 같았다.

"미우. 이쪽은 영국 존 조던 공사의 부인이신 엘리오스 여사예요. 또 여기는 알렉산드르 파블로프 러시아 공사의 부인 로자 여사. 또 이쪽은 요즘 한성에서 모르는 사람이 없는 마담 손탁. 마지막으로 이쪽은 내 여동생인데, 이번에 부부가 조선으로 여행을 왔답니다. 카미유와 아들 미셸이예요."

"미셸?"

난 카미유라는 여성과 어린 아들 미셸을 곧바로 알아보았다. 미셸은 얼마 전 길을 잃어 내가 이곳까지 데려다주었던 소년이었다. 그때 소년의 부모도 보았지만, 소년을 찾았다는 기쁨에 정신이 없는 부모와 대화를 나눌 틈은 없었다.

"당신이 누구인지 알아요!"

카미유도 나를 기억하고 있었던 것 같다. 그녀가 활짝 웃으며 다가와 내 손을 덥석 잡은 것이다. 그녀는 모여있는 여성들을 돌아보며 말했다.

"지난번 우리 미셸이 길을 잃었을 때 찾아주신 그 아가씨예요."

"오오! 카미유. 그게 사실이니?"

"네, 언니."

"아, 이런. 정말 고마우신 분이군요."

보티에 부인이 내게 정식으로 감사를 표현했다. 분위기는 금세 화기애애해졌다.

모임 안의 여성들은 대부분이 외교관 부인들이었다. 보티에 부인은 내게 친절했고, 카미유는 그런 언니를 닮아 상냥한 여성이었다. 호텔을 운영한다는 마담 손탁은 별다른 말은 하지 않았지만, 나를 향해 호기심 어린 눈빛을 계속 주었다. 영국 공사 부인 엘리오스는 인사를 한 뒤로는 아무 말도 하지 않았다. 한마디로 속을 알기 어려운 여성이었다. 그는 이 연회에 형식적으로 참여한다는 얼굴로 가만히 앉아 부채질만 하고 있을 뿐이었다.

마지막으로 러시아 공사의 부인 로자는 계속해서 인상을 쓰고 있었는데, 러시아와 조선에서의 삶을 비교하며 조선에 대한 불평불만을 토로했다. 특히 얼굴도 보지 않고 하는 전통 혼인은 사람에게 가장 중요한 사랑이라는 감정을 무시하는 행위라며, 조선인들은 사랑도 모른다며 비판을 가하기 시작했다.

옆에 앉아있던 카미유가 내게 귓속말을 했다.

"로자 여사의 저 불평은 매번 모일 때마다 습관처럼 하는 거예요. 그러니 속상해하지 말아요, 미우."

내가 괜찮다는 표시로 웃으며 고개를 끄덕였을 때였다. 프랑스 장교가 방으로 들어와 작은 종을 흔들었다.

딸랑. 딸랑딸랑.

식사시간을 알리는 종소리였다.

"눈치 없기는……."

자신의 말이 중단되자 로자가 인상을 찌푸렸다. 그 순간 내내 조용하던 엘리오스가 풋, 하고 웃음을 터트렸다. 그러자 바로 로자가 그녀를 째려보았다.

식당에는 아주 긴 테이블이 놓여있었다. 잠시 동안 헤어져 있던 부부들이 서로의 짝을 만나 식탁에 나란히 앉았다. 나는 민우진을 찾았다. 아니나 다를까, 그의 옆자리에 나를 위한 자리가 비워져 있었다. 내가 다가가자 민우진이 자리에서 일어서더니, 의자를 뒤로 살짝 빼주었다. 내가 자리에 앉고 나서야 그도 내 옆에 앉았다. 그때 맞은편에 앉아있던 로자가 민우진을 향해 물었다.

"민 사장님. 그녀가 당신의 여직원이라고 들었는데요……. 정말 단순히 여직원일 뿐인가요?"

민우진이 무표정한 얼굴로 고개를 들어 로자를 바라본다. 그것은 나도 마찬가지긴 했다. 무엇보다 난 로자의 말을 이해하지 못했다. 민우진의 입에서 대답이 나오지 않자, 로자가 실실거리며 웃더니 목소리를 더욱 높였다. 자신이 낚아챈 주제로 식탁에 앉은 사람들에게 주목을 받고 싶은 모양이었다.

"내가 알기로 조선은 남녀유별이라는 것이 있다더군요. 그래서 혈연이 없는 젊은 남녀가 함께 다니는 것도, 함께 있는 것도, 이야기를 주고받는 것도 불가능하다고 들었어요. 안 그런가요?"

각자 주변과 대화를 나누던 사람들이 하나둘 로자와 우리들을 쳐다보기 시작했다. 자리는 점점 조용해졌다.

"그러니 말씀해 보세요. 정말 그녀가 당신에게 있어 단순한 여직원인가요?"

"……."

그때 저 멀리 앉아있던 플랑시 공사가 목소리를 냈다.

"로자 여사. 그건 내가 설명해드리지요. 오늘 민 사장이 여직원을 연회에 데려온 이유는……."

그때, 우진이 플랑시 공사의 말을 끊으며 입을 열었다.

"그녀는, 미우는 우체총사의 직원입니다. 적어도 오늘 연회가 시작되기 전까지는요."

그가 고개를 돌려 옆에 앉은 나와 눈을 맞춘다.

"하지만 이제는……."

우진이 나를 똑바로 응시하며 말했다.

"제 마음을 그녀에게 빼앗겼는지도 모른다는 생각이 드는 군요."

한순간 숨이 멎는 듯한 기분이 나를 뒤덮었다.

'그가 나를?'

젊은 부인들의 얼굴이 붉어졌다. 그녀들은 나를 향해 부러워하는 시선을 보내기도 했다. 하지만 로자 여사는 아니었다. 그녀는 무언가 불만이 가득한 얼굴이었다. 그녀는 조선의 제도를 비판하면서 자신이 똑똑하다고 인정받고 싶어 했다. 하지만 실패했다. 카미유가 그녀를 향해 웃으며 말한다.

"로자 여사님. 오늘부로 당신이 가진 사고방식의 변화가 필요하겠네요. 보시다시피 조선에도 사랑하는 연인들은 분명 존재하니까요."

로자가 분을 가라앉히려 애를 쓰는 동안, 그녀의 옆에 앉은 남편 알렉산드르는 깊은 한숨을 내쉬고 있었다.

식후, 무도회가 열리기 전까지는 휴식 시간이 있었다. 몇몇 남자들은 당구를 치거나 아니면 여자들 모임에 끼어 카드놀이를 했다. 나는 민우진에게 조금 전 식탁에서 있었던 일에 대해 묻고 싶었지만 그럴 수 없었다. 그는 식탁에서와는 전혀 다른 심각한 표정으로 외교관들 사이에 끼어서 대화를 나누고 있었기 때문이었다.

"미우의 눈이 많이 솔직하네요?"

"네?"

내 뒤로 카미유가 다가와 말을 걸었다.

"민 사장님에게서 계속 눈을 떼지 못하고 있잖아요."

"그게……."

그녀는 조금 전 식사시간에 있었던 일로 민우진 사장과 내 사이를 단단히 오해하고 있는 것 같았다.

"조금 후에 무도회가 열리면 민 사장님과 함께 춤이라도 춰요."

"하지만 전 춤을 못 춰요."

"그래요?"

카미유가 나보다도 더 안타까운 표정을 짓는다.

"그림 같은 장면이 무도회에서 나오지 않을까 기대했는데……. 나뿐만 아니라 오늘 이 자리에 모인 여성들 모두 그렇게 생각할 걸요? 지루한 일상에서 아름다운 로맨스만큼 특별한 기쁨을 주는 일은 없을 테니까요."

"로맨스라니요……. 그런 거 아니에요."

"그렇다면 아까 민 사장님의 말도 거짓말이라는 건가요?"

카미유의 말에 여전히 나는 뭐라고 대답해야 할지 몰랐다. 나 역시도 민우진이 왜 그런 말을 했는지 알 수 없었으니까. 이제까지 전혀 그런 낌새를 느끼지 못했다. 오히려 내 쪽에서 민우진에게 해명을 구하고 싶었다.

"거짓말일 수도 있죠."

로자였다. 나와 카미유는 민우진에게서 눈을 떼고 로자를 향했다. 카미유가 먼저 로자에게 물었다.

"거짓말이라니요?"

"우체총사의 여직원이라는 것 자체가 거짓이 아니던가요?"

이번에는 내가 물었다.

"그게 무슨 말이에요, 로자 여사님?"

그러자 로자는 비웃으며 멀찍이 떨어져 있던 마담 손탁을 불렀다.

"마담 손탁. 이리 와보세요. 그리고 말씀해주세요. 당신이 궁궐에서 들었다던 그 소식에 대해서요."

그러자 이번에도 방안 여성들의 시선이 모였다. 그 때문인지 마담 손탁은 주변을 살피며 우리의 곁으로 다가왔다.

"무슨 소식을 말이죠, 로자?"

로자는 무례하게도 나를 손가락으로 가리키며 손탁에게 말했다.

"그녀가 오늘 연회 이후에 우체총사에서 해고된다는 소식이요."

난 놀란 눈으로 손탁을 응시했다. 내 시선을 받은 손탁이 침착한 목소리로 로자에게 답했다.

"그건 사실이에요. 내가 궁궐에서 들은 이야기에 의하면 말이죠."

손탁이 나를 쳐다보았다.

"미우, 당신은 오늘 이 연회가 끝나면 우체총사에서 해고될 겁니다."

"해고요?"

나는 눈을 동그랗게 떴다. 그녀가 말을 덧붙였다.

"알고 온 것이 아니었나요?"

"알다니요? 제가 해고된다는 사실을요? 아니면……."

손탁이 입을 다물더니 짧게 웃음소리를 냈다. 얼핏 비웃음처럼 들리기도 하는 웃음이었다. 기분이 나빠질 수도 있는 상황이었지만 일단 '해고'라는 말에 놀란 나는 어떤 표정을 지어야 할지 몰랐다.

"내가 알기로는 그것은 내기였어요. 플랑시 공사님과 민우진 사장

사이의.”

손탁이 다시 입을 열었다.

“플랑시 공사님은 조선에 가장 오래 체류한 외교관 중의 한 분이시죠. 그만큼 많은 외국인들을 알고 계시고 인맥도 상당하시고요. 민우진 사장은 우체총사를 위해 그 인맥의 도움을 얻고 싶어 했어요. 그래서 플랑시 공사님이 제시한 내기를 받아들인 것입니다.”

“무슨 내기죠, 그게?”

“플랑시 공사님은 한 달 안으로 우체총사에 외국어가 가능한 여직원을 구해놓으라고 하셨어요. 우리 여성들이 자유롭게 우체총사를 이용하려면 여직원은 분명 필요했죠. 아직까지 조선의 신사들은 우리 외국인 여성들과 말을 섞기를 꺼려하니까요. 어쨌든 불가능할 줄 알고 하신 내기였습니다.”

그때, 우리의 대화를 조용히 지켜만 보던 엘리오스가 끼어들었다.

“여학교를 운영하는 스크랜턴 여사가 그러더군요. 민우진 사장이 학교를 방문해서 직원으로 뽑을 여학생을 찾고 있었다고요. 아주 짧은 기간 동안 일할 거라고 하면서도 상당히 까다로운 조건을 내세워서 추천한 여학생들을 모두 퇴짜 놓았다는 말도 들었습니다.”

여기까지는 모두 이해할 수 있다. 내기 때문이든 어쨌든 민우진이 선택한 것은 나다. 그는 나를 뽑았고 우체총사에서 일하게 해주었다. 하지만 내가 알고 싶은 것은 다른 것이다.

해고에 관한 것.

손탁도 내 표정에서 이를 읽었는지 곧바로 말을 이었다.

"당신을 뽑은 일로 궁궐이 발칵 뒤집어졌더군요. 궁중에서 전화교환수를 뽑았을 때도 난리였다지만, 그때는 신분이 높은 궁궐 여성들의 편의를 위한다는 핑계가 있었죠. 하지만 미우, 당신은 남자 직원들과 함께 일하는 유일한 여성이잖아요? 아직까지 이 제국에서 그것은 허용될 수 없는 일이니까요. 결국 민우진 사장이 폐하께 불려가 질책당하는 일까지 일어났다더군요. 그러자 통신원 총판 민상호 대감이 아들을 대신해서 폐하 앞에 나섰답니다. 플랑시 공사관님과의 내기가 완료되는 대로 당신을 우체총사에서 해고하겠다고요."

믿을 수가 없었다.

그렇다면 폐하의 앞에 불려갔다는 민우진은 이 모든 사실을 이미 알고 있었던 거다. 그러나 그는 그 어떤 언질도 내게 준 적이 없다.

"그게 언제 일이죠?"

"지난주요."

지난주라면 내가 우체총사에서 일을 시작했을 때다. 그 말은 나를 제외한 우체총사의 모든 사람들이 궁궐에서의 소동을 알고 있었다는 말이 된다.

심지어 이선도…….

시선을 어디다가 두어야 할지 몰라 하는 나를 향해 로자가 웃으며 말한다.

"당신 같이 재능이 있는 아가씨가 한낱 남자들의 내기거리로나 전락하다니……. 너무 잔인해. 안타까워."

"로자 여사님."

누가 보아도 나를 위로하는 것처럼 말하면서 돌려 비꼬는 로자의 행동을 카미유가 나서서 제지했다. 그러나 로자는 시선을 제대로 들지 못하고 있는 나를 보며 만족한 듯 연신 느긋한 부채질을 해댔다.

왈츠곡이 연주되기 시작했다. 연회에 참가한 몇몇 사람들은 이 곡이 시작되기만을 기다렸다는 듯이 서로의 손을 잡은 채 무도장 한가운데로 걸어 들어갔다. 반면 나는 무도장에서 멀찍이 떨어진 구석 2인용 의자에 홀로 앉아있었다. 나를 발견한 카미유가 내 옆으로 다가왔다. 그리고는 옆자리에 앉아 나에게 위로의 말을 건넸다.

"언니가 말하길 마담 손탁이 전해오는 궁궐 소식은 늘 맞는 것만 있는 건 아니랬어요. 그러니 미우. 확실하지도 않은 말에 너무 신경 쓰지 말아요."

아니다. 마담 손탁은 오늘 처음 만났지만, 그녀의 말은 전혀 틀리지 않다. 갓 우체총사 일을 시작한 나를 본 이영효 비서관은 공사관 연회 이야기를 꺼냈다. 헨리도 말했다. 민우진이 이 공사관 연회를 통해서 어떤 전환점을 찾고 있다고. 그 전환점이 나였던 것이다. 오늘 연회를 마치면 나는 내게 주어졌던 모든 역할을 마치게 되는 것이다.

결국 여기까지였다.

어떻게든 이 사실을 좋게 받아들이려고 했다. 여기까지라도 왔다는 것, 잘했다고 스스로를 칭찬하고 싶었다. 하지만 속상했다. 난 이 일을 진심으로 좋아했는데 말이다. 결국 사내들의 내기거리 신세일 뿐이라는 생각에 민우진을 향한 분노까지 일었다.

“카미유!”

왈츠를 추고 있는 사람들 건너편에서 카미유의 남편이 손을 흔든다. 그곳에 어린 미셸이 울고 있는 것이 보였다.

“어서 가보세요.”

“그럼 미우. 다시 올게요.”

카미유가 떠나자 내 어깨는 더욱 무거워진다. 말뿐인 위로였을지 몰라도 내겐 상당히 크게 다가왔던 모양이다. 그녀의 부재에 뒤늦게 깊은 한숨을 내쉬었을 때였다.

“웬 한숨이지?”

민우진이었다. 그가 내 앞에 서서 나를 내려다보고 있었다.

“사장님…….”

아직 그는 아무것도 모르는 얼굴이다.

“전…….”

“응?”

민우진은 날 이용하기 위해 뽑은 사람이다. 내게 일자리를 주었다는 사실만으로 그를 좋게 보려고 했었던 내 자신이 너무나도 어리석게 느껴졌다.

가슴 깊은 곳에서부터 몰려오는 속상함에 눈가가 따끔거린다. 금방이라도 울음이 터져 나올 것 같다. 그렇지만 내 얼굴을 빤히 보고 있는 그 앞에서만큼은 절대 눈물을 보이고 싶지 않았다. 난 자리에서 벌떡 일어섰다.

"돌아갈래요."

그대로 그를 지나쳐가려 하자, 그의 한 손이 불쑥 나와 내 팔을 붙잡았다.

"갑자기 왜지?"

난 고개를 돌린 채 같은 말만 반복했다.

"먼저 돌아갈래요."

내가 의도적으로 그의 시선을 피한다는 걸 그도 알아차린 모양이다. 그는 다른 한 손으로 내 턱을 살짝 움켜쥐고는 나를 자신 쪽으로 돌려세웠다. 난 여전히 눈길을 피하고 있었다. 하지만 눈에서 흐르는 한 줄기 눈물만큼은 내 의지로 막을 수 없었다.

"지금 우는 건가? 무슨 일이야, 도대체?"

그가 내 눈물을 본 사실을 깨닫고 난 눈을 들어 그와 시선을 맞추었다.

"오늘 연회가 끝나면 절 해고할 건가요?"

"뭐?"

"플랑시 공사님과 무슨 내기를 했죠?"

당황스러워 보였던 그의 얼굴이 내 이야기에 평정을 되찾는다. 내가 그에게 묻고자 하는 것이 무엇인지 깨달은 것이다.

"그 내기……. 저와 관련된 거였나요?"

"미우."

그가 내 이름을 부른다. 그러나 자상한 목소리가 아니다. 내 물음을 모두 끊어버리기 위한 목소리다. 그랬기에 더욱 나는 내 안에 가득 안은 물음들을 그만둘 수 없었다.

"그 내기에서 이기면 저를 해고하겠다고 폐하께 약속을 하셨나요?"

날 잡은 그의 팔의 힘이 풀린다.

답은 필요 없다. 이미 들은 것이나 마찬가지니까.

"우진!"

플랑시 공사가 멀리서 그를 부르며 우리에게 다가왔다. 그러자 민우진이 재빨리 내 팔을 다시 붙잡더니, 한 팔로 내 허리를 감아 품 안으로 끌어안는다.

"자네와 그녀가 이런 사이일 줄은 몰랐는데?"

이런 우리의 모습을 본 플랑시 공사의 말이었다. 민우진은 내 얼굴을 최대한 자신의 가슴 쪽으로 당겨 안으며 대답했다.

"오늘 일정이 그녀에게는 약간 무리였던 듯싶습니다. 조금은 쉬게 해주어야 할 것 같군요."

"아, 그렇다면……."

플랑시 공사는 보티에 부인의 손을 잡고는 무도회장 쪽으로 사라졌다. 그러자 민우진이 내게 속삭이듯 작은 목소리로 말했다.

"오늘 연회가 끝날 때까지 넌 직원으로서 최선을 다해. 그게 이 연회에서의 네 임무니까. 나머지는 연회가 모두 끝난 다음에 이야기하도록 하지."

난 치밀어오르는 화를 참지 못해 그에게 소리쳤다.

"싫어요!"

이 연회가 끝나면 난 더 이상 그의 직원이 아니다. 그러니 연회가 끝난 다음의 이야기라는 것은 없다.

"지금 돌아가겠어요."

그가 다시금 날 잡은 팔에 힘을 주었다.

"연회에서 소동을 일으키려 하지 마."

"민 사장님이야 말로 소동을 일으키기 싫다면 날 놓아주세요."

그의 손아귀에서 빠져나가려는 내 몸부림에, 그가 화가 난 듯 이맛살을 찌푸렸다.

"미우. 그만해."

그때까지도 우리의 입씨름은 잔잔한 왈츠곡에 묻힐 만큼 작은 것이었다. 그러나 곧 그것은 큰 소동으로 뒤바뀌어 버렸다. 그가 그만 실수로 나를 사람들 틈에서 놓쳐버린 것이다. 균형을 잃어버린 나는 무도회장 한가운데로 미끄러져 요란하게 넘어지고 말았다.

콰당!

"어머!"

춤을 추고 있던 사람들이 당황하며 움직임을 멈췄다. 무도회장을 울리던 음악소리도 멎었다. 사람들은 나를 빙 둘러싸고 물러섰고, 난 무도회장 한가운데에 작은 새처럼 홀로 남겨졌다.

"무슨 일이야?"

"무슨 일이래?"

쏟아지는 사람들의 이목에 난 서둘러 자리에서 일어서려 했다. 하지만 넘어지면서 구두 한 짝이 멀찍이 굴러가 있던 터라, 한쪽 발에만 신은 구두의 높은 굽 때문에 나는 다시 중심을 잃고 자리에 털썩 주저앉았다.

"……."

모두들 구경거리가 된 나를 쳐다보고만 있을 뿐, 누구도 나서서 도와주려 하지 않았다.

바로 그때였다. 공사관 정문에서 손님의 안내를 맡고 있던 장교가 플랑시 공사를 향해 다급히 뛰어왔다.

"플랑시 공사님!"

"무슨 일인가, 자크 소위?"

"완친왕께서 오셨습니다!"

그들은 프랑스어로 대화했다. 그러나 그들이 주고받는 대화 속에서 '완친왕'이라는 단어만큼은 분명한 조선말로 들렸다. 그리고 내가 들은 말은 틀리지 않았다.

조금 전까지 내게 주목하던 사람들의 시선이 공사관 입구를 향한다. 곧이어 문이 열리며 완친왕이, 아니 이선이 걸어 들어왔다.

"……."

이선은 입가에 엷은 미소를 띠고 있었다. 그의 미소에는 정통성을 가진 황실 자제만이 가질 수 있는 당당함과 기품이 있었다. 그리고 이는 연회장에 모인 모든 사람들에게 전해진 것이 틀림없었다.

공사관 안으로 들어선 그는 잠시 입구에 서서 주위를 한 번 둘러보았다. 그러자 그에게 모였던 사람들의 시선이 조금씩 아래로 숙여진다. 그러더니 곧 인파가 양 옆으로 나뉘며 그에게 길을 내어주었다. 누가 명령을 한 것도 지시를 한 것도 아니었다. 그들 스스로 이선의 등장에 소리 없이 움직인 것이었다.

이제 무도회장 한가운데에는 홀로 덩그러니 넘어져 있는 나뿐이었다. 이선의 시선이 나를 향했다. 그의 걸음이 지체 없이 뚜벅뚜벅 내게로 향한다.

잠시, 그의 걸음이 멈췄다. 벗겨진 내 한쪽 구두 앞이었다. 이선은 몸을 굽혀 그것을 들더니 다시 내게로 걸어왔다. 그리고 내 앞에 멈춰 서더니 한쪽 무릎을 굽혀 앉으며 나와 눈을 맞추었다.

"이선……. 아니, 전하……."

당황해 하며 작은 목소리로 말을 더듬는 나를 보며 이선이 활짝 웃는다. 무도회장에 모인 모든 사람들의 시선이 우리에게 쏠리는 것이 느껴진다. 그러나 조금 전과는 분명 다른 종류의 시선이었다. 우호적인, 호기심을 품은 시선들.

이선이 말없이 벗겨진 구두를 내 발에 신겨준다. 그리고 내 손을 잡고 나를 천천히 일으켜 세우더니 말한다.

"*voilà, mon petit oiseau*(여기 있었네, 나의 작은 새.)"

"?"

프랑스어였다. 난 그게 무슨 뜻이냐는 듯 이선을 향해 고개를 갸웃거렸다. 그러나 이선은 피식 웃을 뿐이다. 그가 내게 손을 내밀었다. 춤을 권하는 제스쳐라는 것을 알아차린 내가 정색했다.

"전 춤 못 춰요."

이선이 눈동자를 굴리며 영어로 말한다.

"간청하건대 나와 함께 춤을 한 곡 추시겠습니까?"

여전히 우리에게 집중된 시선에 내 목소리는 더 작아졌다.

"정말 춤 못 춘다고요."

그러자 이선이 웃으며 내 귓가에 속삭인다.

"어렵지 않아. 그대가 내 손을 놓치지만 않는다면."

더 이상 그를 거절할 수가 없다.

어쨌든 그는 이 제국의 '황자'로서 이 연회에 나타났다. 황자인 그의 춤 제안을 거절했다가는 나는 둘째 치고 그에게 크나큰 망신이다. 각국 외교관들이 모인 자리에서 대놓고 제국의 황자를 망신 줄 생각이 아니라면 결심해야 한다.

나는 눈을 질끈 감고 그가 내민 손을 잡았다. 멈췄던 음악이 다시 연주되기 시작했다. 음악의 선율을 따라 이선은 자연스럽게 나를 무도회장 한가운데로 이끌었다.

이선은 춤에 서툰 나를 배려해 느리게 움직였다. 덕분에 나는 차츰

동작에 적응해 나갈 수 있었다. 어깨에 잔뜩 들어갔던 힘도 서서히 풀렸다.

"거봐, 쉽지?"

우리를 지켜보던 사람들도 하나둘씩 짝을 지어 춤을 추기 시작했다. 시선이 분산되자 나는 그제야 안도의 한숨을 내쉬었다.

"이선……. 아니, 황자 전하."

"편하게 불러."

이선이 눈을 찡긋하며 말한다. 하지만 난 웃을 수 없었다.

"알고 있었어요?"

대뜸 던지는 내 말에 이선이 얼굴에서 웃음을 거둔다.

"어느 정도는."

솔직한 답변이다.

"언제부터요?"

이선이 눈동자를 불안하게 굴린다. 그러나 그는 이번에도 직답을 피하지 않았다.

"처음부터. 민우진과 플랑시 공사의 내기까지도 전부."

이상하게도 조금 전까지 분명히 들리던 음악 소리가 전혀 들리지 않는다.

"그럼 왜 말해주지 않았어요? 민 사장님은 그렇더라도 당신은 내게 모두 말해줄 수 있었잖아요."

이선이 짧게 한숨을 쉬었다.

"이 일에는 많은 사람들이 연관되어 있었어. 단순히 여직원 하나를 고용하고 해고하는 문제 이상의 것이. 폐하도 관련이 있었으니까. 그래서 쉽게 입을 열 수가 없었어. 그 점은 사과하지."

폐하까지 연관되었다는 말에 나는 다음 할 말을 잃어버렸다. 다른 사람도 아니고 폐하에 대한 일이라면 내게 모든 사실을 쉽게 털어놓지 못했던 이선의 입장이 이해가 되었기 때문이다.

난 그에게서 고개를 돌리며 퉁명스럽게 답했다.

"됐어요. 사과 받으려고 한 말은 아니니까."

바로 물러서는 태도를 보며 이선이 웃는다.

"그렇다면 이제 내 말도 들어줄래?"

난 고개를 들어 이선의 얼굴을 보았다. 그는 여전히 웃는 얼굴로 나를 보고 있었다.

"너에게 내 진짜 신분을 드러내면서까지 솔직해져야 했던 이유가 있었어."

정작 그가 하려는 이야기는 시작도 하지 않았는데 웬일인지 심장이 빠르게 뛰기 시작한다. 그가 말을 꺼내기도 전에 나는 그가 하려는 이야기를 알 것 같았다.

"미우. 그냥 미우. 있는 그대로, 내가 본 모습 그대로의 미우."

그는 전에 내가 그에게 했던 말을 그대로 읊고 있었다. 장난인 듯 그렇게 시작한 말의 끝에서 그의 표정은 진지해져 있었다.

"우체총사에서 너를 처음 본 순간부터 네게서 눈을 뗄 수 없었어.

네가 허락해준다면, 너라는 존재를 내 가슴 안에 담아도 될까?"

"……!"

태어나서 처음으로 남자에게 받아본 고백.

나는 그와 추는 춤 한 곡이 모두 끝날 때까지 아무 말도 하지 못했다.

"미우!"

곧장 문으로 걸어가는 나를 쫓아온 것은 카미유였다.

"벌써 가려는 건가요?"

"가는 게 좋을 것 같아서요."

"왜요? 황자께서도 미우를 만나러 오신 것 같던데. 서로 아는 사이가 아닌가요?"

"그는……."

난 이선이 있는 곳으로 눈을 돌렸다. 그는 각국 외교관들에게 둘러싸여 있었다. 화기애애한 분위기로 보아 유창한 외국어 실력으로 대화를 주고받는 것 같았다.

"미안해요, 카미유. 전 가야겠어요. 실례가 안 된다면 다른 사람들에게 대신 인사를 전해주세요. 부탁드릴게요."

"그거야 어렵지 않지만, 민 사장님과 같이 오지 않았나요? 함께 돌아가지 않을 건가요?"

카미유가 꺼내는 민우진 이야기에 난 주변을 두리번거렸다. 가까운 곳에서 민우진의 모습을 찾을 순 없었다. 하지만 그는 어디에선가 임무를 수행하고 있을 것이다. 자신의 역할과 책임을 그 누구보다 잘 알고 있는 사람이니까.

"그분은 오늘 할 일이 아주 많으실 거예요. 그러니 저 혼자 돌아가도 괜찮아요."

"미우……."

난 카미유와 짧은 작별인사를 나누고는 조용히 공사관을 나왔다. 화려한 공사관의 불빛을 뒤로하고, 은은한 가로등 빛이 깔린 정동 거리를 걸어가며 난 심란한 마음을 애써 달래야만 했다.

오늘 연회가 끝나면 우체총사에서 해고되는 것은 정해진 일이었다. 그런데 여기에 이선의 고백이라니! 어느 것에 우선순위를 두고 고민해야 하는지 혼란스러웠다.

"아얏!"

생각에 빠져 걷다가 높은 굽이 돌에 걸려 비틀거리고 말았다. 나는 더 걷기를 포기하고 가로등 옆 긴 의자에 앉았다. 늦은 밤. 공사관들이 늘어선 정동 안까지 인력거가 돌아다닐지는 모르겠지만, 지금 이 구두를 신고 집까지 걷는 것은 무리다. 그뿐만이 아니었다. 이 늦은 시간에 이런 양장 차림으로 걸어 다니는 것은 위험한 짓이다.

"휴우……."

결정을 내리지 못하고 긴 한숨만 내쉬고 있는데 공사관 쪽에서 시끄럽고 요란한 소리가 들려오기 시작했다. 고개를 들자 눈이 부실 정도로 강한 빛이 내 몸을 감쌌다. 빛은 내가 있는 곳으로 가까워질수록 강해졌고 동시에 요란한 소리도 더욱 커졌다.

'자동차?'

내 짐작대로 그것은 자동차였다. 최근 한성에 자동차가 상당히 늘었다는 이야기를 들었다. 가까이서 본 적은 없지만, 멀리서는 종종 보았다. 그 '자동차'가 지금 내 쪽으로 오고 있었다. 나는 비켜주기 위해 길옆으로 물러섰다. 그런데 자동차는 그대로 지나가지 않았다. 오히려 바로 내 옆에 멈춰 섰다.

달칵, 하는 소리가 들리더니 차 문이 열린다. 그 안에서 나타난 사람은 이선이었다. 그는 자동차 안에서 몸을 일으켜 세우더니 내게 한 손을 내밀었다.

"타."

"괜찮아요."

그러나 이선은 내민 손을 거두지 않았다.

"널 위해서 하는 말이야. 그 구두를 신고 집까지 걸어갔다가는 발목이 부러질지도 모르니까."

무도회장에서 기품 있게 들리던 그의 목소리는 온데간데없이 사라졌다. 비록 황자의 제복을 입은 완친왕 이선의 모습이지만, 말투는 내가 아는 우체총사의 이선이었다.

"어서, 미우."

그가 씩 웃으며 더욱 내 앞으로 손을 내민다. 나는 결국 그의 손을 잡고는 자동차에 올라탔다.

마차는 서로 마주보며 갈 수 있다. 그러나 자동차는 마주보는 좌석이 없다. 나란히 앉아서 가야 한다.

내가 이선과 나란히 앉자마자 자동차가 출발했다. 우리가 앉아있는 뒷좌석은 방처럼 창문이 달려있고 운전석과의 사이에는 유리벽이 놓여 차단이 되어 있었다. 하지만 자동차가 움직이는 내내 시끄러운 소리가 우리가 있는 공간까지 들려왔다.

“이 큰 소리는 뭐죠?”

내 물음에 이선이 친절히 설명해 주었다.

“엔진 소리야.”

“엔진?”

“자동차를 움직이게 만드는 힘이지.”

“한성 사람들이 다 깨겠어요.”

“맞아. 이 요란한 소리 때문에 아바마마는 독일 공사가 기증한 이 차를 받지 않으려 하셨어. 결국 내 것이 되었지만.”

이선이 지팡이를 꺼내 들더니 앞쪽 유리벽을 툭툭 두드려 운전사를 부른다. 아마도 지팡이는 이 시끄러운 소리를 뚫고 앞쪽 운전사를 부르는 수단으로 사용되는 것 같았다.

“예, 전하.”

“서쪽 성벽 길로.”

“예. 알겠습니다.”

나는 이선을 돌아보며 물었다.

"서쪽 성벽?"

"네 말대로 자동차 소리에 한성 사람들이 깨면 안 되니까."

정동을 나와 큰길로 들어선 자동차는 서쪽으로 곧장 향했다. 그곳에는 한성을 둘러싼 성벽 옆으로 포장된 도로가 있었다. 평상시에도 자동차가 통행하는 길처럼 보였다. 우리가 탄 자동차는 그 길을 달려 성벽 길 정상에 다다랐다. 차는 그곳에서 멈췄다. 그러자 더는 시끄러운 엔진 소리도 들리지 않는다.

"나와 볼래?"

이선의 말에 난 고개를 끄덕이고는 그와 함께 차에서 내렸다. 성벽 가까이에 서자 탁 트인 한성의 풍경이 내려다보였다.

밤이 찾아온 제국의 수도.

큰길을 따라 세워진 가로등 불빛이 한성을 석양처럼 잔잔히 덮고 있다. 이런 풍경을 가만히 내려다보고 있으려니 순간 울컥하는 마음이 일었다.

이선은 이런 나의 변화를 곧바로 알아차렸다.

"미우. 우체총사에서 계속 일하고 싶어?"

하지만 이 물음에 대한 답은 이미 정해졌다.

"전 오늘 연회를 끝으로 해고당한걸요. 해고 통보를 받지 않았을 뿐이지. 모두 내가 해고당한다는 사실도 알고 있고요. 무엇보다 사장님을 버리고 나온 직원이라니."

헛웃음이 흘러나온다. 모든 것은 끝났다. 돌이키기에는 너무나도 많이 와 버렸다. 적어도 난 그렇게 생각했다. 처음부터 답이 정해진 길을 난 겁도 없이 무작정 걸었나 보다.

그런데 이선은 내게 또 다른 물음을 넌지시 던진다.

"만약 민우진보다 더 높은 분이 네가 우체총사에서 일하는 것을 허락한다면?"

"더 높은 분?"

난 제복을 입은 이선을 보며 또 한 번 헛웃음을 지었다.

"설마 완친왕 전하를 말하는 건 아니죠?"

그러자 이선이 피식 웃더니 말한다.

"아니, 완친왕보다 더 높은 분이."

순식간에 내 얼굴에서 웃음이 사라졌다.

"더 높은 사람?"

"폐하."

난 눈을 크게 떴다.

"폐하?"

"맞아, 폐하. 미우. 내일 아침에 폐하께서 보내는 비서관이 우체총사로 찾아올 거야. 민우진을 만나서 폐하의 명을 전하겠지. 미우 네가 앞으로도 계속 우체총사에서 근무할 수 있도록 조치하라는 명을 말이야. 이것이 폐하의 뜻이니까."

"그게 정말이에요?"

"거짓말이길 바라?"

"절대 아니죠! 하지만……."

마담 손탁은 다른 이야기를 했었다.

"오늘 연회에서 만난 마담 손탁이 이런 말을 했어요. 제가 우체총사에서 일하는 것 때문에 궁궐이 발칵 뒤집어졌대요. 그런데도 폐하께서 제가 계속 일하는 것을 허락하실까요?"

"궁궐이 시끄러워진 건 사실이야. 특히 반대하는 신하들의 주장은 이러했어. 여성의 재능은 오로지 집안 살림을 꾸려나가거나 자녀를 양육하기 위해 존재하는 거라고. 하지만 아바마마께서는 그것보다 더 중요한 것이 있다면서 궐내 여론을 잠재우셨어."

"그것보다 더 중요한 것?"

"애국."

애국(愛國).

이선의 말이 내 가슴을 흔든다.

"여성에게도 자신이 가진 재능을 나라를 위해 쓸 수 있는 기회와 자격을 주어야 한다고 하셨지. 무엇보다 우체총사가 속한 통신원은 제국의 중추적인 기관이 되었으니까, 그곳에서 일하는 넌 제국을 위해 애국할 수 있는 기회가 주어진 거라고……. 든든한 너의 '뒷배'가 폐하를 설득한 덕분이기도 하지만."

"뒷배?"

"바로 나."

그가 자신을 손가락으로 가리킨다. 나는 픽 웃음을 터트렸다. 그런 나를 보며 이선이 어렵사리 말을 꺼낸다.

"그러니 이 모든 사실을 알면서도 네게 말해주지 않았던 나를 용서해줄래?"

용서는 생각할 필요도 없다. 오히려 내가 그를 원망한 적이 있었는지 의문을 가질 만큼 고마움을 느끼고 있었으니까.

"사과는 아까 연회에서 받았잖아요."

"그럼 내 고백은?"

농담처럼 말하지만 사실 그는 진지했다. 내가 우체총사에서 다시 일할 수 있게 도와줬다는 이선 앞에서 더 이상 숨길 것은 없었다. 그러나 여전히 내 발목을 잡는 진실이 있었다. 이 비서관의 말대로 하나씩 이뤄지고 있다는 것. 이선은 호감 그 이상의 감정을 내게 보였다. 그렇다면 폐하와 이 비서관이 혼사를 추진한다는 그의 반려도 진짜 존재할 것이다. 그러니 그의 고백을 받아들인다는 말은 우체총사의 일을 얼마 하지도 못하고 그만두어야 하고, 또 그의 후궁이 되어야 할지도 모른다는 것.

"우리 사이에는 넘을 수 없는 게 너무 많아요."

"신분을 말하는 거야?"

"그것도 하나가 될 수 있죠. 하지만 무엇보다도 전 평범한 남자의 아내로 살고 싶어요."

내 스스로 말하고도 그 평범하다는 게 무엇인지 알 수가 없다. 그러나 태어나는 순간부터 평범하지 못했던 이선에게는 넘을 수 없는 큰

벽이라는 걸 알고 있었다.

"미안해요. 이선……."

그를 단념시키기 위해서 한 말이었다. 하지만 정말로 그가 나를 향한 마음을 접는다면 왠지 모르게 씁쓸한 마음이 들 것 같았다.

분명한 사실은, 내가 바라는 건 누군가의 아내, 누군가의 여인이 되는 삶이 아니라는 것이었다. 그 삶이 싫었기에 우체총사에서 일하는 시간들이 소중했고 특별했다. 내가 가진, 또는 가질 수 있는 것들을 포기해서라도 지키고 싶었다.

적어도 지금 당장은.

"알았어."

그는 나를 향한 마음을 접는다고 하지 않았다. 단지 '알았다'고만 대답했을 뿐이었다.

프린세스 콩쥐

"우~ 갑갑해라."

사무실 안을 달구는 열기를 참지 못한 나는 창문을 활짝 열었다. 약한 바람이 창문을 통해 사무실 안으로 들어왔다. 하지만 눈을 뜨기 힘들 정도로 강한 햇살도 함께였다.

날이 점점 더워진다. 1900년의 여름이 시작된 것이다.

똑똑.

"네에."

사무실 문을 두드리는 소리에 난 서둘러 자리로 가서 앉았다. 요즘 들어 여자 손님들이 조금씩 늘고 있었다. '황제폐하'께서 직접 근무를 허락하신 여직원이라는 명예를 얻은 나를 보러, 구경삼아 오는 여자 손님들이 대부분이긴 했다. 하지만 난 이것을 기회라 여겼다. 그렇게라도 찾아온 사람들에게 우편에 대해 알려주고, 글을 모르는 손님들에게는 친절히 대필까지 해주었다. 조금씩이지만 정기적인 고객으로 탈바꿈시키기 시작한 것이다.

"맞군요. 역시."

들어선 여성은 외국인이었다. 그것도 낯설지 않은 얼굴.

"마담 손탁?"

"나를 기억하고 있군요."

프랑스 공사관 연회에서 보았을 때보다 더 밝은 얼굴로 등장한 그녀는 혼자가 아니었다. 그녀의 뒤로 낯선 외국인 여성이 한 명 더 따라 들어온다. 그녀는 좁지만 깔끔한 내 사무실 안을 둘러보았다.

"어쩐 일이시죠?"

난 두 사람을 자리로 안내했다. 손탁은 그녀와 함께 나란히 의자에 앉으며 내게 말했다.

"우체국에 올 일이 있다면 한 가지뿐 아닌가요?"

그러더니 가져온 편지를 내게 내밀었다.

"독일에 있는 내 조카에게 보낼 편지입니다. 그리고 내 짐작이 맞는다면, 이 우편은 한성 우체총사에서 처음으로 접수하는 국제우편이 되겠지요."

난 놀란 입을 다물지 못한 채 그녀가 내미는 우편물을 받았다.

"접수해 드릴게요. 잠시만 기다려주세요."

나는 국제우편 소인(消印, 우체국에서 접수된 우편물의 우표 따위에 찍는 도장)을 찾아 서랍을 뒤적거렸다. 그때, 마담 손탁의 옆에 가만히 앉아 있던 여성이 투박한 영어로 입을 열었다.

"당신이 '프린세스 콩쥐'인가요?"

"예?"

그녀에 대한 소개는 마담 손탁이 대신했다.

"독일 루트비히 로프 영사의 부인이신 마리엔 로프 여사이십니다. 지난번 공사관 연회에는 참석하지 못하셨죠."

마리엔이 마담 손탁의 말을 받았다.

"막내딸 리디아가 감기로 아팠답니다. 아직 어려서 한시도 눈을 뗄 수가 없죠. 그 아이가 제일 좋아하는 조선의 동화가 바로 '프린세스 콩쥐'랍니다."

"콩쥐팥쥐요?"

마리엔이 웃으며 고개를 끄덕였다.

"맞아요. 그 동화요. 안타깝게 프랑스어로만 번역되어 있어서 마담 손탁이 독일어로 번역해 리디아에게 읽어주셨죠."

고개를 끄덕이며 듣던 나는 조금 전 그녀가 했던 말을 떠올렸다.

"그런데 제가 왜 '프린세스 콩쥐'라는 거죠?"

마리엔이 나섰다.

"프랑스 공사관에서 있었던 일 때문이지요. 그 완친왕이요. 이 제국의 황자가 직접 나타나 당신에게 구두를 신겨주고 춤을 청했다지요?

세상에! 그런 동화 같은 일이 실제로 일어나다니. 이 나라는 특별한 매력이 있는 게 분명해요!"

마담 손탁이 흥분한 마리엔을 진정시키며 내게 말한다.

"미우. 요즘 한성의 외국 부인들 사교모임에서 당신을 모르는 사람은 없어요. 다들 당신을 '프린세스 콩쥐'라고 부르면서 만나러 오고 싶어 안달이 났죠. 곧 그녀들도 소개해줄게요. 어쨌든 지금까지 각국 공사들은 일본과 불필요한 마찰을 일으키지 않으려고 조선의 우체국을 이용할 수 없었답니다. 하지만 당신과 완친왕의 이야기가 공사 부인들은 물론 외국 부인들의 마음을 움직였어요."

마리엔이 신이 나서 내게 말한다.

"남자가 머리라면 여자는 목이라는 말이 있죠. 결국 머리는 목이 움직이는 대로 가지 않겠어요?"

마담 손탁도 말을 덧붙였다.

"당신과 완친왕의 이야기가 우체총사로 통하는 좋은 가교 역할을 한 것임에는 틀림없어요."

마담 손탁의 말이 끝나자마자 마리엔이 계속 내게 질문을 던졌다.

"완친왕은 자주 만나시나요? 그 뒤로도 연락을 하시나요? 혹 그 전부터 아시던 사이였나요? 아, 황자와 여직원이라! 요즘 유럽에서는 이런 애정소설이 큰 인기몰이를 하고 있죠."

"그게 그러니까 말이죠……."

그때였다.

똑똑.

"미우, 나야. 있어? 들어갈게."

사무실 문 밖에서 들려오는 목소리의 주인은 바로 이선이었다.

'어떡하지! 마담 손탁은 이선의 얼굴을 알 텐데!'

이선이 내는 소리에 마담 손탁과 마리엔이 동시에 문 쪽으로 고개를 돌렸다. 그리고 서서히 열리기 시작하는 문.

탁!

나는 벌떡 일어서며 큰 소리가 나도록 두 손으로 책상을 내리쳤다. 두 여성의 시선이 내게로 돌아왔다. 문을 열고 들어섰던 이선은 양장을 입은 두 여성의 뒷모습을 보고는 멈칫한다.

"잠시만 실례할게요. 호호."

어색한 웃음을 흘린 나는 재빨리 사무실을 나와 문을 닫았다. 이선은 문 옆에 서서 나를 쳐다보고 있다.

"마담 손탁이에요. 마리엔이라고, 독일 영사 부인도 오셨어요."

"독일 영사 부인은 몰라도 마담 손탁은 뒷모습만 봐도 알겠던데?"

웃지만 식은땀을 흘리는 이선.

"당분간 내 사무실은 물론이고 이 주변에는 얼씬도 하지 않는 게 좋겠어요. 외국 공사 부인들이 계속 찾아올 것 같아요. 그 중에는 완친왕의 얼굴을 아는 사람들도 있을 거고요."

"그나저나 무슨 일 때문에 그녀들이 갑자기 일본 우체국이 아니라 우체총사로 온 거지?"

"지난번 연회에서……."

난 조금 전 마리엔이 한 말을 떠올리고는 이선을 노려보았다.

"혹시 '프린세스 콩쥐'라고 들어봤어요?"

이선이 슬그머니 내 시선을 피한다. 무언가 알고 있는 얼굴이다. 이선이 어렵게 말을 뗀다.

"그럼 혹시……. '프린세스 콩쥐'를 보러 왔다는 거야?"

"알고 있었군요!"

난 그를 벽으로 몰아붙이며 목소리를 높였다. 이선은 곧바로 항복한다는 듯 두 손을 번쩍 들어올렸다.

"당연히. 그 일로 어머님께 불려가기까지 했는걸."

"영보당 마마께서도 아신다고요?"

그때 강 주사가 저 멀리서 걸어오는 것이 보였다. 난 이선에게서 한 발자국 물러서 아예 고개를 돌려버렸다. 처음부터 우리 사이에 아무런 일도 없었다는 듯 보이기 위해서였다. 그러나 강 주사는 이미 내가 벽으로 이선을 밀어붙인 것을 본 모양이다. 그는 빠르게 우리를 지나치며 날 향해 주먹을 흔들었다.

"내 몫까지 이선을 한 대 쳐 주라고, 미우. 한 방 제대로 먹여! 책임은 내가 질 테니."

"하하……."

난 어색한 웃음을 지으며 강 주사를 보내고는 이선에게 물었다.

"강 주사님은 아직 모르죠?"

"네가 '프린세스 콩쥐'인 거? 아니면 내가 '완친왕'이라는 거?"

"둘 다요."

"'프린세스 콩쥐'에 대해선 곧 알게 되겠지. 어쨌든 다들 널 칭찬할 거야. 이대로 국제우편물이 늘어나는 효과를 제대로 본다면 말이야."

"그 효과를 노리고 프랑스 공사관으로 찾아왔던 건 아니죠?"

그러자 지금까지 장난스럽게 반응하던 이선이 진지하게 답한다.

"아니, 네게 사과하러."

내가 할 말을 잃어버린 사이, 복도 끝에서 한 직원이 큰 소리로 이선을 불렀다. 이선은 그에게 곧 가겠다고 손을 흔들어 보이고는 다시 나를 돌아보았다. 그는 주먹으로 자신의 한쪽 가슴을 툭툭 두드리며 말했다.

"진심은 통하게 되어있으니까. 그것이 사과이든 '프린세스 콩쥐'의 등장이든."

이선이 눈을 찡긋했고 난 다시 그를 벽에 밀어버릴 듯 흘겨보았다. 그러자 이선이 두 손으로 방어하는 자세를 취하며 말했다.

"내일 쉬는 날이지?"

"네, 왜요?"

"나와 경운궁에 가자."

"경운궁이요?"

경운궁 이야기에 그와 주거니 받거니 하던 장난도 멈췄다.

"어머니가 널 보고 싶으시대. 데려오라고 하셨어. 어머니도 아름다운 이야기를 좋아하시거든."

"불려가서 혼나는 건 아니겠죠?"

"걱정 마. 어머니는 정말 좋은 분이야. 내 어머니라서 그런 말을 하는 게 아니야. 진심으로 널 초대하신 거야. 다른 뜻은 없으니까 부담없이 와도 좋아. 정식 알현 자리도 아니야. 넌 단지 우체총사에서 일하는 여직원으로서 영보당 마마의 초대를 받은 거라고."

"언제 입궐하는데요?"

"아침에 오면 돼. 그때는 아침 조회 때문에 아바마마께서 바쁘시니까, 오히려 조용히 어머니를 만날 수 있을 거야."

"아침 조회요?"

그 시간이면 아버지가 경운궁에 있을 시간이다. 입궐했다가 아버지와 마주치게 된다면 큰일이다. 아버지는 내가 하루 종일 집에서만 지내는 줄 알고 계신다.

걱정 가득한 내 얼굴을 보며 이선이 위로의 말을 던졌다.

"너무 걱정 말라니까. 어머니는 무서운 분이 아니셔. 내가 보기에도 궁궐 사람 같지 않으신걸."

경운궁. 과거 정동 행궁이라 불린 곳.

내가 탄 가마가 경운궁의 정문인 대안문에 다다르자 난 가마의 창을 열었다. 대안문을 통과할 수 있는 여인은 왕실의 여인들뿐이다. 나는 대안문을 돌아서 외부 여인들이 출입하는 문으로 가야 했다.

마침 대안문 앞에는 아침 조회를 위해 입궐하는 신하들이 속속 도착해 마차에서 내리고 있었다. 아버지가 입궐한 것을 확인한 뒤에 출발했던 터라 당연히 아버지의 모습은 보이지 않았다. 아버지는 아마 지금쯤 폐하를 알현하고 있을 것이다.

'안 들키겠지?'

불안한 마음을 안고 난 창을 닫았다.

얼마 후 내가 탄 가마는 경운궁의 또 다른 문 앞에 도착했다. 대안문보다는 훨씬 작은 문이었지만, 이 문도 아무나 드나들 수 있는 문은 아니었다. 오로지 초대받은 여인들만 드나들 수 있는 문. 가마에서 내려 문 안으로 들어서자 기다리고 있던 상궁이 나를 맞았다.

"미우 님."

나는 두 손을 공손하게 모으고 인사를 올렸다. 곧장 영보당 마마가 계신 곳으로 안내될 줄 알았는데, 상궁이 말했다.

"잠시만 기다려 주시지요."

'다른 절차가 또 있나?'

정식으로 궁궐에 초대받는 것은 이번이 두 번째. 두 번 다 영보당 마마의 초대였지만, 첫 번째는 사실 완친왕의 초대였다. 이번이야말로 진짜 영보당 마마의 초대였다. 그러니 내게는 사실상 궁궐로부터 받는 첫 번째 초대인 것이다.

궁궐의 예법이니 뭐니 하는 것을 전혀 모르는 나는 눈동자만 열심히 굴리며 상궁의 지시대로 가만히 서 있었다. 얼마나 지났을까? 상궁이 고개를 숙이며 옆으로 물러서더니 누군가에게 인사를 한다.

"완친왕 전하."

"박 상궁."

이선이다. 만약 우체총사였다면 손을 흔들며 반갑게 인사했을지도 모른다. 그러나 지금은 상궁은 물론이고 주변에 나인들, 병사들 등 보는 눈들이 많았다. 이선도 이를 의식한 듯 상궁의 인사를 먼저 받은 뒤 나를 돌아보며 말한다.

"미우 양?"

'새삼스럽게 모른 척은…….'

이선은 연기를 너무 못하는 것 같다. 사실상 나와는 공식적으로 처음 만나는 자리일 텐데, 날 보며 저렇게 환하게 웃어주다니. 아니, 원래부터 그는 이렇게 누구에게나 잘 웃어줄까?

"네. 전하."

"어머니께서 미우 양을 만나기를 고대하고 계시오."

이선이 앞장서 걸어가기 시작했고, 상궁은 내게 따라가라고 눈짓했다. 나는 어느 정도 거리를 두고 이선의 뒤를 따라갔다. 헌데 조금 걷다 보니, 우리 뒤를 따라올 줄 알았던 사람들이 한 명도 보이지 않는다는 걸 깨달았다. 이선이 걸음을 멈추고 내게로 돌아섰다.

"다 갔지?"

나는 주변을 둘러보고는 고개를 끄덕였다.

"언제 이렇게 소리 없이 사라졌대요?"

"그게 그녀들의 주특기거든."

이선이 웃으며 말했다.

"이쪽으로 가자. 나인들이 잘 안 다니는 길이니까."

"나인들이 잘 안 다니는 길?"

"대신들이 주로 다니는 길이다 보니 나인들은 지나다니지 못하거든. 게다가 지금은 아침 조회 중이라 대신들은 모두 편전에 들었을 테니 그들도 여길 지나가지 않을 거고……. 그나저나, 미우."

"네?"

"내 연기 어땠어?"

난 그를 흘겨보며 말했다.

"연기? 그게 연기였어요? 아무리도 봐도 전하, 전하는 너무너무 연기를 못해요."

"그래?"

웃으며 이선이 내 말을 받았을 때였다. 저 멀리서 누군가가 다가오는 것이 보였다. 이선이 내게서 시선을 떼며 중얼거렸다.

"박정양 대감?"

이선의 말에 나의 시선 또한 순식간에 이선의 시선이 향한 곳으로 꽂혔다. 그의 말대로 우리 아버지였다. 아버지는 우리를 보지 못한 듯했다. 무슨 걱정이라도 있는지 무거운 표정으로 땅을 보며 이쪽으로 걸어오고 있었다.

"대감."

이선이 아버지를 부른다. 그 사이 난 옆에 있는 전각의 기둥 뒤로 재빨리 숨었다. 이선은 내가 도망치듯 숨는 것을 보았지만, 크게 이상하게 여기지는 않는 표정이다. 아마도 대신들과 마주치기 싫어서 숨었다고 여기는 모양이었다.

"전하."

아버지가 이선에게 다가와 정중히 인사를 올렸다.

"벌써 조회가 끝났습니까?"

"아닙니다. 신만 특별히 황명을 받아 궁내부로 돌아가는 길입니다."

"황명이라면? '그 일' 말입니까?"

"예."

대답하는 아버지의 목소리가 좋지 않다. 이선도 이를 알아챘는지 아버지에게 물었다.

"헌데 표정이 좋지 않으시군요."

"실은 몇 년 전부터 신의 몸이 많이 좋지 않습니다."

나는 놀라지 않을 수 없었다. 내게 있어서 아버지는 늘 차가우면서도 철저한 사람이다. 자세가 흐트러지는 것을 단 한 번도 본 적이 없다. 건강이 나빠 보이는 기색 또한 전혀 없었다. 만약 의원이라도 한 번 다녀갔다면 내가 제일 먼저 알았을 것이다.

"그렇군요. 그러면 이번 일을 수행하시는 건……."

"어렵다 말씀을 올리려 하였지만, 폐하께서 반드시 신이 해야 한다 하시어……."

"어찌되었든 잘 마무리하고 무사히 돌아오시길 바랍니다."

"예."

이대로 두 사람이 헤어지는가 싶더니, 아버지의 목소리가 한 번 더 들렸다.

"그런데 말입니다, 전하. 요즘 한성 내에 전하와 얽힌 소문이 들리더군요."

"소문이라니요, 대감?"

이선은 모른 척 대답했지만 그도, 나도 그게 무슨 소문인지 직감적으로 알아챘다.

"예정에도 없이 프랑스 공사관에 납시어서 어떤 여성과 춤을 추셨다고요."

이선은 대답하지 않고 입을 꾹 다물었다.

"신이 쓸데없는 참견을 하는 것이 아니라면, 궁내부 특진관의 자격으로 전하께 한 말씀 올리겠습니다."

"말씀해보시지요."

"친왕비 자리가 오랫동안 공석입니다. 그래서인지 계속 전하께 이런 소문이 돌게 될까 봐 우려가 됩니다. 하루라도 빨리 친왕비를 맞이하시는 것이……."

"대감."

이선이 웃는 목소리로 아버지의 말을 잘랐다.

"지나치셨습니다."

잠시 두 사람의 숨소리조차 들려오지 않았다. 긴장감이 흐르는 것이 느껴졌다. 곧 아버지가 정중히 인사를 하고는 자리를 떠났다. 이선이 한숨을 내쉬며 기둥 뒤에 숨은 나를 불렀다.

"나와도 돼, 미우."

나는 이선에게로 다가갔다.

드디어 그에게 말할 때가 된 것 같다.

"이선, 방금 전 그……."

"박정양 대감? 웬일로 참견인지."

이선이 아버지가 사라진 방향을 쳐다보며 중얼거린다. 나는 그의 눈치를 살피며 조심히 물었다.

"박정양 대감이라는 분이랑 사이가 안 좋아요?"

"좋고 나쁠 건 없지만 속을 알 수 없는 사람이지."

이선이 나를 돌아보며 말한다.

"아직은 신뢰할 수 없어."

"신뢰할 수 없다고요?"

"지금 조정의 신하들은 친러파와 친일파로 나눠지고 있어. 그런데 그는 어느 쪽도 아니야. 그는 과거 주미 대사였지만, 친미파도 아니야. 속내를 감추는 것처럼 보인다고 할까? 난 그가 속내를 드러내기 전에는 그를 믿을 수 없다고 생각하거든."

아버지를 믿지 못한다는 이선의 말이 내 가슴을 무겁게 짓눌러왔다.

"가자. 어머니가 기다리실 거야."

"네……."

이선이 다시 앞장서서 걸어간다. 난 아버지가 사라진 쪽을 한 번 응시하고는 이선의 뒤를 따랐다.

양식으로 꾸며진 전각 안 응접실에 커다란 사각형의 탁자가 있었다. 이선과 내가 앉자 잘 차려진 다과가 그 위에 놓였다. 약간 긴장해서 주변을 둘러보고 있는데 상궁 한 명이 안으로 들어왔다. 지난번 경운궁에 입궐한 나를 이선에게 안내했던 바로 그 상궁이었다. 그녀는 조용히 이선에게 다가와 물었다.

"전하. 어떤 차를 올릴까요?"

"난 가비차를 주게. 그리고 미우…… 양께서는?"

나를 편하게 부르려던 이선이 뒤늦게 상궁의 눈치를 보며 말을 바꾼다. 다시금 느끼지만, 그는 연기를 너무 못한다. 상궁도 이선의 연기 실력을 잘 아는 모양이다.

"전하. 새삼스레 소인의 눈치도 보시옵니까."

그러자 이선이 피식 웃더니 내게 설명한다.

"내가 궁궐 밖에서 살던 시절부터 따랐던 상궁이거든."

상궁이 나를 돌아보며 묻는다.

"아가씨께서는 무엇을 드시겠습니까?"

"물이면 되어요."

상궁이 알았다는 듯 몇 발자국 뒤로 걷더니 밖으로 나갔다. 이제 응접실 안에는 우리 두 사람뿐이다. 그렇지만 혹시 몰라 나는 일부러 작은 소리로 물었다.

"궁궐 밖에서 산 적이 있어요?"

"응. 태어나자마자 바로 운현궁(홍선대원군 사저)으로 쫓겨나다시피 보내져 그곳에서 자랐대. 하지만 난 기억하지 못해. 그곳에서도 오래 못 있었거든. 이후엔 아예 민가로 쫓겨나서 평민처럼 자랐어. 그래서 난 내가 폐하의 소생이라는 걸 몇 년 전에야 알았어. 어머니도 내게 이 사실을 철저히 숨기셨거든."

"왜요?"

"내 탄생을 좋아하는 사람이 별로 없었대. 특히 승하하신 황후마마께서는 내가 황태자 전하에게 위협이 될까 봐 어머니와 나를 궁궐 근처에 얼씬도 하지 못하게 하셨다나 봐. 그래서 우리 모자는 황후마마가 승하하신 다음에야 궁궐로 돌아올 수 있었던 거지. 지금도 나인들하고 궁궐에 출입하는 고관들이나 나를 알지, 궁궐 밖에는 내가 아직까지 살아있다는 사실을 아는 사람도 드물걸?"

그러고 보니 나 또한 현주에게 듣기 전까지 완친왕에 대해 들은 기억이 전혀 없다. 황제 폐하가 계시고 황태자 전하가 계시다는 건 안다. 그리고 의친왕인가? 다른 형제분이 있다는 것도 얼핏 들은 것 같긴 한데, 완친왕이라는 이름은 들은 기억 자체가 없었던 것이다.

상궁이 들어와 가비차와 물이 담긴 잔을 내려놓고 갔다. 다시 이선과 둘만 남게 되자, 난 궁금증을 쏟아냈다.

"왜 아직까지 친왕비가 없는 거예요?"

찻잔을 입가로 가져가던 이선이 멈칫한다. 그리고는 찻잔 너머로 내게 눈을 흘겨 뜬다. 최근에 내가 그를 자주 흘겨보았는데 이번에는 그의 차례인 모양이다. 이선이 내게 물었다.

"왜? 왜 그게 궁금하지?"

"그거야……."

현주에게 들어서 어느 정도는 알고 있다. 하지만 내가 들었던 이야기를 그대로 말할 수는 없어서 딴 소리를 해댔다.

"이제 나도 완친왕의 존재를 아니까 이것저것 궁금한 게 생겨서요. 무엇보다 혼인적령기가 지난 황자가 혼인을 하지 않고 있으면 여러 소문이 돌지 않을까요?"

이선이 잠시 가비차의 향을 음미하더니 말한다.

"궁궐에 도는 소문이라면 나도 모르는 건 아니야."

"소문이 있어요?"

나는 모르는 척 그의 말을 받았지만, 그는 이미 내 속을 꿰뚫어본 얼굴이다.

"미우. 너도 나만큼이나 연기를 못하는데?"

그가 잔을 내려놓으며 슬쩍 미소 지었다.

"교환수로 일하는 현주가 친구랬지? 아마 그 때문에 네게 내 신분을 밝혔을 때 크게 놀라지 않았던 건가? 완친왕에 대해 아는 사람을 궁궐 밖에서 만나보기는 의외로 힘들거든."

더 이상 숨길 수 없다고 생각한 나는 솔직히 말했다.

"네, 현주에게 들었어요. 영보당 마마께서 완친왕이 스스로 친왕비를 택할 수 있도록 폐하께 청을 드렸대요. 사실이에요?"

"이래서 난 소문이 좋다니까."

"네? 그럼 사실이 아니에요?"

"아니, 사실이야. 어머니가 그런 청을 폐하께 올린 건 말이야. 단 그렇게 소문이 돌기를 바라면서 드린 청이기도 했어."

"왜요?"

이선이 양손을 깍지 낀 채 탁자 위에 올려놓았다. 그 때문에 그와 나의 거리가 조금 더 가까워졌다.

"지금 궁궐에 황태자 전하를 제외한 황자는 나와 의친왕, 그리고 영친왕이 있어. 그런데 황태자 전하는 후사가 없으시지. 황태자 전하도 자주 아프시지만, 황태자비 전하는 몇 년 전부터 아예 드러누워 계셔. 그런데도 황태자 전하는 후궁을 한 명도 들이지 않으셨어."

"그런데요?"

"그렇게 되면 후계가 불안정해져. 지금 제국은 여러모로 불안한데 후계 문제까지 있으니 대신들이 좋아하지 않지. 그들 입장에선 후계가 확실히 정해져야 어느 쪽에 붙을지 결정하기 쉬우니까. 그래서 몇 년 전부터 다른 황자들 중에서 후계자를 뽑으려는 움직임이 있어."

"그건 반역 아니에요? 아직 황태자 전하는 젊으시잖아요."

"폐하께서도 동의하신 거야. 하지만 혼인을 하지 않은 황자는 그 후

보에 낄 수가 없지. 일반적으로 혼인하지 않으면 어른 취급을 하지 않으니까. 그래서 어머니가 폐하께 그런 청을 드린 거야. 나를 황위 문제로부터 자유롭게, 그리고 덜 위험하게 하시려고."

이유야 어찌 되었든 영보당 마마의 계획은 성공적인 것 같다. 그는 정말로 자유로워졌고 주목받지 않는 황자가 되었으며, 소문대로 진짜 혼인의 자유도 얻었다. 그가 여기까지 바랐는지는 알 수 없지만.

바로 그때였다.

"선이의 말은 사실이지."

문이 소리 없이 열리더니 한 여인이 안으로 들어섰다. 난 이선을 선이라고 부른 그녀가 영보당 마마라는 걸 깨닫고는 자리에서 벌떡 일어나서 인사를 올렸다.

"영보당 마마."

"어머니."

"네가 미우로구나."

내가 고개를 숙이고 있는 사이 이선이 영보당 마마에게 말을 걸었다.

"놀래키는 건 어머니 취미가 아니시잖아요."

"몰래 엿듣는 건 재미있잖니? 무엇보다 선이 네가 누군가에게 이처럼 친절하게 구는 건 처음 보았다."

"소자는 누구에게나 친절한걸요."

"황자는 거짓말을 하면 안 돼."

영보당 마마가 웃음기 섞인 목소리로 말했다. 그러더니 내 쪽으로 몸을 돌려 나를 불렀다.

"미우야."

난 영보당 마마의 부름에 고개를 들었다. 이선과 똑같은 눈매를 가진 여인의 얼굴이 보였다.

"선이가 친왕의 신분인 것은 아느냐?"

"네에……."

"알면서도 이처럼 거리낌 없이 말을 주고받다니. 궁금하구나. 너는 우리 선이와 무슨 사이냐?"

나는 놀란 눈으로 이선을 돌아보았다. 그러자 이선이 앞으로 나섰다.

"어머니. 미우를 겁주시는 건 아니죠?"

그러자 영보당 마마가 웃으며 아들을 한번 쳐다보고는 다시 나를 보며 묻는다.

"내 물음에 대한 네 답을 듣고 싶구나."

난 잠시 망설이다 공손히 답을 했다.

"완친왕 전하와 소녀는 우체총사에서 함께 일하는……."

"그런 불 보듯 뻔한 대답은 말고."

아들을 지키기 위해서 그 아들을 권력에서 밀어내려는 여인. 그 여인이 지금 내게 어떤 대답을 바라고 저런 질문을 던지는 것일까? 난 그녀에 대해 아는 것이 없다. 현주에게 들은 것이 전부일 뿐. 하지만 그녀는 이선의 어머니이다. 늘 내게 솔직하고 진실하려 하는 이선의 어머니. 그와 같은 눈을 가진 그녀라면 성품 역시 같을지도 모른다.

난 영보당 마마의 눈을 똑바로 보며 입을 열었다.

"완친왕 전하와 소녀는 친구 사이입니다."

"오? 신분도 성별도 다르거늘 친구라고? 그래, 미우야. 네가 말하는 친구가 무엇이라고 생각하느냐?"

"친구란……."

난 이선을 쳐다보며 대답했다.

"좋을 때나 어려울 때나 늘 함께하고 서로의 일에 제 일처럼 나서서 도우려 하는 사이가 아닐까요."

"보통내기가 아닌 아가씨네."

영보당 마마의 말투가 부드러워졌다.

그녀는 곧 상궁의 부축을 받아 자리에 앉았다. 그리고는 나를 바라보며 미소를 띤 얼굴로 말했다.

"오늘 네가 한 그 말, 반드시 지키거라. 콩쥐 아가씨."

영보당 마마와의 짧은 만남이 끝나자, 난 이선을 앞에 두고 긴 한숨을 쉬었다.

이선은 그런 나를 보며 킥킥거리며 웃는다.

"미콩~"

"미콩?"

"'미운 콩쥐'의 줄임말이지."

난 이선을 노려보며 말했다.

"계속 나를 '미콩'이라고 부를 건 아니죠?"

이선이 턱을 괸 채 내 쪽으로 고개를 돌리며 말한다.

"미우가 나를 '전하'라고 놀리며 부를 때마다, 나도 상대할 말이 필요하지 않겠어? 잘 어울리는데? 미콩~"

새로운 놀릴 거리를 찾은 이선이 쉽게 물러설 것 같진 않다.

"좋아요. 친구 사이에 애칭 정도는 하나 필요하겠죠. 남자들 사이에도 있다는데 우리라고 없으라는 법은 없잖아요? 그러니 마음대로 불러요. 미콩이든 뭐든. 우린 친구니까."

이선의 눈과 입가에 있었던 웃음기가 스르륵 사라졌다. 그가 내게서 시선을 돌리며 말했다.

"안 할래."

'미콩'이라는 말에 재미를 잃은 것일까? 난 그의 눈을 쫓으며 물었다.

"응? 갑자기 왜요?"

어렵사리 되찾은 그의 시선은 다시 웃음을 담고 있었지만 약간 무거워진 웃음이었다. 그는 그 눈으로 나를 바라보며 말했다.

"콩쥐의 짝은 임금님이 아니라 원님이니까."

콩쥐의 짝은 임금님이 아니다.

"나는 그 '미콩'을 나만 아는 애칭으로 간직할래. 그리고 미콩보다는 미우라고 부르는 게 더 좋으니까."

이선은 여전히 장난처럼 말했지만 한번 가라앉은 분위기는 되살아나지 않는다. 그도 이를 느꼈는지 자리에서 일어서며 말했다.

"문까지 데려다줄게. 가자."

나는 눈을 깜빡이며 이선을 불렀다.

"이선."

그가 몸을 돌려 나를 바라본다. 나는 어렵게 말을 꺼냈다.

"만약에라도 내가 피치 못할 사정으로 거짓말을 해야 했고……. 나중에 그 거짓말이 들통나더라도 날 용서해줄 수 있어요?"

다른 이들이라면 '거짓말'에 호기심을 느끼고 나를 끝까지 추궁했을지도 모른다. 그러나 그는 내가 어렵게 꺼낸 말의 요점을 정확히 집어냈다.

"피치 못할?"

나는 무겁게 침을 삼켰다.

"그럼 미우. 미우는 내가 완친왕이라는 사실을 밝혔을 때, 단순히 내 신분이 높아서 내가 속였다는 사실에 대해서 화를 안 낸 거였어?"

"그건 아니에요! 이선은 늦게라도 내게 솔직했잖아요."

"그럼 정답은 나왔네."

"네?"

"나도 그럴 거야. 미우가 늦게라도 솔직해진다면 그건 거짓말이 아니니까. 용서를 하고 안 할 것도 없는 거지."

이선은 더 이상 묻지 않는다. 분명 내 말에 궁금증이 일어났을 텐데도 말이다. 그는 단지 웃음으로 마무리하며 이렇게 말했다.

"하지만 두 번은 안 돼. 그 이후로는 말이야."

집으로 돌아오니 현주가 와서 나를 기다리고 있었다.

"오늘 우체총사에서 일하는 날이었어?"

그러자 유모가 나를 흘깃 쳐다본다. 유모는 내가 오늘 궁궐에 갔었다는 사실을 안다. 다만 영보당 마마를 만나러 궁궐에 갔었다는 사실을 모를 뿐이다. 난 우체총사의 일로 궁궐에 잠시 갔다고 말했다.

"어……."

"무슨 일인데?"

"일이야 뭐……. 늘 똑같지."

"그래?"

보통의 현주라면 끝까지 추궁했을 거고, 난 현주에게 결국 모든 사실을 털어놓았을지도 모른다. 어차피 며칠이 지나면 현주도 알게 될 것이다. 영보당 마마를 뵈러 입궐했다는 우체총사의 여직원에 대한 소문을.

그런데 현주는 오늘따라 나를 추궁하려 하지 않는다. 그녀가 나를 찾아온 데는 다른 이유가 있었기 때문이었다.

"그런데 미우야. 너 그 소식 들었니?"

"무슨 소식?"

"네 아버님 소식."

"우리 아버지가 왜?"

"정말 몰라? 네 아버지 곧 미국 가신대."

"미국? 왜?"

집안일은 나보다 더 잘 아는 유모도 처음 듣는 얘기였나 보다. 유모가 당황하며 현주에게 물었다.

"정말이래요? 어디서 들으셨어요?"

"궁궐에서 들었지. 곧 미국으로 특파 대사를 보낸다고 하는데 오늘 아침 회의에서 그게 네 아버님으로 결정되었나 봐."

"난 몰랐어……."

오늘 아침에 있었던 아버지와 이선의 대화가 떠올랐다. 그 이야기가 미국에 간다는 이야기였던 걸까?

"저도 전혀 몰랐어요."

현주가 의아하다는 얼굴로 유모에게 말했다.

"조금 전에 대감님께서 궁궐에서 돌아오셨다고 하지 않았어?"

"네. 지금 사랑채에 계세요."

현주가 나를 돌아보았다.

"정말 네 아버님도 대단하시다. 아무리 그래도 그 중요한 일을 한마디도 안 하시니?"

현주가 돌아간 후 나는 사랑채로 향했다.

예전에는 매일 아침 입궐하는 아버지를 배웅하러 사랑채 앞으로 나왔다. 그러나 언제부터인가 아버지는 내 인사도 받지 않으신 채 입궐하셨다. 시간이 흐르자 그것은 당연하게 되어버렸고, 한집에 살면서도 아버지의 얼굴을 보기가 어려워졌다.

가끔, 아버지가 사색에 잠겨 집안을 거닐 때 마주치긴 했다. 나는 공손히 인사를 올리고 대화라도 나누려 했지만, 아버지는 항상 내 인사만 받으신 채 그대로 자리를 떠났다. 오늘 궁궐에서 나는 보름 만에 아버지의 목소리를 들었다.

“아버지. 미우입니다.”

한낮의 사랑채. 평소 같으면 궐에 계실 시간이지만 아버지는 사랑채에 있다.

“들어오너라.”

“예.”

안으로 들어서니 아버지는 옷장에서 옷을 꺼내고 있었다. 난 자리에 앉으며 아버지에게 물었다.

“미국에 가신다는 게 정말이에요?”

옷을 정리하던 아버지가 자리에 앉는다.

“누구에게 들었느냐?”

약간 화난 듯한 목소리. 그러나 나는 아버지를 따라 목소리를 높였다.

“누구에게 들었는지가 그렇게 중요한가요? 가장 먼저 알아야 할 사람이 저라는 건 모르시겠어요?”

“계집아이에겐……. 콜록콜록!”

갑자기 말을 끊으며 시작된 아버지의 기침 소리.

"아버지?"

"콜록콜록!"

"어디 아프세요?"

간신히 기침을 그친 아버지가 고개를 들어 나를 보며 말했다.

"계집애는 알 필요가 없다."

"어째서요? 어째서 제게는 아버지에 대해 하나도 말씀해 주시지 않는 건데요?"

"계집애는 알 필요가 없어."

"!"

역시나 같은 소리다. 어쩌면 나는 이 말을 듣기 싫어서 사랑채에 발길을 끊었는지도 모른다. 나와는 대화하지 않겠다는 아버지의 태도에 나는 자리에서 일어섰다. 더 있어 보았자 들을 말은 없을 것 같아서였다.

돌아서려는 내게 아버지가 말했다.

"미국에 갔다 오는 대로 미뤄둔 네 혼사 문제를 마무리 지을 생각이다."

나는 놀란 목소리로 물었다.

"혼사라니요? 전 혼인하지 않을래요. 현주처럼 스스로 돈을 벌어서 살 거라고요."

"뭐라고?"

"현주가 해내는 걸 보셨잖아요? 저도 할 수 있어요."

"현주와 너는 달라. 그 아이는 부친이 없으니 스스로 가장이 될 수 밖에 없었던 거다."

"그래도 혼인은 싫어요. 전 혼자 살 수 있다고요. 그리고 아버지도 오래전에 미국에서 그러셨잖아요. 미국의 여성들처럼 언젠가는 조선의 여성들도 배우고 익힌 지식을 바탕으로 남자만큼 일을 하게 되는 날이 올 거라고요."

아버지가 내게서 고개를 돌리며 말한다.

"다 헛된 망상이다. 조선은 변하지 않아."

"아버지!"

"그만 나가거라. 난 미국에 가는 일로 준비할 것이 많다."

며칠 후. 아버지는 석 달 일정으로 미국으로 떠났다.

여름이 깊어지면서 우체총사의 일도 전보다 훨씬 많이 늘었다. 특히 눈에 띄게 증가한 것은 국제우편. 편지를 보내겠다며 찾아오는 여성들이었다. 덕분에 가끔은 여직원을 한 명 더 뽑았으면 좋겠다는 생각이 들 정도로 일이 많을 때도 있었다.

바쁘게 일하는 것은 좋았지만, 마음 한편을 무겁게 짓누르는 내 고민을 분주한 나날들이 완전히 없애주지는 못했다.

'미국에 갔다 오는 대로 미뤄둔 네 혼사 문제를 마무리 지을 생각이다.'

벌써 3개월이 다 되어간다. 미국 특파 대사로 떠난 아버지가 곧 돌아오신다.

물론 난 혼사를 끝까지 거절할 생각이다. 그러나 내가 거절한다고 해서 아버지가 쉽게 받아들이지 않으리라는 것도 안다.

'결국 난 우체총사를 떠날 수밖에 없는 걸까?'

이제야 일하는 즐거움을 알았는데 떠나야 한다니. 우체총사에서 더 이상 일을 할 수 없다는 생각을 하니 마음이 아파왔다.

'시작이 있으면 끝도 있으니까.'

일을 할 수 있는 날까지 최선을 다하는 데 집중하자.

"미우."

복도를 걸어가는 나를 강 주사가 불러 세운다.

"네?"

"관보야."

관보(官報)는 정기적으로 조정에서 발행하는 신문과 같은 것이다. 그러나 우체총사에서 이를 직원들에게 나눠주는 이유는 한 가지뿐이다. 나는 강 주사가 건네주는 관보의 내용을 훑었다.

7월 14일, 15일, 16일 한성발 개성발 의주행 우편물이 개성-평양 길에서 도적들에게 약탈당했음을 알립니다.

우편물의 실종.

종종 있는 일이다. 우편물 중에는 선물로 보내는 포장된 물건들이 있다. 도적들은 대개 이를 노린다. 그들에게 쓸모없는 우편물은 불에 태워 버리거나 강에 던져버리는 모양이지만.

그런데 이상하다.

"또 북쪽이에요?"

"그런가 봐."

강 주사도 화가 나는지 투덜대며 내 말을 받는다.

최근 국제우편의 증가로 우편물이 많이 늘긴 했다. 특히 청국과 러시아로 가는 우편물이 늘었다. 일본 우체국에서는 청국과 러시아로 가는 우편물을 1차로 일본에 보낸다. 우편물은 일본에서 다시 배편으로 각국으로 흩어진다. 당연히 조선에서 직접 육로로 전달하는 것보다 시일이 더 걸릴 수밖에 없다. 이렇다 보니 조선이 국제우편 업무를 시작하자 청국과 러시아행 우편물은 모두 우체총사로 쏠렸다.

"원래는 그곳보다 안동-대구 쪽에 도적이 더 자주 나왔잖아요?"

"민 사장도 그게 이상하다고 하더라고. 이래저래 걱정이야. 안 그래도 그쪽 구간은 국제우편이 많이 늘었잖아."

강 주사가 가고, 나는 관보를 유심히 살펴보고 있었다. 그때였다.

살짝 문이 열린 손님 대기실 안에서 여인의 울음소리가 들려왔다. 난 소리를 따라 대기실 안쪽을 기웃거렸다. 두 여인이 보였다. 둘 다 내가 아는 얼굴이었다. 마담 손탁과 독일 영사 부인 마리엔.

마담 손탁이 다리를 놓아준 뒤로 마리엔은 종종 우체총사를 찾아와 편지를 부쳤다. 대부분 고국에 있는 가족들에게 보내는 편지였다. 그러다 보니 마리엔과 나는 조금은 가까워졌다.

나는 대기실 안으로 들어가 그녀들에게 인사했다.

"마담 손탁. 마리엔."

마담 손탁은 어두운 얼굴로 나를 돌아보았고, 나를 본 마리엔은 더욱 큰 소리로 흐느꼈다. 한 번도 그녀가 우는 모습을 본 적 없었던 나는 당황하며 물었다.

"무슨 일이 있나요?"

"미우……."

마리엔이 말을 잇지 못하자 손탁이 대신 말하기 시작했다.

"문제가 생겼어요."

"문제라니요?"

"미우는 아직 모르나요? 지금 로프 영사께서 오셔서 민 사장님을 만나고 있을 텐데요."

"전혀요. 막 사무실에 있다가 나와서요……. 그런데 로프 영사님이라면……."

난 마리엔을 쳐다보았다. 로프 영사를 직접 만나본 적은 없지만 독일 영사이자 마리엔의 남편이라는 사실은 알고 있었기 때문이었다.

“내 잘못이에요! 모두 내 잘못이라고요!”

“아니에요, 마리엔. 당신의 잘못이 아니에요.”

“아아…! 내가 어리석었어. 바보 같았다고요.”

흥분한 마리엔에게서는 명확한 대답을 듣기 어려울 것 같았다. 난 다시 손탁에게 물었다.

“대체 무슨 일이죠?”

“로프 영사께서 독일로 보낼 귀중한 외교 문서를 마리엔이 실수로 가족 편지에 동봉했답니다.”

“난 그게…… 독일로 보낼 거라고 해서……. 마침 미우를 만나러 우체총사에 가는 길이라……. 묻지도 않고 보내버려서…….”

독일로 가는 편지는 일단 청국으로 보내진다. 그곳에 독일 공사관이 있었다. 그렇다면 마리엔의 편지는 북쪽으로 보내져 의주를 거쳐 청국으로 들어갈 예정이었을 것이다. 그리고 오늘 관보에는 북쪽으로 보내진 우편물이 도난당했다는 내용이 실렸다.

“설마…….”

“그래요, 미우. 오늘 관보를 보고 알았답니다.”

손탁이 대답하자 마리엔이 다시 울먹였다.

“내가 어리석었어요. 한 번이라도 남편에게 물었다면 이런 일이 없었을 텐데…….”

손탁이 마리엔을 달래는 사이 난 대기실을 나와 민우진의 사무실로 향했다. 자세한 상황을 알고 싶어서였다.

그의 사무실 앞에 도착했을 때, 마침 그 안에서 민우진과 함께 한 서양인 신사가 나오는 것이 보였다. 그가 로프 영사인 모양이었다. 금발의 신사는 어두운 표정으로 사무실 앞에서 민우진과 악수를 나누었다. 돌아서서 나와 마주친 로프 영사는 쓰고 있던 모자를 들어 내게 예의를 표하고는 대기실 방향으로 사라졌다. 사무실 안으로 다시 들어가려던 민우진이 나를 발견하고는 짧게 말했다.

"미우, 강 주사를 불러줘. 곧 회의를 해야 할 것 같으니까."

"아, 알겠어요."

민우진의 사무실에 우체총사의 모든 직원들이 모였다. 헨리의 모습도 보였다. 그가 회의에 참여했다는 건 전보국에서도 문제가 생겼다는 뜻이었다. 헨리는 사무실 한가운데 책상 위에 펼쳐진 지도의 한 곳을 손가락으로 가리켰다.

"전신주가 공격받아 훼손된 곳도 바로 이 평양 부근 구간입니다."

"서로전선……."

민우진이 중얼거렸다. 서로전선은 인천에서 시작되어 한성과 개성, 평양을 거쳐 의주까지 이어지는 전기 통신선이다. 일정한 구간마다 순병이 서서 지키고 이를 보수한다. 헨리가 지적한 구간은 최근 도적에 의해 우편물이 도난당한 지역을 포함하고 있었다.

헨리가 말했다.

"순병을 공격하고 전신주를 훼손한 이들이 도적처럼 보였다고 합니다. 그러나 도적이 아무런 이득을 얻을 수 없는 전신주를 공격한 것이 이해가 가지 않습니다."

"음……."

민우진의 입에서 무거운 한숨이 흘러나온다. 도적이 우편물을 훔치려는 것은 그중에 가끔 돈이 되는 물품들이 있기 때문이다. 그러나 전신주는 다르다. 크게 얻을 이득이 없다. 고민하던 민우진이 직원들을 둘러보며 말한다.

"내가 직접 가봐야겠군. 내가 없는 동안 강 주사가 나를 대신해서 우체총사의 업무를 관장한다."

이어 민우진은 강 주사에게도 말했다.

"나와 함께 갈 직원들을 몇 뽑아주게. 또 그 직원들의 빈자리는 당분간 우편업무를 줄여서 유지하는 쪽으로 가고."

"알겠습니다."

헨리가 민우진에게 말했다.

"민 사장님. 저도 같이 갈 수 있게 해주십시오. 전보국에서도 승인했습니다."

"좋네."

민우진의 허락이 떨어지자 헨리는 곧바로 밖으로 나갔다. 전보국으로 향하는 듯했다. 그가 나간 후 직원들이 하나씩 흩어지는 가운데 난 이선에게 다가가 조용히 물었다.

"이번에 민 사장님과 함께 갈 거예요?"

이선이 눈을 크게 뜨며 무슨 말인지 모르겠다는 표정을 짓는다.

"어디를?"

"직원 몇 명을 데려간다잖아요."

"가보고 싶긴 하지. 무슨 일이 벌어지는지 알고 싶으니까. 무엇보다 이번 일이 커지면 우체총사에 문제가 많이 생길거야. 안 좋게 소문이 나면 국제우편 업무가 줄어들지도 모르니까."

"그런데요?"

이선이 주변을 둘러보며 조심스럽게 말했다.

"황자는 원칙적으로 도성을 떠날 수 없어."

그가 완친왕이라는 사실을 잊어버린 건 아니었다. 단지 우체총사에서 마주하는 그는 황족과는 너무도 거리가 먼 모습이었으니까.

"미우 너는?"

생각지도 못한 내 속마음을 두드리는 이선.

"뭐가요?"

"너도 가고 싶지?"

나는 한숨 섞인 목소리로 말했다.

"계집애가 어딜 가겠어요."

"계집애?"

순간 아차 싶었다. 두 달 전 미국으로 떠나기 전에 아버지에게 들었던 말이 이처럼 오랫동안 뇌리에 남았다가 튀어나올 줄이야……. 난 서둘러 말을 돌렸다.

"하루 이틀 거리도 아닌걸요. 가족들이 얼마나 걱정하겠어요."

하지만 아버지는 미국에 가셨다. 돌아오시려면 한 달은 걸릴 것이다.

"게다가 제가 가면 치마를 입고 걷거나 아니면 가마를 타야 하는데, 이건 따라가서 오히려 일을 방해하는 거죠."

치마가 문제면 바지를 입으면 돼. 아니면 남장을 해서라도…….

"그리고 전 여자잖아요."

하지만 마구잡이로 떠오르던 생각들도 '여자'라는 말에는 마땅히 반대되는 답을 찾지 못한 모양이다.

"그래? 하기는 그럴 수도 있겠다."

이선은 내가 쏟아낸 이유들에 쉽게 수긍하고 가버렸다. 하지만 그가 가버린 후 내 마음속은 더욱 어지러워졌다. 상상도 안 했던 일에 대해서 생각을 하게 되어버린 것이 문제였다.

"흐흑……. 미안해요. 미안해요."

마리엔의 흐느낌이 또다시 대기실 안에서 들려왔다. 아직 그들 부부가 우체총사를 떠나지 않은 모양이다. 슬그머니 대기실 안을 들여다보니, 두 손으로 얼굴을 감싸 쥔 채 울고 있는 마리엔이 보였다. 로프 영사는 그녀의 어깨에 손을 올려 다독이고 있었지만, 그의 표정 역시 많이 심각해 보였다.

마리엔의 편지.

'그녀의 우편물에 소인을 찍은 건 나였어.'

기억하고 있다. 늘 그렇듯 웃으면서 나를 찾아온 그녀는 내게 남편의 편지도 함께 부친다는 말을 했다. 우편요금은 중량에 따라 계산되니까, 당연히 요금은 늘어난다. 그러면 내 실적에 도움이 되냐면서 농담을 건네던 그녀.

"미우."

"헨리?"

말을 걸어온 것은 회의가 끝나자마자 바쁘게 우체총사를 나갔던 헨리였다. 그는 대기실 쪽을 흘깃 쳐다보더니 말했다.

"로프 영사와 부인인 마리엔이군요. 그렇죠?"

"네. 맞아요."

"이미 소문이 파다하더군요. 그녀가 실수를 했다고요. 그나저나 아까 회의실에서 인사를 못 했네요."

"이번에 민 사장님과 함께 가시는 건가요?"

헨리가 웃으며 한쪽 눈을 찡긋한다.

"네. 저를 별로 좋아하지 않는 그 민 사장님과 함께 말이죠."

평소 같으면 이런 헨리의 행동에 소리 내어 웃었을 것이다. 하지만 대기실 안에서 울고 있는 마리엔을 생각하니 웃음이 나오지 않는다. 헨리도 이런 내 마음을 알았는지 위로한다.

"너무 걱정하지 말아요, 미우. 민 사장이 직접 나서는 이상 모두 잘 해결될 테니까. 평범한 도적들이라면 우편물을 그냥 버렸을 거예요. 또 어차피 마리엔의 편지는 독일어로 적혔을 테니, 도적이 독일어를 알지 못하는 이상 그것이 얼마나 중요한 것인지도 모를 테고요."

그런데 그의 말에 의미심장하게 들리는 부분이 있다. 난 눈에 힘을 주었다.

"평범한 도적이 아닐 수도 있다는 말인가요?"

"글쎄요……."

헨리는 무언가 알고 있는 얼굴이지만 말을 아끼려는 것 같다.

"우편물을 훔치고 전신주를 훼손한 그들이 평범한 도적이길 바란다면……. 조금 우스운 말이 되려나요?"

난 웃지 않았다.

"자세하게 알려줘요. 나도 우체총사의 직원이니까 알고 싶어요."

진지해진 얼굴로 헨리가 말한다.

"5년 전 청일전쟁이 있었습니다. 그전까지 서로전선은 조선에서 유일한 청국 소유의 전선이었죠. 하지만 청일전쟁 중에 일본이 서로전선을 강제로 빼앗아 점유했습니다. 청국과 조선이 내통하는 것을 막겠다면서요. 조선이 서로전선을 돌려받은 지는 얼마 되지 않았습니다만 그것도 조선에서 끊임없이 항의를 해서 겨우 돌려받을 수 있었던 것입니다."

"그런데요?"

"여기서 잠시 도적들을 잊고, 서로전선과 북쪽으로 가는 우편물에 문제가 생기기를 바라는 이들이 있다면 누구라고 생각해요?"

청일전쟁 중에 일본이 서로전선을 빼앗은 이유는 청국과 조선이 내통할까 봐 우려했기 때문이라고 한다. 그 말은 서로전선의 존재가 청국과 조선에게 이득이 된다는 뜻이다. 여기에 우체총사를 통해 청국과 러시아로 가는 국제우편이 활발해진다면 불이익을 받는 곳은 일본 우체국이다. 그 말은…….

"일본이요? 아니면 일본 우체국에서?"

"둘 다 아니길 바라야죠. 전자이든 후자이든 문제가 커질 가능성이 클 테니까요."

지금까지 있었던 우편물 도난 사건 중 우체총사 사장인 민우진이 직접 나선 적은 한 번도 없었다. 각 지역마다 우편분국이 있고 그곳에서도 사건을 처리할 만한 인력은 갖추고 있었으니까. 어쩌면 소문이 파다하게 난 독일 외교 문서 실종 사건은 핑계일지도 모른다.

'민우진은 일이 커지려는 것을 막기 위해 가려는 걸까?'

그렇다면 민우진에게 도적이 훔쳐간 마리엔의 편지를 되찾는 것 따위는 중요하지 않을 것이다. 그에게 중요한 것은 이 일이 커져서 복잡한 외교 문제가 되지 않게 만드는 것일 테니까.

"정말 미안해요……. 흐흑."

나는 대기실 안에서 울고 있는 마리엔을 돌아보며 나지막한 목소리로 헨리를 불렀다.

"헨리. 이번 일에 저도 함께 갈 순 없을까요?"

전보국의 소년

남장을 하고 전보국에 도착하자 헨리가 초조한 기색으로 나를 기다리고 있었다.

"미우!"

그는 눈을 크게 뜨고 나를 보았다가 곧 만족한 미소를 지었다.

"잘 어울리는군요. 마드……. 아니, 무슈?"

"놀리는 건 절대 사절이에요. 아주 불편하다고요. 많이 어색하고요."

다른 건 몰라도 바지를 입은 다리 쪽이 가장 신경 쓰인다. 바지는 다리 선이 드러나는 옷이다. 한 번도 치마 밖으로 이렇게 두 다리를 보인 적이 없는 나로서는 당황스럽다.

물론 예로부터 말을 타는 여성들이 치마 위에 걸쳐 입는 한복바지가 존재했다. 그러나 대놓고 혼자서 말을 타는 여성들은 대부분 기생이었던 까닭에, 난 그런 바지가 있는 것을 알면서도 단 한 번도 입어 본 적이 없었다.

"아닙니다. 대단해요, 미우."

"대단하다니요?"

"미우가 구해 달라고 한 옷이긴 했지만 정말 그 옷을 입을 줄은 몰랐습니다. 치마를 고수하며 바지는 절대 못 입겠다고 할 줄 알았죠."

"하지만 이번 여정에 여성이 있다면 눈에 확 띌 거라고 말한 건 헨리잖아요. 그러니 바지를 입는 건 어쩔 수 없는 선택이었다고요."

"그 선택이 조선 여성에게 얼마나 어려운 결정인지 잘 알기에 그렇습니다."

헨리가 한쪽 눈을 찡긋하며 말을 덧붙였다.

"그런 의미에서 미우. 당신은 내가 여태껏 만난 여성들 중에서 가장 도전적이고 매력적인 여성임에 틀림없습니다. 푹 빠져들 만큼."

난 손을 흔들었다.

"농담은 정중히 사양할게요."

헨리가 내 눈을 바라보며 말없이 미소를 지었다.

통신원 정문 앞에 두 대의 마차가 나란히 섰다. 앞 마차는 우체총사의 직원들이 탈 마차였고 뒷 마차는 전보국 직원들이 타고 갈 마차였다. 마차가 도착했다는 소식에 직원들이 우르르 몰려나와 올라탔다.

내가 탈 전보국 마차도 마찬가지였다. 난 겨우 한 사람이 비집고 앉을 자리만 남은 마차 안을 들여다보며 한숨을 길게 내쉬었다.

"미륜사 님! 어서 타세요!"

마차 안에서 전보국 직원이 헨리를 불렀다.

"곧 타겠네."

헨리가 웃으며 직원들에게 대답하고는 나를 쳐다보았다. 그리고는 심각한 표정의 나를 보고 뒤늦게 상황을 이해했는지 마부석으로 다가갔다. 그는 그곳에 앉아 하품을 하고 있는 마부를 불렀다.

"내가 마차를 몰겠네."

"미륜사 님이 직접요?"

"피곤해지면 자리를 내줄테니, 그때까지 자네가 마차 안에 타게나."

"아유! 고맙습니다."

마부는 흔쾌히 승낙하며 냉큼 마차 안으로 들어가 버렸다.

그제야 헨리가 내게 돌아와 말했다.

"미우, 마부석이라도 괜찮겠어요? 조금 불편할 겁니다만."

"어느 정도 감수하고 온걸요. 저는 그렇다 치고 헨리, 마차를 몰 줄 알아요?"

"덴마크의 시골 소년들은 모두 마차를 몰 줄 압니다. 전 어렸을 때부터 마차를 몰았답니다."

그가 어깨에 힘을 잔뜩 주며 자신 있게 말했을 때였다.

"미륜사."

멀지 않은 곳에서 헨리를 부르는 목소리가 있었다. 민우진이었다. 난 그의 목소리를 듣자마자 그 자리에 얼어붙었다. 이대로 돌아서기만 하면 바로 민우진과 마주칠 상황이었다.

"민 사장님."

헨리가 대답하며 재빨리 내 앞에 서서 시선을 가려주었다.

"전보국에서는 총 몇 명이 가지?"

"음……. 여섯 명입니다."

"여섯? 그러면 자네 뒤에 있는 그 소년도 여섯 명 중 한 명인가?"

"음……."

당황한 헨리는 잠시 대답을 하지 못했다. 민우진이 내가 있는 쪽으로 몇 발짝 다가왔다.

'여기서 들키면……!'

갑자기 헨리가 자신이 쓰고 있던 베레모를 벗어 내 머리에 깊게 씌워주며 말했다.

"지금 바로 전무학당의 내 사무실로 가서 만년필을 찾아오렴."

"네네……. 미륜사 님."

나는 기어갈 듯이 작은 목소리로 대답하고는 무작정 전무학당 쪽으로 뛰었다. 내 얼굴을 쫓는 민우진의 시선이 느껴졌다. 난 고개를 깊게 숙이며 그가 나를 못 알아보기만을 간절히 바랐다.

"보조로 데려가려는 전무학당의 학생입니다."

헨리가 둘러대는 말에 민우진은 아무런 대꾸도 하지 않았다.

우체총사 직원들이 탄 마차가 출발하고 그 뒤를 전보국 직원들이 탄 마차가 뒤따랐다. 나는 마부석에 앉아 민우진이 탄 앞 마차를 쳐다보며 헨리에게 물었다.

"그 뒤로 아무 말이 없었나요?"

헨리는 능숙하게 마차를 몰며 웃음을 지었다.

"걱정 마요, 미우. 민 사장은 아무 말도 하지 않았으니까."

"하지만 들통날까 봐 걱정이에요. 민우진 사장님은 물론이고 우체총사 직원들도 제 얼굴을 아니까요. 마차는 운 좋게 나눠 탔다지만, 숙박이라도 하게 된다면요?"

어디서 묵을지는 몰라도 우체총사 직원들과 전보국 직원들은 같은 숙소를 쓰게 될 가능성이 높다. 난 왜 이런 문제를 출발 전에 생각하지 못했을까?

"그 문제도 걱정 말아요. 민우진 사장은 쉬지 않고 평양까지 가라고 지시를 내렸으니까."

"평양까지요?"

"예. 마차로는 이틀 거리니 그리 먼 거리도 아니고요."

가마를 타고 가면 평양까지는 보름은 걸린다. 그나마 마차가 생기고 평양까지의 거리는 상당히 단축되었다.

"불편하겠지만 눈 좀 붙여요. 제가 피곤해지면 미우가 마차를 몰아야 하니까요."

그는 여유 있게 농담까지 던진다. 나는 짐 꾸러미를 끌어안고 마차에 몸을 기댔다. 하지만 불편한 자세에 잠은 쉽사리 오지 않는다. 눈만 깜빡이길 수차례. 눈을 감았다 뜨는 속도가 조금씩 느려지며 나는 얕은 잠에 빠져들었다.

살짝 눈을 뜰 때마다 보이는 하늘은 점점 흐려지다가 이내 짙은 회색으로 변했다. 주변 공기 역시 차가워졌다.

툭. 투툭.

빗방울이 뺨에 떨어져 잠에서 깼다. 고개를 들어보니 마부석 천장 가리개에 물방울이 맺혀있었다. 드문드문 비가 내린다. 하늘은 금방이라도 엄청난 비를 쏟을 것처럼 보였다.

마차는 묵묵히 평지를 달리고 있었다. 난 헨리를 불렀다.

"헨리."

마차를 몰던 헨리가 잠시 내 쪽으로 고개를 돌린다.

"깼어요, 미우?"

"어디쯤이에요?"

"조금 전 개성을 지났어요. 사리원으로 가는 길이죠."

사리원은 평양에 도착하기 전에 있는 가장 큰 도시다. 고개를 끄덕이며 나는 북쪽 방향의 하늘을 쳐다보았다. 북쪽으로 갈수록 구름 색은 더욱 짙어졌다.

"비가 더 내릴 것 같아요."

"제 생각도 그렇습니다."

헨리도 걱정스러운 목소리로 답한다.

우리의 추측대로 얼마 지나지 않아 빗방울이 거세졌다. 곧 마부석으로 비바람이 몰아쳤다. 엄습하는 추위에 나는 외투를 여미며 오들오들 떨었다. 마음 같아서는 당장 마차 안으로 들어가고만 싶었다. 하지만 그렇다고 잘 모르는 전보국 남자 직원들 사이에 끼고 싶진 않았다. 좁은 마차 틈새에서 남자들과 몸을 붙이고 앉는 것도 거부감이 들었다. 무엇보다 헨리가 나 때문에 마부를 자처했다는 것을 알고 있다. 그런 그를 혼자 놔두고 나 혼자 비를 피하겠다고 마차 안으로 들어가는 행동은 하고 싶지 않았다.

얼마나 달렸을까? 오래전에 해가 사라지고 밤이 찾아오려 하고 있었다. 빗속에서 구름은 색을 점점 감추고 있었다. 이런 가운데 밭이 하나둘씩 나타나더니 곧 줄지어 논이 이어졌다. 마을이 근방에 있다는 표시였다. 예상대로 멀지 않은 곳에 굴뚝에서 올라오는 연기들과 불빛들이 보였다.

앞서가던 마차가 멈춰 섰다. 헨리도 마차를 세웠다. 잠시 후 앞 마차의 마부가 헨리에게로 뛰어와 소리쳤다.

"민 사장님이 오늘 밤은 여기 마을에서 쉬자고 하시네요!"

헨리가 고개를 끄덕이며 마부에게 답하려던 그때였다.

쾅! 콰쾅!

천지를 흔드는 엄청난 소리가 들렸다. 천둥소리였다.

"히힝!"

천둥소리에 놀란 앞 마차의 말들이 심하게 날뛰더니 마차가 좌우로 흔들렸다. 놀란 마부가 마차로 뛰어갔지만 때는 늦었다. 마차는 뒤로 밀리더니 두 바퀴가 그대로 논두렁이 빠지고 말았다.

"이런!"

우체총사의 직원들이 마차 밖으로 뛰어나와 논두렁에 빠진 마차 바퀴를 빼내려고 안간힘을 썼다. 그러나 쉽지 않아보였다. 이를 지켜보던 헨리가 마차에서 뛰어내렸다.

"도와줘야겠군."

그는 뒷 마차에 타고 있던 전보국 직원들을 모두 불러냈다. 헨리는 그들과 함께 앞 마차로 뛰어가 마차 바퀴를 빼내는 데 힘을 보탰다.

"꼬마! 뭐해?"

마부석에 앉아있는 나를 전보국 직원이 부른다.

"저요?"

"사내라면 와서 힘을 보태야 할 것 아니냐?"

"아, 네에……."

얼떨결에 고개를 끄덕인 나는 마차에서 내렸다. 앞 마차로 다가가자 외투를 벗고 마차를 힘껏 밀고 있는 민우진의 모습이 보였다. 우체총사 직원들은 대부분 측면에서 마차를 밀고 있었다. 나는 그들을 피해 마차의 뒤편에 가서 섰다. 전보국 직원이 나를 향해 외쳤다.

"꼬마! 넌 거기를 밀어!"

"아……. 네!"

"자! 다들 하나, 둘, 셋에 미는 거다!"

직원들이 모두 각자 자리를 잡고 마차 위에 손을 올린다. 나도 마차에 손을 대고 밀어보았지만, 내 힘으로는 마차는 절대 꿈쩍도 하지 않을 것 같았다.

"하나! 둘! 셋!"

구령에 맞추어 직원들이 마차를 밀기 시작하자, 마차 바퀴가 조금씩 논두렁 밖으로 굴러 나왔다. 하지만 그럴수록 말들은 마차의 무게를 버거워하는 것 같았다.

"히히힝!"

여전히 빠진 바퀴 쪽으로 쏠린 무게를 버티지 못하고 말이 요란한 소리를 내며 몸부림쳤다. 마차는 다시 논두렁으로 밀리기 시작했다.

"위험해! 다들 물러서!"

마차에 붙어있던 직원들이 모두 마차에서 떨어졌다. 그러나 나는 어디로 물러서야 할지 몰라 당황한 채 여전히 마차 뒤편에 서 있었다.

"꼬마야! 피해!"

전보국 직원이 소리쳤지만 때는 이미 늦어버렸다. 사람 키만 한 마차 바퀴가 내 몸을 덮치며 난 그대로 논두렁으로 굴러 떨어졌다.

"아아……!"

쏴아아.

빗소리다.

빗소리가 들려온다.

'의식이 있다는 건…….'

난 아직 죽지 않았다는 뜻.

온 몸이 비에 젖어버린 내게 가장 강하게 느껴지는 것은 추위였다. 추위가 너무 심한 나머지, 마차에 덮쳐진 아픔보다 추위가 먼저 느껴지는 것 같았다.

"아……."

그런데 시간이 흐르자 사람의 온기가 닿는 부분이 느껴졌다. 누군가가 내 몸을 팔로 감싸고 있었다. 분명 내가 아닌 다른 누군가의 온기였다. 그제야 난 감고 있던 눈을 천천히 떴다.

내 눈 앞에 민우진의 얼굴이 보였다.

'민우진 사장님?'

옆으로 쓰러진 나를 감싸 안고 있는 것은 민우진의 팔. 깨진 안경알 너머로 그의 눈동자가 보인다. 얼굴선을 타고 흐르는 빗물에 붉은 핏물이 섞여있는 것도 보인다. 그것이 그가 흘리는 피라는 것을 알게 된 나는 눈을 크게 떴다.

"민 사장님!"

"미우……."

나는 그의 품 안에서 몸을 일으켰다. 우리는 흙투성이가 되어 논두렁 아래에 굴러 떨어져 있었다.

"사장님!"

"민 사장님! 괜찮으십니까!"

직원들이 논 위에서 민우진을 찾고 있었다. 그러나 그의 시선은 자신을 부르는 소리를 따라가지 않았다. 오로지 내 얼굴만을 향해 있었다.

"괜찮으세요……. 민 사장님?"

난 그의 상태를 걱정하며 조심스럽게 불렀다. 그가 한 손을 힘겹게 들어올렸다. 그 손은 논두렁에 굴러 떨어지며 풀어헤쳐진 내 머리카락에 닿았다.

"미……."

그가 내 이름을 부르는 것 같다고 생각했을 때였다. 그의 손이 힘없이 바닥으로 떨어지며 스르륵 눈이 감겼다. 그리고 그는 죽은 듯이 미동도 하지 않았다.

"미우."

나를 부르는 목소리가 들렸다. 우체총사 직원이다. 난 앉아있던 대청마루에서 일어섰다.

"들어가봐. 사장님이 찾아."

"네."

여기는 개성. 기와집으로 지어진 서양 병원이다. 민우진은 곧바로 가까운 개성에 있는 이 병원으로 옮겨졌다. 이곳 의사는 그가 마차

뒷바퀴에 치였는데도 오른팔만 부러지고 살아난 것이 기적이라고 말했다.

병실로 사용되는 방의 문을 열고 조심스럽게 들어가자, 천장을 응시한 채 누워있는 민우진이 보인다. 이불 밖으로 드러난 그의 오른팔은 여러 겹의 붕대로 둘둘 말아져 있다. 분명 문을 여는 소리를 들었을 텐데, 그는 들어온 나를 쳐다보지 않는다. 그저 가만히 천장을 바라보며 깊은 생각에 잠겨 있었다.

'무슨 생각을 하고 있을까?'

그는 깨어난 뒤에 우체총사 직원으로부터 자초지종을 모두 들었을 것이다. 그 후에 나를 찾았다는 것을 보면 분명 내게 내릴 벌에 대해 생각하고 있을 것이다.

"민 사장님."

난 자리에 앉을 생각도 하지 못한 채 그를 나지막이 불렀다. 그러자 그가 내 목소리에 반응을 보인다. 누운 상태에서 고개를 돌려 나를 바라본 것이다. 그제야 나는 죄인처럼 다소곳이 그의 옆에 앉았다. 누워있는 그가 조금이라도 편하게 나를 바라볼 수 있도록 말이다.

"드릴 말씀이 없어요. 다 제 잘못이에요."

그리고 헨리는…….

"미륜사는 단지 저를 도와……."

"미우."

그가 나를 부른다. 그리고…….

"다친 곳은 없는 거냐?"

"예?"

내 안부를 묻는 그의 목소리는 평소와 달랐다. 딱딱하지도 차갑지도 않았다. 부드러운 그 목소리는 그를 내가 알던 우체총사의 사장 민우진이 아닌, 전혀 다른 사람처럼 느껴지게 했다.

단 한 가지. 흐트러짐 없는 눈빛은 평소와 똑같았다. 그러나 차가움만 가득한 듯했던 그의 눈빛은 지금 따스함을 담고 있다. 내가 잘못 본 것이 아니라면.

그는 죽을 수도 있었다.

지금 이 자리에서 눈을 뜨고 나를 보지 못했을 수도 있었다. 모두 나 때문이었다. 내가 아니었다면, 내가 몰래 평양을 가겠다고 하지만 않았더라면 그에게는 아무런 일도 벌어지지 않았을 것이다.

뚝뚝, 내 눈에서 흐르는 눈물을 본 그의 눈빛이 흔들렸다.

"왜 울지? 어디 다친 거냐?"

난 고개를 저었다.

"안 다쳤어요. 그저 민 사장님이 저 때문에 크게 다치셔서……."

"미우."

"저 때문이에요. 죄송해요. 그렇지만 평양에 꼭 가고 싶었어요. 허락하시지 않을 것 같아서 속였던 거예요. 그리고 미륜사는……. 제 부탁을 거절하지 못하고 들어준 것뿐이에요. 그러니 그 누구의 탓도 아니에요. 모두 제 탓이에요, 사장님……."

고개를 숙인 나는 눈물을 뚝뚝 흘렸다.

그때, 민우진의 한 손이 내 머리에 살포시 닿았다.

"네 탓이 아니야. 난 이미 출발할 때부터 네가 우리를 따라온다는 것을 알고 있었으니까."

난 고개를 들었다.

"알고 있었다고요?"

그가 고개를 끄덕였다.

"출발 직전에 우체총사에 들렀지. 그곳에서 네가 며칠간 몸이 아파 오지 못한다고 했다는 말을 들었다. 그때 난 이미 네가 우리를 따라 평양으로 올 생각이라는 걸 눈치챘다. 하지만 어떻게 따라올지를 짐작할 순 없었어. 그때 미륜사가 전무학당 학생이라고 말한 아이를 보았다. 그는 전무학당 학생들을 소중히 여기지만 누군가를 편애하지도 않아. 한 사람만 데려갈 리가 없었지. 그래서 그 학생이 너라는 걸 알아차렸다."

"알면서도 왜 출발 전에 막지 않았어요?"

"막았다면……."

그의 시선이 천장을 잠시 향하더니 다시 내 얼굴로 향한다.

"미우 너는 미륜사의 도움을 받지 않고 스스로 평양에 오려 했겠지. 그러면 더 위험한 일이 일어났을지도 모른다. 그래서 차라리 내 눈에 닿는 곳에 네가 있길 바랐다."

그의 입에서 짧은 한숨이 흘러나왔다.

"그러니 내가 다친 것도 네 책임이 아니야. 내 판단 때문에 이렇게 된 거지. 내 선택에 후회하지 않는다."

"죄송해요, 사장님. 정말 죄송해요."

거듭된 내 사과에 그의 얼굴에는 그동안 내가 보지 못했던 미소가 그려졌다. 그의 미소에 내가 놀란 것도 잠시. 그는 미소를 띤 사람만이 낼 수 있는 부드러운 목소리로 내게 말했다.

"앞으로 죄송할 짓은 하지 마라. 미우."

내가 사과를 하는 입장이었고 그는 사과를 받는 입장이었다. 그러나 그에게서 돌려받은 부드러운 말 한마디. 그 한마디 때문에 나는 공사관 연회 이후 품고 있었던 그를 향한 미움이 한 톨도 남지 않고 모두 사라져버렸다는 걸 깨달을 수 있었다.

매미 울음소리가 시끄럽다. 개성 매미는 한성 매미보다 더 극성스러운 것 같다.

"미우. 역시 미우는 한복이 제일 잘 어울립니다."

개성을 출발해 평양으로 가는 날 아침. 양장을 벗고 개성에서 구한 저고리와 치마로 갈아입은 나를 보며 헨리가 말했다. 난 웃으며 헨리에게 답했다.

"그래도 아쉬워요."

"아쉽다고요?"

"남자 옷을 입고 남자처럼 행동하는 것도 좋은 경험이었는데요."

"그런데 왜 옷을 갈아입었죠?"

"누가 싫어서 갈아입었나요."

난 오늘 아침 일어났을 때를 기억했다. 우체총사의 직원이 아침부터 찾아와 건넨 보자기에는 지금 입은 이 옷들이 있었다. 그리고 그가 내게 했던 말.

'사장이 네가 사내 옷을 입은 꼴이 보기 싫은가 봐.'

"사장님!"

우체총사 직원이 민우진을 부른다. 그러자 내 시선도 자연히 병원의 문을 나서는 민우진을 향했다. 오른팔에 감은 붕대가 유난히 내 눈에 들어와 박힌다. 아마도 그가 붕대를 풀 때까지 나는 이 죄책감에서 절대 벗어나지 못할 것이다.

그의 시선이 헨리와 함께 서 있는 나를 가만히 응시한다. 그러자 헨리가 민우진을 쳐다보며 내게 물었다.

"그 누군가가 혹시 민 사장님?"

난 민우진에게서 눈길을 거두며 투덜거렸다.

"네. 아마도 여자 직원은 남자 직원들 앞에서 반드시 여자 옷을 입어야 한다고 생각하시나 보죠. 나한테 신분제가 폐지되었다느니 어쨌다더니 하면서 반상의 구별이 사라진 것처럼 말하더니, 남녀유별은 민 사장님 머릿속에 아직 남아있나 보죠."

내가 여자 옷을 입자 전보국 직원들이 슬슬 피한다. 우체총사 직원들도 마찬가지다. 모두 민우진의 눈치를 보며 내게 가벼운 인사조차 건네지 않는다. 옷이 사람을 나타낸다고, 다들 나를 어려워하는 것이다.

내가 여자라는 사실을 강조해서 그가 얻는 것이 무엇인지 의문이다. 다른 직원들과 거리감을 만들어내며 평양행을 불편하게 만드는 이유가 무엇인지 말이다.

"미우, 어서 출발합시다. 어제 전보국 직원들 대부분을 먼저 평양으로 보낸 터라 마차 자리가 많이 비었어요."

"그래요?"

나는 반가운 소식에 크게 기뻐하며 헨리를 따라 전보국 직원들이 타는 마차에 올라타려 했다.

"미우!"

그렇게 먼 거리도 아니었는데 민우진이 큰 소리로 나를 불렀다.

"네?"

"이리 와."

"네? 왜요?"

영문을 몰라 이유를 묻는 나를 보는 민우진의 미간이 좁혀진다. 화가 난 것 같다. 그는 원래의 차갑고 무뚝뚝하기 그지없는 일벌레 우체총사 사장, 민우진의 얼굴로 돌아와 나를 쳐다보고 있다.

"넌 우체총사의 직원이야. 그런데 왜 전보국 마차로 가는 거지?"

처음부터 타고 온 마차가 전보국 마차였다는 핑계를 댄다면 이 상황에서 말이 안 되는 걸까?

"어서."

그는 더는 내게 설명하지 않겠다는 듯 먼저 마차에 올라탔다. 난 헨리를 돌아보며 미안한 표정을 지었다.

"우체총사 마차로 가야 할 것 같아요."

헨리는 내 대신 머쓱한 웃음을 지으며 고개를 끄덕인다.

"가 봐요. 그의 말이 틀린 말은 아니니까."

"그럼 평양에서 봐요, 헨리."

헨리에게 인사한 나는 우체총사 직원들이 타는 마차에 올라탔다. 그런데 마차 안에는 민우진 한 사람만이 타고 있었다. 이상한 생각에 마차 밖을 내다보자, 원래 마차를 타고 있어야 할 우체총사 직원들이 모두 전보국 직원들이 타는 마차를 타고 있었다.

'왜…….'

난 전보국 마차로 가는 우체총사 직원을 불러 세웠다.

"어디 가요?"

그러자 그가 툴툴거리며 말한다.

"사장이 우리 보고 모두 전보국 마차를 타란다."

"그럼 저는요?"

직원이 나를 흘겨보며 말했다.

"너는 빼고."

마차 안이 휑뎅그렁하다. 서로 마주앉아 출발한 마차 안. 어색함만이 가득한 이 마차 안에서 나는 시선을 어디에 두어야 할지 몰랐다. 이런 가운데 어제의 일이 마치 꿈이었다는 듯이, 말없고 무뚝뚝한 사장으로 돌아온 민우진이 있다.

"사장님."

나는 마차가 출발한 뒤로 말없이 창밖만 내다보고 있는 민우진을 불렀다. 그는 여전히 창밖으로 고개를 향한 채로 눈길만 내게 준다.

"사장님은 혼인 안 하세요?"

어색한 분위기를 깨 보자고 던진 말인데 너무 나간 것 같다.

"언젠간 하겠지. 그러나 지금은 우체총사의 일이 우선이다."

다행히 그는 마치 남의 일을 말하듯 퉁명스런 답을 내게 준다. 그리고는 다시 창밖으로 시선을 돌렸다. 너무 뻔한 대답이다. 이 이상 대화가 이어지는 것은 불가능해 보였다. 자포자기한 나는 시선을 아래로 떨어뜨리며 불쑥 속마음을 털어놓았다.

"남자들은 참 좋겠어요. 일이 먼저고, 혼인은 미루겠다고 말할 수 있으니까요. 여자에겐 그런 말을 할 기회조차 주어지지 않잖아요."

내가 꺼내놓은 속마음이 그에게는 불평을 하는 것처럼 들린 모양이다. 그가 물었다.

"무슨 말을 하고 싶은 거지?"

나는 조금 억울한 표정으로 말했다.

"민 사장님. 혹시라도 제가 혼인하게 되면 더는 우체총사에서 일할 수 없겠죠? 제가 하고 싶다고 해도 남편이 허락하지 않을 테니까요."

"……."

"혼인한 반가의 규수는……. 일평생 남편 허락 없이 문밖을 출입할 수 없는 게 이 나라의 법이니까요."

여성에게 조금씩 허락되기 시작한 자유. 그러나 그것은 어디까지나 혼인 전, 여성이 어리다고 여겨지는 시기에만 주어질 뿐이다. 혼인 후에 여성은 남편 집안에 귀속되는 물건과 다를 바 없다. 남편과 집안 명예를 실추시키는 일을 한다는 것은 절대 불가능하다.

그것이 이 나라의 남성과 여성의 차이였다.

다음날 오후, 드디어 평양에 도착했다. 우체총사의 평양 지사 격인 평양 분국에서 우리를 위한 숙소를 마련해 두었다. 깨끗한 숙소에서 하루를 묵으며 여행의 피로를 푼 우리들은, 다음 날 아침 일찍 평양 분국으로 향했다.

잦은 우편물의 분실 사고와 더불어 전신주의 훼손 문제에 대해 민우진은 평양 분국장에게 책임을 추궁했다. 그러나 그는 되레 답답함을 토로했다.

"저희 관리에 소홀함이 있었던 점은 인정합니다. 하지만 이곳 평양의 관리는 우리를 매우 싫어합니다."

분국장은 평양 관리와의 마찰을 털어놓았다. 과거 역마제가 있었을 때는 평양의 관리가 중간에서 이것저것 착취를 해 이득을 얻었다고 한다. 그러나 평양 분국이 생겨 더 이상 착취를 하지 못하게 되자, 관리는 평양 분국이 하는 모든 일에 방해를 놓기 시작했다고 한다. 여기에 전신주가 훼손되거나 도적에 의해 우편물이 분실되는 사고가 일어나도, 이로 인해 자신에게 피해가 오면 가만 안둔다고 으름장을 놓을 뿐 상부에 보고도 하지 못하게 막고 있다고 했다.

"하지만 이상합니다. 이곳 평양은 우편물 도적이 나타날 만한 곳이 아닙니다. 금전만 노리는 것이 아니라는 게 더 수상합니다."

도적이 기승을 부리기 시작한 것은 얼마 되지 않았다. 그리고 도적들은 우편물에 섞인 소포들만 노리는 것이 아니었다. 그들에게 큰 쓸모가 없는 편지까지 훔치고 있다.

"그 장소에 안내해주게."

"알겠습니다."

평양성에서 멀지 않은 곳에 언진산맥이 있다. 이 산맥을 따라 언진

산, 노고산, 대각산, 백산 등 많은 산들이 있다. 이 산들은 백두산의 절반 정도 되는 아주 높은 산들이다. 대부분 사람들이 살지 않고 통행도 적어 도적들의 본거지가 있다면 바로 이 산들 중 어느 한 곳일 가능성이 높았다.

산맥의 낮은 고개마다 길이 나 있다. 도시와 도시를 연결하는 큰 길이다. 이곳을 따라 전신주가 세워져 각 도시를 연결한다. 우리가 제일 먼저 향한 곳은 훼손된 전신주가 있다는 곳이었다. 그곳에 도착하자 헨리는 전보국 직원들에게 서둘러 수리를 지시했다. 민우진이 헨리에게 다가가 물었다.

"상태가 어떤가?"

"어떤 의견을 드릴까요?"

"솔직하게. 전신주에 관해서만큼은 자네가 전문가니까."

그러자 헨리가 지도를 펼쳤다. 평양 주변에 전신주가 세워진 구역이었다. 헨리는 그중 전신주가 훼손되었다는 구역들을 가리켰다.

"대부분 마을과 인접한 곳의 전신주입니다. 이 정도 훼손은 한성 인근에서도 볼 수 있습니다. 몇몇 사람들은 아직까지 전신주에 귀신이 오간다고 여겨 일부러 훼손하기도 하니까요. 수리도 금방 끝날 겁니다. 그렇지만……."

그가 지도의 어느 한 곳을 가리킨다. 평양 분국의 우편물이 주로 도난당한다는 장소였다.

"이곳은 마을이 인접하지 않은 곳입니다. 그리고 이 주변에 마을이 있는 곳을 지나는 전신주는 대부분 멀쩡합니다. 오히려 이곳의 전신주가 인위적으로 훼손되었다는 것이 이상할 정도지요."

"확인이 필요하겠군."

"여기서 멀지 않은 곳으로 알고 있습니다."

"가보겠나?"

"예."

헨리는 전보국 직원들에게 반나절 안에 수리를 모두 끝낼 것을 지시하고는 마차에 올라탔다. 민우진은 내게 함께 갈 것을 요청하지 않았다. 오히려 내가 이제 그만 숙소로 돌아가 가만히 쉬고 있기를 바라는 눈치였다. 그러나 다친 그의 오른팔을 보고 있자면, 마음 편히 숙소에서 머물고만 있을 순 없었다.

"금방 다녀오실 거라면 따라가도 되죠?"

마차에 한 발을 올려둔 민우진이 나를 돌아본다. 그는 내 시선이 자신의 다친 오른팔을 향한 것을 확인하고는 내게 말했다.

"간호사는 필요 없지만, 직원은 필요하니까."

말을 마친 그가 마차에 올라타자 그 뒤를 따라 마차를 타려던 우체총사 직원이 내게 말했다.

"타라는 뜻인 것 같다."

"네에!"

활짝 웃으며 난 마차에 올라탔다.

"미륜사 님. 여기인 것 같은데요."

마부의 목소리와 함께 마차가 멈췄다. 마차에서 나오자 숲 속 통행로를 따라 늘어선 전신주가 보였다. 주변 전신주 대부분은 선이 끊어져 있었다.

"외진 길이라……."

헨리가 중얼거리며 주변을 둘러보았다.

그의 말처럼 주변에는 민가가 전혀 보이지 않았다. 논이나 밭도 없었다. 산세가 험한 산들만 있을 뿐이었다.

"도적의 짓이 분명한 것 같습니다."

헨리가 말하자 민우진이 고개를 끄덕인다.

"불만을 가진 백성들의 짓이라면 나무를 베어다가 장작으로 썼겠지. 그러나 단순 훼손이라면 도적일 가능성이 커."

"그렇지만 도적이라면 왜 돈이 되는 전선을 가져가지 않고 끊어만 두었는지도 의문이긴 합니다."

민우진도 그 말에는 답을 찾지 못했는지 대답하지 않았다. 그러자 헨리가 민우진에게 말했다.

"우선 훼손 상태부터 살펴보아야겠습니다."

헨리의 요청에 민우진은 우체총사 직원들을 그에게 붙여주었다. 우체총사 직원들이 헨리와 함께 전신주로 다가가 살펴보는 동안 나는 민우진이 사라진 것을 깨달았다. 그를 찾아 두리번거리다 멀찍이 숲속으로 향하는 그를 발견했다.

"민 사장님?"

내가 급히 따라가며 불렀지만 그는 내가 부르는 소리를 전혀 듣지 못한 것 같았다. 계속 앞으로 걸어가는 그의 시선은 오로지 땅에 꽂혀있었다. 나는 그의 뒤를 바짝 쫓아 숲속으로 들어갔다.

"민 사장님!"

내가 그의 왼팔을 붙들고 나서야 그의 시선이 나를 향했다.

"어디 가세요?"

그가 자신이 걸어온 길을 가리켰다.

"봐봐."

그가 가리킨 곳은 그냥 잡초가 무성한 땅이다. 하지만 유심히 살펴보니 얇은 줄을 그어놓은 듯 길게 땅이 패인 것이 보였다. 한눈에 보아도 누군가 인위적으로 낸 것이 분명해 보였다.

"이게 뭐죠?"

"글쎄……."

그는 내 물음에 말을 흐렸다. 짐작 가는 것은 있지만, 확신이 서지 않는 듯했다. 아니, 어쩌면 이미 확신했지만 신중한 성격인 만큼 섣부른 답을 입 밖으로 꺼내려 하지 않는지도 모른다.

다시 곰곰이 생각에 빠진 그에게 내가 물었다.

"산짐승이 낸 흔적은 아니겠죠?"

갑자기 여러 산짐승들이 떠오른다. 늑대, 호랑이……. 하지만 마치 뿔이나 어금니로 그어놓은 듯한 이 흔적에서 호랑이를 떠올리는 건

무리다. 그러면 멧돼지? 아니면…….

"혹시 사람일까요?"

"맞아. 나도 그렇게 생각해."

내가 별 생각 없이 던진 말에 그가 고개를 끄덕인다. 난 그의 얼굴을 쳐다보았다.

"정말 사람이 남긴 거라고 생각하세요?"

"아직은 추측일 뿐이야. 우편물을 빼앗겼을 때, 기습을 당했다고 들었어. 아마 기습을 한 도적들이 이곳에 숨어있었을지도 모르지."

"그럼 이건…… 칼자국?"

등골이 오싹해졌다. 그러고 보니 너무 깊은 숲속으로 들어온 것 같다.

"그만 나가요. 사장님."

"난 더 살펴봐야 하니 마차로 돌아가 있어."

"살펴볼 게 더 있어요?"

그가 어두워진 얼굴로 땅에 파인 흔적을 응시한다.

"무언가 이상해."

"이상하다니요?"

"도적들은 보통 검을 쓰지 않아. 대개 농민들이 생계가 어려워 도적의 길로 들어선 경우이기 때문이지. 그래서 무기라고는 식칼이나 농기구를 개조한 게 대부분이야. 한데 이건 분명히 검 자국이고."

그는 무언가 걸리는 표정을 하고 있다. 그처럼 구하기 힘들다는 검을 이 도적들이 가지고 있다는 것은?

"생계가 어려워 군영을 탈출한 병사가 도적이 된 걸까요?"

"아니."

민우진의 입에서 즉각 대답이 나왔다.

"미우. 조선의 검은 이런 자국을 남길 만큼 무겁지 않아."

"조선의 검? 그럼 도적이 조선 사람이 아니라는 건가요?"

"내 생각에는……."

민우진이 답을 하려던 그때였다.

"아아악!"

헨리와 직원들이 있는 방향에서 끔찍한 비명소리가 들려왔다.

비가 온 뒤의 숲은 습하다. 더욱이 그 시기가 여름이라면…….

'목말라…….'

내가 갇혀있는 좁은 통나무집 안에서는 숨을 쉴 때마다 가슴이 갑갑해져 온다. 그나마 버려져 있던 바가지에 빗물이 차 있었다. 하지만 그 물로는 약간의 갈증만을 해소할 수 있을 뿐이었다.

마음껏 물을 마실 수도 없었다. 물이 한정되어있으니 아껴야 하고……. 더구나 이 안에는 지금 나 혼자만 있는 것이 아니다.

"목이 마르면 다 마셔도 돼."

민우진. 통나무 벽 건너편에 갇혀있는 그가 말한다. 나는 벽과 벽 사이에 난 틈으로 물이 담긴 바가지를 밀었다.

"전 다 마셨어요."

그러나 돌아온 바가지에 물은 전혀 줄어있지 않다. 그가 또다시 물을 마시지 않고 내게 돌려준 것이다.

반나절 전. 직원의 비명소리에 민우진과 나는 마차가 있던 곳으로 뛰어갔다. 그곳에서는 이미 도적들이 우체총사 직원들을 살해한 뒤였다. 도적들은 유일한 외국인인 헨리를 죽이지 않았다. 대신 그를 포박해서 어디론가 끌고 갔다.

민우진과 나는 눈이 가려진 채 이곳으로 끌려왔다. 끌려오는 동안 도적들은 우리에게 말을 걸지 않았다. 그것이 더 두려웠다. 우리를 죽일 생각인지 살릴 생각인지 전혀 알 수 없었으니까. 그 후 그들은 우리를 무작정 이곳에 가둬두었다.

"미륜사는 무사하겠죠?"

"외국인은 몸값이 상당하니까."

그렇다면 오히려 다행이다. 몸값을 생각해서 대우는 잘 해줄 테니까. 하지만 우리들은…….

그들은 먹을 것은 물론이고 물 한 모금도 주지 않고 있었다. 이젠 말할 기운도 없었다. 난 벽에 지친 몸을 기댄 채 누군가 구하러 와주기만을 간절히 바라고 있었다.

"이제 저 둘을 어떻게 하지?"

밤이 찾아와 주변은 캄캄한 어둠이었다. 어디선가 소곤거리는 목소리가 들려온다. 그러나 조선말은 아니다.

"우체총사의 사장은 민상호 대감의 차남이야. 민상호 대감은 아들을 위해 큰돈을 내겠지."

일본말이다. 평양 인근의 깊은 산속에서 들려오는 것이 일본말이라니.

"민 사장님?"

어둠 속에서 나는 자고 있을지도 모르는 민우진을 불렀다. 그러자 벽 너머에서 민우진이 쉿 소리를 냈다.

"목소리를 낮춰."

그도 엿듣고 있었던 것 같다. 잠시 후 일본말을 쓰는 사람들의 목소리가 조금 멀어지자 내가 물었다.

"왜 평양 도적이 일본어를 하는 거죠?"

"쉿."

그때 다시 일본말이 들려왔다. 민우진은 내게 조용히 하라는 신호를 보냈다.

"그 외국인은 협상이 오래 걸릴지도 몰라. 하지만 민상호 대감은 답신이 빠르겠지. 그러니 우체총사 사장을 그 서양인이 있는 곳으로 보내놓자."

"그러면 저 계집은?"

“아무도 찾지 않는 이름 없는 계집이야. 흐흐……. 내가 처리하지.”

“지금?”

“그래. 넌 그만 가서 쉬어.”

“혼자서 할 수 있겠어?”

“두 놈 다 지쳐서 힘도 쓰지 못할 거라고. 게다가 사장 놈은 한 팔을 쓰지 못하는 것 같더군. 흐흐…….”

괴상한 웃음소리와 함께 주고받던 대화가 끊겼다. 그러자 민우진이 다급히 내게 말했다.

“미우. 탈출해야 해.”

“네? 지금요?”

“그래.”

“어떻게요? 아니……. 혹시 일본말을 알아들으신 거예요? 그들이 뭐라고 했는데요?”

“미우. 잘 들어. 지금 탈출해야 해. 기회는 한 번뿐이야. 그들이 지금 이리로 올 거니까.”

“그들이라니요? 저 사람들이요?”

민우진의 말대로 발소리가 가까워졌다. 여러 명은 아닌 것 같았다. 발자국 소리는 우리가 갇혀있는 통나무 집 앞에서 잠시 머뭇거리더니, 이어 자물쇠가 철컥거리는 소리가 났다. 민우진이 갇힌 방의 자물쇠인지 내가 갇힌 방의 자물쇠인지 알 수 없었다. 심장이 철렁거렸다. 곧 문이 열리는 소리가 삐걱대며 울려 퍼졌다.

"!"

그러나 내가 있는 방의 문은 열리지 않았다.

도적이 문을 연 곳은 민우진이 있는 방이었다. 그리고 잠시 옆방에서는 아무런 소리도 들려오지 않았다. 반대로 건너편 방에 있는 내 심장은 쿵쾅거리며 뛰기 시작했다. 혹시라도 도적이 민우진을 죽일지도 모른다는 생각에 겁이 났다.

그때였다.

"아아! 아악!"

비명소리!

나는 빛 하나 들지 않는 어둠 속에서 온 신경을 곤두세웠다. 몇 번 치고 박는 소리가 들리는가 싶더니 더는 부딪히는 소리가 들려오지 않았다. 대신 한 사내의 거칠어진 숨소리만이 들려왔다.

난 벽에 얼굴을 바짝 대고 민우진을 불렀다.

"미……. 민 사장님? 민 사장님. 괜찮으세요?"

잠시 후 거칠어진 숨이 잦아들더니 움직이는 소리가 났다.

나는 울 것 같았다. 만약 민우진이었다면 응당 내게 답부터 주었을 것이다. 그러나 답이 오지 않는다. 그렇다면 조금 전 비명소리는 민우진의 목소리였던 걸까?

두 손과 두 발이 모두 떨리기 시작했다. 도망칠 곳도 없는 오두막 안에서 나는 몸을 벽에 바짝 붙였다. 그것이 내가 할 수 있는 마지막 행동이었다.

덜컹덜컹.

자물쇠가 거칠게 흔들리는 소리가 났다. 내가 있는 방문에서 나는 소리였다.

툭!

한참을 덜컹거리던 자물쇠가 바닥으로 떨어지더니 굳게 닫혀있던 문이 열렸다. 그리고 한 사람의 그림자가 내 앞에 나타났다. 민우진이었다.

"미우……."

그는 안경도 잃어버린 채 나를 바라보고 있었다. 반쯤 풀린 붕대를 한 오른팔이 허공에 축 늘어뜨려져 있었다. 한 팔로 자물쇠를 여느라 상당히 고전한 것 같았다. 나는 민우진을 향해 달려갔다.

"사장님……."

나는 참았던 울음을 쏟았다. 그는 힘없이 바닥에 털썩 주저앉았다. 나는 급히 그를 부축하며 물었다.

"괜찮으세요?"

그가 힘없이 미소를 흘렸다. 팔을 다쳐 별 힘을 못 쓰고 있는 자신이 민망했는지도 모르겠다. 어쨌든 이런 상황에서 그의 웃음은 내게 조금이나마 힘을 줬다.

"미우……."

그가 여전히 미소 띤 얼굴로 한 손을 들었다. 그는 그 손으로 내 얼굴을 감싸며 말한다.

"도망쳐."

'도망치자'가 아니었다. '도망쳐'였다.

이 말이 무슨 뜻인지 모르는 것은 아니다.

"가장 높은 곳으로 올라가. 전신주가 보일 거야. 전신주가 있는 곳으로 가면 길이 있어. 전신주는 통행로에 세우니까. 그리고 전신주를 지키는 순병을 만나면 숨어. 그들을 믿지 마."

"무슨 말을 하시는 거예요……."

"도적들은 일본인이 분명해. 그들은 내가 우체총사의 사장인걸 알고 있었어. 정보가 샜다는 뜻이지. 순병도 한패일 수 있어. 평양 군수도……. 그러니 전신주를 따라 도망쳐. 전신주에는 모두 번호가 새겨져 있고, 숫자를 거꾸로 세 가며 따라가면 평양 분국이 나올 거야."

"같이 안 가요?"

"난 갈 수 없어."

놀란 나를 보면서도 그는 흐트러짐 없이 말한다.

"이곳은 감옥 용도가 아니야. 창고지. 소란이 났는데 사람이 곧바로 안 오는 걸 보면 보초가 없거나 적다는 뜻일 거야. 이 창고를 나가자마자 뒤편으로 도망가."

"왜 같이 안 가는데요?"

"이 상태로는 난 방해만 될 거야."

"하지만 이곳에 있으면 위험해질 거예요."

"그건 걱정 마. 그들은 날 죽이지 못해. 내가 누구인지 아니까. 그렇지만 너는…… 아무도 박정양 대감의 여식인 줄 모르니. 단지 우체총사의 여직원인 줄만 알잖아. 그러니까…….”

“못 가요. 무섭다고요.”

멀리서 웅성거리는 도적들의 목소리가 들려왔다. 도적들이 통나무집을 향해 올라오고 있었다. 그가 나를 붙잡은 채로 자리에서 일어섰다. 그리고 밖으로 나를 이끌고 나왔다. 그는 통나무집 뒤로 난 좁은 길을 가리켰다.

“넌 할 수 있어.”

“사장님…….”

“서둘러. 미우. 너만이 나를 구할 수 있어.”

단호한 그의 태도에 난 어렵사리 발을 떼기 시작했다. 그러자 민우진도 돌아서서 도적들이 오고 있는 방향으로 사라졌다.

처음에는 힘이 좀 났다. 혹시라도 도적들에게 다시 붙잡힐까 전력을 다해 산길을 달렸다. 그러나 산 정상에 다다르기도 전에 나는 지쳐버렸다. 종일 음식은커녕 물도 제대로 마시지 못해서였다. 결국 난 지쳐 주저앉았다. 그렇다고 한없이 앉아있을 수도 없었다. 멀지 않은 곳에서 들려오는 산짐승의 울음소리 때문이었다. 산짐승에게 먹힐지도 모른다는 두려움이 날 일으켜 세웠다. 그러나 전처럼 뛸 수는 없었다. 산길은 험했고 며칠 전 내린 비로 습한 땅은 질퍽하기까지 했다. 곳곳에서 웅덩이가 내 발을 붙잡아 몇 번씩 넘어지거나 심지어 구르기까지 했다. 차라리 도적들에게 붙잡히는 것이 이 고생보다는 낫겠다는 생각이 들었을 때였다.

까악 까악.

괴기스러운 새의 울음소리에 난 고개를 들었다. 밤의 푸른 빛 사이로 커다란 보름달을 등지고 곧게 선 나무가 보였다. 그 꼭대기에 새 한 마리가 앉아있었다.

'저건……!'

새가 앉아있는 나무는 다름 아닌 전신주였다. 나는 넘어질 때 입은 타박상의 통증도 잊은 채 그곳으로 곧장 걸어 내려갔다. 전신주 앞에 도착한 나는 오로지 달이 만들어낸 빛에 의지해 기둥을 두 손으로 더듬었다. '百五十八'이라는 숫자가 내 앞에 나타났다.

'전신주에는 모두 번호가 새겨져 있고, 숫자를 거꾸로 세 가며 따라가면 평양 분국이 나올 거야.'

'이런 전신주를 158개나 거쳐야 평양 분국이 나온다는 건데…….'

전신주는 백 보(120m)마다 설치한다. 이 정도 거리라면 평소 천천히 걸어 반나절이면 도착할 수 있다. 그러나 지금 내 몸 상태로는 상당히 무리가 가는 거리다.

포기하고 싶었다.

이 근처에서 밤을 지새울 만한 적당한 곳을 찾아 쉬고 싶었다. 그리고 아침이 밝으면 지나가는 행인을 붙잡아 도움을 요청하고 싶었다.

'서둘러, 미우. 너만이 나를 구할 수 있어.'

그 순간 민우진이 한 말이 떠올랐다. 나는 그와 헨리를 생각하며 눈을 질끈 감았다 떴다.

'갈 수 있을 때까지라도……. 그때까지만이라도…….'

달빛 별빛이 전신주 위로 걸쳐진 전기선을 따라 반짝인다. 오로지 그 빛에만 의지한 채 나는 느린 걸음으로 걷고 또 걸었다. 그 어떤 순례자의 고행보다도 더 길고 고통스럽게만 느껴지던 이날 밤. 밤이 깊어질수록 내 걸음은 점점 느려지고 있었다.

새벽녘.

내가 마지막으로 확인한 전신주의 숫자는…….

……十九.

'거의 다 왔어.'

나는 식은땀을 흘리며 전신주를 붙잡고 그대로 무너져 내렸다. 몸이 땅 위를 뒹굴었고 의식은 점점 희미해져갔다.

그렇게 얼마의 시간이 흘렀는지 모르겠다. 눈앞이 조금씩 밝아졌다. 아침이 찾아온 것 같았다. 사람들의 웅성거림도 들렸다. 나는 눈에 힘을 주었다. 눈꺼풀 사이로 나를 둘러싸고 있는 많은 사람들이 보였다.

"죽은 건가?"

"관아에 알려!"

'관아라고?'

민우진은 평양 군수를 의심했다. 이대로 평양 분국이 아닌 평양 관아로 내 소식이 전해진다면, 그를 구하기가 더 어려워질지도 모른다.

"소, 손이 움직인다!"

"살아있나 봐!"

마지막 기력을 다해 움직이려고 했지만, 웅성거리는 사람들이 시야에서 하나둘씩 사라진다. 눈이 다시 감기고 있었다. 나는 의식만이라도 잃지 않으려 애를 썼다. 하지만 온 기력을 짜내 밤새 산길을 걸어온 내가 할 수 있는 일이라고는…….

"미우?"

나를 알아보고 부르는 목소리.

"미우!"

누군가가 내 곁으로 달려왔다. 쓰러진 내 몸을 일으키는 손길에 난 겨우 눈을 떴다. 그리고 눈앞의 얼굴을 보고는 마른 침을 삼켰다.

'이건 꿈이야.'

이선. 그는 이선이었다.

"정신 차려! 미우!"

"이…… 이선?"

"그래. 나야. 정신이 들어?"

이선은 이곳에 있을 수 없다. 게다가 이선은 우체총사에서 일할 때 입는 평범한 직원의 옷차림이 아니었다. 황자의 제복. 분명 그는 황자는 수도를 떠날 수 없다고 말했었다. 그런 그가 황자의 신분을 드러낸 채 평양에 나타난다는 건……. 있을 수 없는 일.

"어떻게 여기……."

그러나 나는 더 이상 소리를 낼 수 없었다. 바짝 말라버린 목구멍이 심하게 따끔거렸기 때문이었다. 통증에 인상을 찌푸린 나를 보며 이선이 말한다.

"조금만 참아."

그가 나를 번쩍 안아들었다. 밤사이에 쌓인 긴장이 그의 품에 안기자마자 눈 녹듯 사라진다. 깊은 안정감. 그 안정감에 휩싸인 나는 의지와 상관없이 잠 속으로 빠져들려고 한다. 나는 마지막 힘을 다해 목소리를 냈다.

"……번 전신주."

내 웅얼거림을 들은 이선의 걸음이 멈춘다.

"응? 뭐라고?"

그가 내 입가에 귀를 갖다 댄다. 나는 목에서 느껴지는 통증을 참아내며 이선의 귓가에 대고 말했다.

"백오십팔 번 전신주……. 헨리. 민 사장님……. 그들을 구해줘요, 이선."

포근한 이부자리에 누워있는 나를 누군가 조심스럽게 흔들어 깨운다. 힘들게 눈을 뜨자 제일 먼저 보이는 건 낯선 여성의 얼굴이다. 그녀는 나와 눈이 마주치자 내가 일어나 앉도록 도와주며 말한다.

“죽을 끓여왔습니다. 의사 선생님께서 조금이라도 드셔야 한다고 하셔서요.”

그녀는 곧 김이 올라오는 따끈한 죽을 가져왔다. 그리고 숟갈을 뜰 힘도 없는 나를 대신해서 죽을 호호 불어 내 입에 넣어주었다. 죽이 몇 순갈 입으로 들어가자 기력이 조금씩 돌아왔다. 나는 순갈을 건네받아 직접 죽을 떠먹었다.

어느 정도 속에 죽이 들어가자 그제야 나는 내 앞의 여인을 돌아볼 여유가 생겼다.

“여기는 어디죠?”

“평양 감영입니다.”

“평양 감영이요?”

평양 감영이라면 평양 군수가 있는 곳이다.

“제가 왜 여기에 있는 거죠?”

“기억이 안 나십니까?”

“기억…….”

기억을 더듬어보니 밤새 전신주를 따라 걸었던 기억은 난다.

마지막 기억은……. 이선.

‘설마?’

난 그녀의 팔을 붙잡으며 물었다.

"혹시 이곳에 완친왕 전하께서 계시나요?"

그때 밖에서 사람 기척 소리가 났다.

"이영효입니다. 들어가겠습니다."

방 안으로 들어온 사람은 정말로 이영효였다. 이선의 비서관인 그가 평양에 나타났다면, 내가 정신을 잃기 전에 보았던 이선의 모습도 꿈이 아니었을 것이다.

"기력을 되찾으신 듯해 다행입니다. 미우 아가씨."

그는 여전히 한성에서 보였던 웃음으로 날 대한다. 죽을 가져온 여성이 밖으로 나가고 이 비서관과 둘만 남게 되자 내가 물었다.

"이선이 여기에 있군요."

내 입에서 나온 이선의 이름에 이 비서관이 웃음을 싹 거두며 내 눈을 똑바로 바라본다.

"예, 완친왕 전하께서 지금 이곳 평양에 계시지요."

그제야 생각났다. 그는 내가 이선의 이름을 부르는 것을 좋아하지 않는다는 사실을 말이다. 어쩌면 그것 외에도 더 나를 싫어할 이유가 또 있을지도 모르지만.

이 비서관이 말을 이었다.

"폐하께서 전하를 평양으로 보내실 때, 평양 군수의 면책권과 파면권을 함께 주셨습니다. 전하께서 꺼내드신 카드는 파면이었습니다만. 아마 곧 새 관리가 평양에 오게 될 것입니다."

"전하께서 평양 군수를 파면하셨다고요? 혹시 우체총사의 일 때문인가요?"

단순히 우체총사 평양 분국과 평양 군수의 마찰 때문에 군수를 파면까지 시켰다는 것은 납득하기 어렵다. 이러한 내 의문에 이 비서관이 정확히 답했다.

"평양 분국과의 일 때문만은 아닙니다. 전하께서 평양 군수를 파면하신 이유는 바로 왜국과의 내통입니다. 도적의 탈을 쓰고 활동하는 사무라이와 내통한 사실을 아셨기 때문입니다. 파면된 평양 군수는 한양으로 소환되어 효수될 것입니다."

바로 그때 밖에서 한 남자의 비명에 가까운 외침이 들려왔다.

"전하! 신은 억울하옵니다! 전하!"

이 소리를 들은 이 비서관은 혀를 차며 중얼거렸다.

"전하께서는 지금 이곳 감영에 계시지 아니한다고 몇 번을 말했는데도 저리……. 쯧쯧."

그 말을 들은 내가 물었다.

"전하는 지금 어디에 계시죠?"

"평양 감영에서 배반자가 나왔지요. 평양 군수가 도적의 탈을 쓴 사무라이들과 내통했다는 사실을 알고 있던 자였습니다. 전하께서는 도적 소굴의 정확한 위치를 듣자마자 직접 병사들을 이끌고 출병하셨습니다."

"출병……."

"살아만 있다면 민우진 사장과 미륜사를 비롯한 직원들을 구해오실 겁니다. 혹 구하기 전에 잘못되었더라도 그것은 그들의 운이니까요."

이 비서관이 자리를 털고 일어섰다.

"미음을 더 들이도록 하지요. 전하께서 돌아오시기 전에 기력을 더 되찾으시는 것이 좋겠습니다. 그분의 걱정을 조금이라도 덜기 위해서라도 말입니다."

이선이 나를 걱정한다. 그리고 이영효 비서관은 분명 그 걱정과 관심을 못마땅해하는 것처럼 보였다. 그대로 나갈 줄 알았던 이 비서관이 걸음을 멈추고 작게 중얼거렸다.

"아주 오랫동안 간절히 기다려온 순간이 있었습니다. 전하께서 황제의 자질을 드러내시는 날을 말입니다. 오늘이 그러했지요. 전하께서 평양 군수를 크게 꾸짖으시고 병사들을 모아 출병하셨을 때 말입니다."

기력을 잃고 쓰러진 내가 이곳에서 깊은 잠에 빠져 있었을 때.

"그런데 이런 의문이 문득 들더군요. 오늘의 일이 전하께서 스스로 일으키신 변화인 것인지, 아니면……. 미우 아가씨, 당신으로 인한 순간의 작품인 것인지."

"그게 무슨 말이죠?"

이 비서관이 고개를 돌려 나를 바라본다. 나를 바라보는 그의 입가에 무서운 미소가 지어진다.

"후자라면……. 아가씨에게 어떤 안 좋은 일이 생길지도 모릅니다."

출병한 이선은 도적 소굴을 찾아내 도적으로 둔갑했던 일본인들을 일망타진했다. 일당들을 큰 출혈 없이 사로잡은 그는 다음날 저녁 포로들을 데리고 개선장군처럼 평양으로 돌아왔다. 헨리와 민우진도 함께였다. 그러나 잡혀갔던 다른 직원들은 모두 살아남지 못했다.

나는 이선이 돌아왔다는 소식에 가만히 있을 수가 없었다. 평양 감영은 넓었지만 그를 찾는 것은 어렵지 않았다. 감영의 병사들은 그의 소재를 훤히 꿰뚫고 있었다.

"대동문 쪽으로 가시는 걸 보았습니다."

대동문은 평양성의 여섯 개 성문 중에서 가장 규모가 크다. 그 위에는 경회루를 떠올릴 만큼 거대한 규모의 2층 누각이 있었다. 평양 시내를 한눈에 내려다볼 수 있는 곳이었다.

이미 밤이 깊은 시각, 이선은 2층 누각에 홀로 서서 평양 시내를 내려다보고 있었다. 평양 시내는 대로를 따라 가로등이 길게 늘어서 한성의 밤만큼이나 환하게 밝혀져 있었다.

"이선."

내 부름에 그가 돌아본다. 나는 그가 어떻게 평양에 오게 되었는지, 도적을 소탕하면서 다친 곳은 없는지 궁금했다. 그러나 무엇을 먼저 물어야 할지 몰라 다가가 웃으며 인사부터 건넸다.

"평양에 올 줄 몰랐……."

내 말이 끝나기도 전에 그가 나를 두 팔로 와락 끌어안았다. 당황할 새도 없이 난 그의 품에서 어색한 웃음을 흘렸다.

"반가움의 인사가 너무 격한 거 아니에요?"

"……."

그러나 그는 아무 말도 없이 계속 나를 끌어안고만 있었다. 그 품 안에서 난 빠르게 뛰는 그의 심장소리를 들었다. 귀를 기울이고 있자니 내 심장 박동도 서서히 빨라지기 시작했다. 슬그머니 그에게서 벗어나려 몸을 비틀어보았지만, 그는 쉽사리 나를 놓아줄 것 같지 않았다. 결국 난 기어들어가는 목소리로 속삭였다.

"아파요……."

그제야 그가 깜짝 놀라며 나를 품에서 놓아주었다.

"다쳤어?"

난 고개를 저었다.

"다친 건 아니고……. 단지 그렇게 꽉 끌어안으면……!"

바로 방금, 내게 다쳤느냐고 친절하게 물었던 그의 입술이 어느새 내 입술에 닿아있었다. 나는 그 촉감을 믿지 못해 눈을 깜빡였다. 처음 갑작스럽게 부딪혀왔던 이선의 입술은 점점 깊게 내 입술을 파고 들었다.

첫 입맞춤.

강하게 밀고 들어오는 입맞춤에서 그간 억눌러 왔던 그의 마음이 묻어났다. 하지만 나는 여전히 눈을 뜬 채로 그에게 완전히 입술을 열지 않았다. 준비가 안 되었다는 것은 핑계였다. 마음의 준비가 필요한 것이 아니었다. 나는 그를 향해 닫아놓았던 내 마음의 문을 열어야 할지 말아야 할지 입술을 맞댄 상황에서도 고민하고 있었다.

이러한 사실을 모르는 이선은 결국 나를 완전히 점령하는 것을 포기한 채 입술을 거뒀다.

"미안해……."

그는 내가 마음을 열지 않았다고 판단하고는 그대로 내게서 떨어지려고 했다. 그런 이선의 팔을 내 손이 붙잡았다.

"난……."

무엇부터 먼저 이야기를 해야 할까?

늘 내게 솔직했던 그에 비하면 난 너무나도 비밀이 많았다. 그리고 하고 싶은 것도. 욕심도. 그의 감정을 돌아보는 시간보다도 내 욕심을 지키는 일에 시간을 더 허비해왔다.

"미우?"

그가 돌아보며 묻는다. 붙잡은 내 손의 의미를 묻고 있었다.

잠시 망설이던 나는 까치발을 들어 그의 입술에 내 입술을 가져갔다. 자연스럽게 스르륵 눈이 감겼다. 그리고 그렇게 닿은 입술을 제대로 느끼기도 전에 이선의 팔이 다시 나를 강하게 끌어안았다. 난 그의 품속에서 숨을 제대로 쉴 수 없을 만큼 강렬한 입맞춤을 받았다.

한참의 시간이 흐른 후, 나는 이선의 가슴에 등을 기댄 채 평양 시내를 내려다보고 있었다. 이선은 내 한 손을 들어 손등에 짧게 입을 맞추었다.

"언제 알았어요?"

손등에 닿는 그의 입술로 눈을 돌린 내가 물었다.

"네가 평양으로 떠난 날 오후에 우체총사에 출근했거든. 그런데 네가 없더라고. 며칠 올 수 없다는 말도 들었지. 설마 했지만 너와 주고받았던 대화가 자꾸 머릿속에 맴돌았어. 넌 분명 가고 싶어 하는 게 엿보였거든."

"그래서요?"

"며칠 후 한성에 전해진 소식을 듣고 나서야 네가 평양에 간 걸 확실히 알았지."

"그래서 직접 온 거군요."

"아바마마를 설득하는 것보다 어머니를 설득하는 게 더 어려웠지만. 미우, 그래도 내게는 평양에 간다는 사실을 말해줄 수 있었잖아?"

난 미안한 표정으로 그의 두 눈을 올려다보았다.

"시간이 없었어요."

"헨리에게는 말할 시간이 있었고?"

"그건 달라요."

"어쨌든 네가 무사해서 다행이야."

그가 다시 내 얼굴로 고개를 숙이며 입을 맞추려 했다. 나는 고개를 옆으로 돌려 피했다. 그가 의아하다는 듯 쳐다보았다.
"왜 그래?"
"입술을 내어주었다고 나를 가벼운 여자로 본다면……!"
"절대 그런 게 아니야."
그가 억울하다는 듯 말했지만 나는 새침데기처럼 말했다.
"오기 힘든 상황인데도 나 때문에 와서 딱 한 번 허락해준 거예요."
"한 번치고는 강렬한데?"
"다음에는 없으니까."
"정말?"
더해서 난 그의 품에서 벗어나려 발버둥쳤다. 그러나 이선은 쉽게 놓아주려 하지 않는다. 난 깊은 한숨을 내쉬며 그의 품안에서 벗어나려는 것을 그만두었다. 이선이 그런 내 뺨에 짧게 입을 맞췄다.
"네가 두려워하는 게 무엇인지 잘 알아."
"안다고요?"
"내가 너를 후궁으로 삼을까 봐 그러는 거지? 그래서 우체총사에서 더는 일을 하지 못하게 될까 봐."
정곡을 찔린 나는 할 말을 잃어버렸다. 그러자 이선이 피식 웃는다.
"사실인가 보네."
"마음대로 추측하지 말아요. 아니에요."
아니라고 말하면서도 그와 눈도 못 마주치고 있으니, 그는 지금 내 말이 거짓말이라는 것을 알 것이다.

"난 네게 제안할 수 있는 게 아주 많아."

"뭔데요, 그게?"

"네가 내 후궁이 되더라도 우체총사에서 일하는 거지. 나처럼."

하지만 현실성이 떨어지는 이야기다.

황실에서 허락하지 않을 것이고, 이선이 과연 남자들이 우글거리는 곳에서 자신의 여인이 일하는 것을 허락할까? 이 역시도 의문이다. 그리고 가장 중요한 사실은…….

"내가 당신의 후궁이 될 거라고 어떻게 확신하는 거죠?"

"설마 친왕비 자리를 노리는 거야?"

그는 아직 내가 어떤 신분인지도 모르면서 장난을 친다. 물론 내 아버지 신분 정도면 친왕비가 되고도 남을 수 있다. 하지만 진짜 문제는 따로 있었다.

"내가 후궁이 되면 그 다음에는요? 친왕비도 들이고 또 다른 후궁도 들이고……."

"네가 내 후궁이 되어준다면 난 친왕비를 맞지 않을 거야, 미우."

"……!"

전혀 예상하지 못했던 그의 말은 나를 크게 당황하게 만들었다.

"다른 후궁도 역시. 네가 나를 받아들여준다면 부인은 너 하나만 둘 생각이야. 해줄 수 있는 것이 그것 하나뿐이라 미안하지만……."

아니다.

이 말이 어떤 의미인지 나는 잘 안다. 그는 내 신분이 낮다고 오해하고 있고, 그래서 후궁으로 들이려고 하고 있다. 그런데도 친왕비를 맞이하지 않겠다는 것은, 일평생 나 혼자만 곁에 두겠다는 약속과도 같은 것. 나를 그의 하나뿐인 부인으로 삼겠다는 의지를 나타낸 것. 이 말만으로도 나는 주체할 수 없는 벅찬 감동에 사로잡혔다.

"내가…… 당신의 하나뿐인?"

이선이 나를 끌어안은 채 고개를 끄덕인다.

"나는 네게 내 마음을 전했어. 이제 넌 내게 답만 주면 되는 거야."

그에게 첫 고백을 받았던 공사관 연회 밤 이후로 두 번째 고백.

첫 번째 고백을 들었을 때는 우체총사에서 일을 할 수 있다는 것이 내게 가장 중요한 일이었다. 그러나 지금 그의 두 번째 고백을 듣는 순간, 우체총사에서의 삶이 내 안에서 조금은 순위가 밀려나는 듯한 느낌이 들었다.

은행잎 손님

한성으로 출발하는 날 아침이었다.

"완친왕 전하께서 오셨다는데, 넌 봤어?"

"아니. 못 봤는데."

"그럼 헛소문이었나……."

평양 감영 안에서 한성으로 갈 마차가 도착하기만을 기다리며 떠드는 직원들을 보고도 정작 민우진은 아무런 말도 하지 않는다. 물론 헨리도 마찬가지였다. 목발을 짚고 서 있는 헨리는 나와 눈이 마주치자 코를 찡긋거리며 눈웃음만 지을 뿐이다.

난 의문이 들었다. 정말 직원들 말대로 이선은 먼저 한성으로 떠난 것일까? 사실 그가 떠나지 않았더라도 직원들 앞에 나타날 수는 없을 것이다. 통신원 직원들 중에는 우체총사에서 일하는 직원 이선을 아는 사람들이 많았으니까.

내가 그를 마지막으로 본 것은 지난밤, 평양성 대동문 위 누각에서였다. 그 이후 이선이 먼저 한성으로 돌아갔다면 헨리에게는 인사를 하고 떠났을지도 모른다.

"헨리."

"미우."

"괜찮아요?"

난 그가 짚고 있는 목발을 보며 물었다.

"걸을 때 힘들긴 하지만 통증은 덜한 편입니다."

"다행이에요. 한성에 돌아가서 푹 쉬면 금방 나을 거예요."

"그래야 할 텐데요."

"그런데 헨리. 혹시 이선을……."

이선에 대해 물으려는데, 갑자기 이영효 비서관이 나타났다.

"미우 양."

"이 비서관님?"

그가 여기에 있다는 말은…….

"미우 양. 나와 함께 가시지요."

"예? 어디를요?"

이 비서관은 주변 모든 직원들이 들을 수 있는 큰 목소리로 말했다.

"전하께서 여성이신 미우 양을 위해 특별히 마차를 준비하셨습니다. 그 마차를 타고 가시지요."

"마차요?"

이선이 마차를 준비했다는 말에 자연히 시선이 향하는 곳은 민우진 쪽이다.

"……."

다행히도 그는 이번에 조용하다.

"서두르시지요."

이 비서관이 나를 재촉했다. 난 민우진을 한 번 더 쳐다보고는 이 비서관의 뒤를 따랐다. 그는 평양 감영의 정문 앞으로 나를 데려갔다. 그곳에는 말을 탄 황실 근위대가 호위하고 있는 한 대의 마차가 있었다. 이 비서관이 마차로 다가가자 근위대장으로 보이는 군인이 경례를 했다. 그러자 기다렸다는 듯이 마차의 문이 안쪽에서부터 탁, 하고 열렸다.

이 비서관이 나를 돌아보며 말한다.

"타시지요."

"네에……."

난 조용히 한숨을 쉬며 마차에 올랐다. 예상대로 그 안에는 이선이 홀로 앉아 나를 보며 웃음 짓고 있었다.

"왜? 원님이랑 함께 못 가서 섭섭한 거야, 콩쥐 아가씨?"

"원님이 타는 마차보다는 임금님이 타시는 마차가 훨씬 더 좋죠."

"말만 좋다고 하는 것 같은데? 왠지 삐친 목소리로 들려."

난 투덜거리며 말했다.

"다른 직원들은 모두 좁은 마차에 끼어서 타고 가는데요. 나만 이렇게 좋은 마차를 타고 가는 건 불공평한 것 같아요."

"하지만 내가 사랑하는 여인이 사내들 속에서 마차 여행을 하는 걸 지켜만 볼 순 없잖아."

"어어? 설마 그거 질투?"

이선의 광대뼈 부근이 붉어진다. 순간 나는 기분 좋은 의심이 들었다. 그의 부인이 되고 나면 왠지 우체총사에서 일하기 어려워질 것 같다는 의심. 마차 하나 가지고 저런 질투심을 보이는 사내라면.

"난 속 좁은 사내는 싫어요. 그게 전하라고 하더라도."

그때 갑자기 이선이 몸을 일으켜 세우더니 내게로 붙어왔다. 나는 당황해서 팔로 그의 가슴을 밀어냈다.

"지금 마차 안에서 뭐하려는 거……."

그러나 내가 민다고 쉽게 밀릴 이선이 아니다. 이선은 그대로 몸을 바짝 밀착시켜왔다. 무슨 일이 벌어지려는지 몰라 안절부절못하는데, 이선이 나를 살짝 뒤로 미는가 싶더니 '탁'하는 소리가 들려왔다. 그가 내 위로 몸을 뻗어 열려있던 마차 문을 닫은 것이다. 그러고서 이선은 아무렇지도 않은 듯 원래의 자리로 돌아가 앉았다. 남은 나만 얼굴이 달아오를 대로 달아올랐다.

"지금……!"

그리고 그는 이런 나를 놀린다.

"무슨 상상을 한 거야, 미우."

나는 괜히 부끄러워져서 그에게 성을 냈다.

"한성에 도착할 때까지 그 자리에서 꼼짝도 하지 말아요! 절대 가까이 올 생각하지 말라고요! 안 그러면……."

"안 그러면?"

"임금님이 아니라 원님한테 시집갈 거니까."

이선이 어이없다는 듯 웃음을 터트렸다. 그러나 난 그의 맞은편에 앉아 팔짱을 낀 채로 계속 그를 쏘아보았다.

어둠 속에서도 마차가 쉬지 않고 달린다. 마차에 등을 기댄 채 깜빡 잠이 들었던 나는 작은 덜컹거림에 눈을 번쩍 떴다. 얇은 모포 하나가 내 몸 위에 덮여있었다. 언제 덮어주었는지 모르지만 이선이 그랬을 것이라는 생각이 들었다.

'이선은…….'

마차 안으로 쏟아지는 달빛을 맞으며 그는 고요히 창밖을 응시하고 있다. 밤인데도, 그리고 그 역시 피곤할 텐데도 그는 잠들지 않고 심각한 얼굴로 깊은 생각에 잠겨있다.

"이선."

나지막이 부르자 그가 나를 돌아본다.

"깼어?"

"네."

그가 짧게 웃으며 다시 창 쪽으로 고개를 돌렸다. 난 그를 가만히 바라보다가 물었다.

"무슨 생각을 그렇게 해요?"

잠시 침묵하던 이선이 시선을 굴리며 말한다.

"이번 평양에서 있었던 일."

"도적들이요?"

"그래. 아마 한성에 돌아가면 이 일 때문에 여러 가지가 복잡해질지도 몰라."

"어떤 부분이요?"

이선이 한숨을 내쉰다.

"이번 일은 일본 사무라이들 짓이었어. 그들 중 일부를 사로잡긴 했지만, 이 일로 일본을 추궁할 순 없을 거야."

"왜요? 증거도 증인도 있잖아요."

"그들은 결코 인정하지 않을 거야. 모르쇠로 일관하겠지. 을미년에 황후폐하를 시해하고도 발뺌했으니, 이 정도 일에는 눈도 깜짝 않겠지. 일본 정부와는 무관한 개인들의 일탈이라고 주장할 거야."

"그렇군요."

"게다가…… 고작 우편물 몇 개 훔친 일을 크게 만든다면 우리 제국이 웃음거리가 될 거고. 또 무시하고 넘어가면 향후 이와 같은 일들이 또다시 벌어지지 않는다는 보장이 없고……."

"한성에 돌아간 후에 이 일이 조용히 묻힐까 봐 걱정인 거예요?"

"조용히 묻힌다? 그런 식으로 잘 넘어가면 오히려 다행일지도 모르지. 하지만 내가 염려하는 건 다른 거야."

"어떤 건데요?"

그는 씁쓸한 웃음과 함께 대답을 회피했다. 그 이유가 무엇인지는 몰라도, 나를 이 일과 상관없는 제3자로 여긴다거나, 내 아버지처럼 여성이라는 이유로 국가에 대한 이야기를 나눌 수 없다고 생각하는 것이 아니길 바랐다.

"이선. 내가 친구라면 말해줘요. 당신의 생각을 알고 싶어요. 고민이 있다면……. 나누고 싶고요."

그가 고개를 젓는다.

"오해하지는 마. 누군가에게 한 번도 내 가슴 깊은 곳에 간직해둔 이 생각들을 털어놓은 적이 없어서 그래. 하지만 미우, 너에게라면 속 시원하게 털어놓을 수 있을지도 모르겠네."

그가 어렵사리 속마음을 꺼내놓았다.

"오래전부터 일본은 끊임없이 조선의 내정에 간섭하려고 하고 있어. 그리고 대외적으로는 그러한 행동이 아시아의 평화를 위한 것이라고 주장하지. 그러나 실제로는 무언가 노리는 것이 있다는 걸 모르는 사람은 없을 거야. 그렇다면 그 목표가 무엇이라고 생각해?"

어려운 질문이다. 지금까지 그 누구도 여자인 내게 이러한 질문을 한 적은 없었다.

"금전적인 이익 이상의 것이겠죠?"

그가 고개를 끄덕였다.

"300년 전의 일이지. 일본은 왜란을 일으켰어. 왜란을 전후로 있었던 크고 작은 침략들은 말할 것도 없고. 그것은 역사가 말해주는 사실이야. 그때의 일본의 목적은 조선을 짓밟고 대륙으로 진출하려는 거였어. 섬나라인 일본이 대륙으로 진출하기 위해서는 제일 가까운 조선. 이 대한제국을 지나지 않을 수 없으니까."

"그럼 이번에도 일본은 300년 전처럼 우리 조선을 짓밟으려는 걸까요?"

"그들로서는 대한제국을 넘어야 청국 그리고 러시아와 붙을 수 있을 테니까. 자신들의 뒤에 적국을 남겨두려 하지 않겠지."

소름이 돋는다. 이선의 말대로라면 일본은 이미 땅속 구렁이처럼 자신들의 목표를 위한 꿈틀거림을 시작한 것이다.

"조정 대신들은 이런 생각을 전혀 하지 못하고 있는 건가요?"

"하기는 하겠지. 단지 여유로워. 그들은 이렇게 주장해. 지금껏 일본이 수없이 조선을 침략했지만, 이 팔도강산을 소유한 적이 없었다고. 그래서 그 어떤 일이 일어나더라도 일본은 절대 조선을 지배하지 못할 거라고 여겨."

물론 대신들의 말도 일리는 있다. 어떻게 보면 이선의 걱정이 조금은 지나친 것 같기도 하다. 교활한 너구리 같은 일본은 늘 조선 주변을 어슬렁거리며 기회를 엿보았지만, 단 한 번도 이 땅을 차지한 적이 없었으니까.

앞으로도 그렇게 될 것이고.

"수십 년 전부터 일본은 부국강병을 목표로 빠르게 군대를 근대화시켰어. 헌데 그들이 목적하는 것이 과연 그들의 주장대로 아시아의 평화일까?"

일본은 이미 위험한 선을 넘나들기를 수없이 반복하고 있다. 몇 년 전 있었던 청일전쟁 역시 조선에서의 주도권을 청나라에 빼앗기지 않으려는 일본의 간악한 수였다. 이선은 이 모든 일들을 하나로 엮어 위험을 예측한다. 그러나 조정 대신들은, 그리고 백성들은 이런 현실을 외면하려고만 한다. 사람은 누구나 아직 일어나지도 않은 일에 대해 불안을 안고 살아가려 하지 않으니까.

"당장 전쟁을 한다 해도 우린 일본을 이길 힘이 없어. 계속 외교로 시간을 끌면서 그 사이에 군비를 확충해서 근대화된 군대를 양성해야 해. 물론 이건…… 나의 작은 생각일 뿐이지만."

"그 생각을 폐하께도 말씀드렸나요?"

이선이 한숨 섞인 목소리로 말한다.

"아니. 난 황자의 신분인걸. 조정 일에 대한 지나친 관심은 황위를 노린 행보로 비춰질 수 있어. 그런 오해는 나뿐만 아니라 어머니까지도 위험하게 만들 테니까……."

"……."

누구보다도 고귀한 신분으로 태어났고, 무엇이든 자유롭게 할 수 있는 사내로 태어난 그였다. 그런 그도 자신의 한계를 토로한다.

한성에 들어선 마차가 제일 먼저 향한 곳은 우체총사가 아니라 독일 영사관이었다. 독일 국기가 펄럭이는 건물을 마차 안에서 내다보던 나는 이선을 향해 말했다.

"여긴 왜 온 거예요?"

내 말에 이선이 두툼한 봉투를 꺼냈다. 난 한눈에 그것이 무엇인지 알아보았다. 내가 직접 소인을 찍은 마리엔의 편지였다.

"이건……. 마리엔의 편지잖아요!"

놀라는 나를 보며 이선이 미소 지었다.

"네가 이 편지 때문에 평양에 갔던 거라고 헨리에게 들었어. 도적 소굴에서 구해주자마자 헨리 그 녀석이 편지를 반드시 찾아야 한다며 난리를 피우더군."

"그럼 헨리가 찾아낸 거예요?"

"물론 편지를 먼저 찾아낸 건 헨리지만, 나도 함께 찾았다고."

"이선……!"

나는 그에게서 편지를 받자마자 서둘러 마차에서 내렸다.

이선이 마차 안에서 나를 내다보며 묻는다.

"기다려줄까?"

"아니요. 괜찮아요. 편지를 돌려주고 일을 모두 마무리하려면 시간이 걸릴 거예요."

"또 일이 있어?"

"그건 아니지만……. 이 일로 더는 국제우편을 우체총사에 맡기지 않을까 봐 걱정이 되는걸요. 그 부분에 대해서 설명이 필요할 테니까요. 그러면 이래저래 시간이 걸릴 텐데, 그 시간 동안 바쁘신 전하를 기다리게 할 수는 없죠."

난 주변에 선 황실 근위대를 보며 말했다. 그러자 이선이 소리 내어 웃는다.

"네 말을 듣고 보니 나도 서둘러 옷을 갈아입고 우체총사로 가야겠는걸? 나 역시도 못 끝낸 일들이 아직 남아있으니까."

예고도 없는 나의 방문에 마리엔은 남편인 로프 영사와 함께 나를 맞았다.

"마리엔. 많이 늦지 않았는지 모르겠어요."

난 이선에게 받은 봉투를 마리엔에게 내밀었다. 그녀는 그 봉투가 무엇인지 알아채고는 울먹이기 시작했다.

"고마워요……. 미우, 정말 고마워요……."

그녀가 나를 끌어안았다. 봉투 안의 편지들을 확인한 로프 영사도 내게 악수를 청하며 진심으로 고마움을 표현했다.

하지만 그들이 우체총사를 계속 이용할지 안 할지에 대한 답은 없었다. 당장 들을 수 있는 대답은 아니었다. 어쨌든 로프 영사는 중요한 서류를 봉투 안에서 따로 챙기고 나서도 나머지 편지들을 내게 부쳐달라고 하지 않았으니까.

그들과 인사를 마치고 독일 영사관을 나오는 내 발걸음은 무거웠다. 마리엔이 실수로 부친 편지는 다행히 찾아서 무사히 돌려주었지만, 이 일로 그들이 더는 우체총사를 이용하지 않는다면 다른 외국인 손님들의 방문도 줄어들 것이 걱정되었다.

"미우!"

그때, 마리엔이 급히 걸어 나와 나를 붙잡았다.

"잠깐만요!"

"네?"

그녀는 내게서 돌려받은 우편물 중에서 남편의 서류를 제외한 나머지 편지들을 내게 건넸다.

"아이들이 독일에 계신 할머님께 쓴 편지예요. 더 늦기 전에 할머님이 꼭 받아보셨으면 해요."

난 그녀의 손에서 우편물을 받아들며 환한 웃음을 지었다.

"네. 꼭 받아보실 수 있도록 할게요."

"그럼 빠른 시일 내에 다시 만나요. 이번에도 제가 우체총사로 찾아갈게요. 미우."

나는 마리엔과 헤어진 후 인력거를 타고 우체총사로 향했다. 오늘 안으로 이 편지를 부칠 생각이었기 때문이었다.

통신원 정문 앞에 도착한 나는 서둘러 인력거를 내렸다. 그때, 누군가 나를 향해 달려오며 소리쳤다.

"아가씨! 아가씨!"

"유모?"

갑작스런 유모의 등장에 놀랄 새도 없이, 유모의 뒤로 낯익은 마차 한 대가 눈에 띄었다. 바로 우리 집 마차였다.

"유모, 마차를 타고 왔어?"

"그게 아가씨……."

유모가 머뭇거리며 어쩔 줄 몰라 하는 사이, 마차의 문이 열리더니 그 안에서 지팡이를 짚은 한 남자가 내렸다. 남자의 얼굴을 본 나는 깜짝 놀랐다.

"아버지?"

미국에서 돌아오는 도중일 아버지가 통신원 앞에 나타난 것이다. 아버지의 일정을 계산해 보면, 돌아오시려면 적어도 열흘은 더 있어야 했다. 당황한 나는 옴짝달싹도 하지 못했다.

아버지는 곧장 내게로 걸어오더니 내 뺨을 후려쳤다.

찰싹!

"아이구 대감마님!"

유모의 비명소리와 함께 난 얼얼해진 뺨을 감싸 쥐고 바닥에 털썩 주저앉았다.

"네가……. 네가……!"

아버지는 목소리를 떨며 말을 잇지 못했다. 두 눈이 나를 향해 번뜩이고 있었다.

"아버지……!"

"어찌……. 네가 어찌!"

화를 참지 못한 아버지가 짚고 있던 지팡이를 번쩍 들어올렸다. 그 지팡이로 나를 때리려는 것이었다. 그러자 유모가 나를 끌어안았다.

"대감마님! 용서하세요! 다 쇤네의 잘못입니다. 아가씨 잘못이 아니에요!"

"유모를 끌어내!"

화난 아버지의 외침에 하인들이 유모와 나를 떼어놓았다. 그사이에 이 소동을 알고 통신원 안팎의 사람들이 몰려들었다. 그중에는 우체총사 직원들도 보였다. 아버지도 사람들의 시선을 느꼈는지 하인들에게 명령했다.

"당장 저 계집아이를 마차에 태워라!"

"예! 대감마님."

하인들이 달려들어 나를 붙잡았을 때였다.

"박정양 대감!"

'이선?'

이선이 통신원 안에서 뛰어나왔다.

"전하?"

그리고 아버지는 이선이 누구인지 단번에 알아보았다. 하지만 주변에 서 있던 사람들은 아버지의 말을 알아듣고도 다들 고개를 갸웃거렸다. 전하라고 불리기에는 이선의 옷차림이 평범한 편이라서 그랬을지도 모른다.

이선은 나를 끌고 가려는 하인들을 보자 아버지를 노려보았다.

"지금 무슨 짓입니까? 그녀를 놓아주십시오, 대감!"

당황한 아버지가 이선에게 말했다.

"전하께서 참견하실 수 없는 일입니다."

아버지의 말은 옳았다. 우리는 부녀 사이였으니까, 이것은 집안일이다. 그러나 이선은 아직 내가 박정양의 무남독녀 박미우라는 사실을 전혀 모르고 있다.

"그녀를 납치하려고 하는 것을 내 눈으로 똑똑히 보았는데도 말입니까?"

"그것은……."

아버지가 항변하려고 입을 열었을 때였다. 통신원 안에서 민우진이 모습을 나타냈다. 그는 상황을 보자마자 사태를 모두 파악한 듯 재빨리 이선에게 다가왔다.

"전하."

민우진은 여전히 아버지를 노려보고 있는 이선에게 작은 목소리로 말했다.

"박정양 대감은 미우의 친부입니다."

강제로 집으로 끌려 들어온 후 많은 시간이 흘렀다.

내가 신분을 감추고 우체총사에서 일하고 있었다는 사실을 안 아버지는 크게 분노했다. 다행히 더는 내게 손찌검을 하진 않으셨다. 그러나 난 내 방에 격리되었고 누구와의 만남도 허락되지 않았다. 현주 역시 그날 이후로 나를 만나는 것이 금지되었다. 서신조차 주고받을 수 없었다. 말 그대로 나는 방 안이라는 감옥에 갇히고 말았다.

우체총사에서 일하는 것을 아버지께 들키면 이런 일이 일어날지도 모른다고 어느 정도 예상은 했었다. 하지만 막상 상황이 닥치니 갑갑해서 하루하루 속이 타들어가는 것을 어찌할 수 없었다

민우진이 사실을 밝혔을 때, 이선은 놀란 얼굴이었다.

그리고 그는 아무 말도 하지 않았다. 박정양 대감이 내 아버지라는 사실은 확실히 효과가 컸다. 그 누구도 아버지가 나를 강제로 끌어가는 것을 막지 못했으니까.

난 우체총사에서 멀어지는 마차 안에서 이선이 보이지 않을 때까지 바라보았다. 민우진이 그의 옆에서 계속해서 뭐라고 말하고 있었지만, 이선의 시선은 허공만을 맴돌고 있었다.

"아버지를 좋아하지 않았어. 이선은."

창문을 내다보며 나는 한숨을 내쉬었다.

'그에게 진실을 말할 기회를 놓쳐버리고 말았어…….'

그 뒤로 이선은 무슨 생각을 했을까? 뒤늦게라도 해명을 할 기회를 가졌으면 좋겠지만, 방에 갇힌 내게 허락된 것은 아무것도 없다.

"아가씨."

유모가 조심히 들어오며 주변 눈치를 살폈다. 최근 아버지가 붙여 놓은 하인들이 내 방이 있는 건물 주변을 밤낮으로 지킨다. 아마도 그들은 아버지의 눈과 귀가 되어 내 방에서 흘러 나오는 모든 일을 보고할 생각인 것 같다.

"무슨 소식 있어?"

유모가 집 밖에 다녀온 것을 아는 내가 물었다. 그러자 유모는 한숨부터 길게 내쉰다.

"우체총사에서 일하던 여직원이 고관의 여식이었다는 소문이 파다하죠. 그치만 뭐, 다른 소문에 비하면 아가씨의 소문은 곧 묻힐 것 같지만요."

"소문이 또 있어?"

"네. 우체총사에 황자님이 계신다네요."

난 곧바로 유모를 추궁했다.

"그래서?"

"우체총사에 고관의 여식은 물론이고 황자님까지 일하고 있었다니 누가 믿겠어요? 하나만 가지고도 믿기 어려운데 말이죠. 다행인 건지 그 덕에 곧 아가씨에 관한 소문이 가라앉을 것 같긴 하대요."

"그럴까?"

이선은 그날 아버지에게 끌려가려는 내 앞에 나섰다. 그 일로 그의 신분이 탄로 났다면 그도 더는 우체총사에서 일하지 못하게 되었을까? 유모가 전해주는 말만으로는 궁금증만 더 커질 뿐이다.

당장 우체총사에 가서 이선이든 민우진이든 만나고 싶다. 불가능한 일이라는 건 알지만…….

"정작 아가씨는 아가씨 소문이 걱정이 안 되시는 것 같네요?"

"걱정하고 있어."

"말만 그래 보여요. 어쨌든 대감마님께 빰 한 대 맞긴 했지만 아가씨는 소원 푸셨네요."

"내가 소원을 풀다니?"

"혼인 말이에요. 그 소문이 가라앉을 때까지는 대감마님께서 아가씨 혼사를 어디 가서 꺼내실 수 있겠어요? 소문만 고관의 딸이라고 났지. 아는 사람들은 그 소문의 주인공이 대감마님의 여식이라고 다 알 텐데요, 뭘."

유모의 말은 일리가 있었다. 미국에 다녀오면 곧바로 처리하실 것처럼 말씀했던 내 혼사 문제를 아버지는 꺼내지도 못하셨다. 아마도 소문이 가라앉기만을 기다리고 계시는 것 같았다.

계절은 빠르게 바뀌어 가을이 되었다.

집 대문 옆에 심어진 오래된 은행나무 잎사귀들이 노란색으로 바뀌었다. 은행잎들은 곧 시도 때도 없이 떨어져 온 마당을 뒤덮었다. 하지만 하인들은 은행잎을 쓸지 않았다. 아버지의 지시 때문인 듯싶었는데, 아마도 빗질하는 소리조차도 거슬려 듣고 싶지 않으신 모양이었다.

그리고 얼마 후.

이 은행잎을 지르밟고 등장한 한 신사가 있었다.

"박정양 대감을 뵈러 왔습니다."

민우진이었다.

민우진의 방문은 갑작스러운 것은 아니었던 모양이다. 아버지가 외출하지 않은 시간에 딱 맞추어 찾아온 것을 보면, 아마도 미리 약속을 잡아 방문한 듯싶었다. 그러나 그의 방문을 전혀 예상하지 못했던 나는 궁금해 미칠 것만 같았다. 밤낮으로 내 주변을 지키는 아버지의 하인들 때문에, 그와 아버지가 있는 사랑채 주변은 얼씬도 할 수가 없었다.

"아직도 있어?"

나는 유모가 돌아오자 제일 먼저 민우진에 대해 물었다.

"네. 처음에는 차가 들어가더니 그 다음에는 다과상이 들어갔고요, 이제는 부엌에서 식사 준비까지 해야 하는지 말이 나오던데요?"

"식사까지 한다는 건 분위기가 좋다는 거겠지?"

"다과를 나누고 있다는 자체가 분위기가 좋은 게 아닐까요? 대감마님 성정에 마음에도 안 드는 사람과 다과를 나누시겠어요?"

"예의상 그러실 수도 있잖아."

"그렇긴 하네요."

난 초조한 얼굴로 방 안을 왔다 갔다 하며 안절부절 못했다.

"더? 더 알아본 건 없어? 무슨 말을 주고받는데?"

"주변에는 대감마님 하인들만 있어서 쇤네는 얼씬도 못해요. 그러니 무슨 대화가 오가는지 어찌 알겠어요?"

"하인들을 찔러보면 되잖아."

"쇤네가 알게 되면 바로 아가씨에게 고해바칠 걸 다 아는데 누가 입을 열겠어요?"

"아휴. 답답해! 대체 사랑채에서 무슨 일이 있는 거야?"

"무슨 대화가 오가는지는 몰라도 한 가지는 확실하죠."

"그게 뭔데?"

"아가씨에 관한 내용이겠죠. 우체총사의 사장님께서 전혀 왕래가 없던 대감마님을 찾아와서 할 말이 뭐가 있겠어요?"

"그렇긴 하겠지……."

혹시 나 때문에 민우진이 아버지께 사과라도 하는 걸까? 아니다. 아버지가 사과를 할 수도 있다. 부친의 허락도 없이 우체총사에 찾아가 여직원이 되어 이리저리 사고 친 딸에 대한 사과.

이른 오후부터 시작된 만남은 늦은 오후가 되어서도 끝나지 않았다. 결국 나는 한 번 더 유모를 염탐 보내고 창가에 앉았다. 담에 가려 보이지도 않는 사랑채 쪽에 하릴없이 눈길만 주고 있던 참이었다.

끼익…….

바깥채와 안채를 연결해주는 문이 조심스럽게 열리는 소리가 났다. 당연히 유모가 돌아왔다고 여긴 나는 투덜거리며 목소리를 냈다.

"유모! 어떻게 된 거야? 알아봤어?"

하지만 들어온 사람은 유모가 아니었다. 방문객은 창가에 앉아있는 나를 보자 쓰고 있던 모자를 벗어 얼굴을 드러냈다.

"민 사장님?"

나와 눈이 마주친 민우진은 그대로 걸음을 멈췄다. 멀지도 가깝지도 않은 거리에서 날 보며 그는 입가에 미소를 살짝 머금었다.

"다행히도 건강해 보이는군. 미우."

"어떻게 여기에……."

남자는 못 들어오는 곳이다. 더욱이 외간 사내는 절대 발길을 들여서는 안 되는 그런 곳, 안채.

"알고 있어. 그래서 너와 나의 거리는 여기까지겠지."

그는 자신의 말대로 문 앞에서 더는 한 발도 움직이지 않았다.

"하지만 걱정하지 않아도 돼. 가기 전에 널 잠시만 만나게 해달라고 청을 드려 허락을 받고 온 거니까."

"아버지에게요?"

"그래. 그리고 내일부터 다시 우체총사에 출근하도록. 박정양 대감께서 허락하셨으니까."

나는 믿을 수가 없어 두 눈을 깜빡였다.

"정말이에요? 아버지가 우체총사에 출근하는 걸 허락하셨다고요?"

민우진이 고개를 끄덕이며 웃는다.

"난 거짓말을 하지 않아."

"그게 아니라 믿을 수가 없어서……."

그런데 이상하게도 이 순간에 제일 먼저 떠오르는 건 이선이었다. 그에게 사과하고 오해를 풀 수 있는 기회가 찾아왔다는 것이 기쁘기만 했다.

"그럼, 내일 보자고."

그는 오래 머물 생각이 없는 듯 벗었던 모자를 다시 썼다. 그리고 그대로 돌아서려다가 잠시 멈칫하고는 나를 보며 말했다.

"어찌 보면 이게 당연한 거리인데……."

"네?"

"우리 사이. 박정양 대감의 여식인 미우 너와 민상호 대감의 아들인 나. 그런데 이제는 이 거리가 내게 너무나도 낯설게 느껴지는군."

그의 말대로다. 만약 서로의 진짜 신분대로 만났다면, 지금처럼 거리를 두고 서야 하는 것이 옳은 것이었다. 그러나 우리는 처음부터 너무 가까운 거리에서 시작했다. 사장과 직원이라는…….

그가 어색한 웃음을 지으며 날 응시한다.

"그럼 내일 보자고, 미우."

돌아서려는 그에게 내가 물었다.

"이선은요?"

이선에 대한 물음에 그의 표정이 딱딱하게 변했다.

"황자의 유희는 모두 끝났다. 이제 이선이 완친왕이라는 사실을 모두 알게 되었으니까."

"저 때문인가요?"

"어차피 언젠가는 밝혀질 일이었어. 어쨌든 네 소문과 맞물려 이선에 대한 소문은 조용히 묻혀가고 있고, 그는 우체총사에 다시는 오지 못할 거야."

"그가 나에 대해 아무 말도 없었나요? 그는 나의 신분을 전혀 몰랐거든요."

내가 이선에 대해 물을수록 민우진의 표정은 점점 더 굳어가고 있었다. 그는 더 이상 답하고 싶지 않다는 투로 내게 답했다.

"글쎄, 나도 그날 이후로 이선을 만난 적이 없어서."

이 말을 끝으로 민우진은 떠났다.

우체총사에 복귀하는 날은 마치 처음 출근하던 날의 기분과 똑같았다. 설렘과 두근거림을 안고 들어서자, 바쁘게 움직이던 직원들의 움직임이 일순간 멈춘다.

전처럼 내게 반갑게 인사를 건네는 직원들은 없었다. 다들 눈치를 보며 나와 거리를 두는 것 같은 느낌이 들었다. 그러나 그것은 아주 잠시였다.

"미우!"

강 주사가 제일 먼저 나를 부르며 반갑게 다가왔다. 그러자 슬슬 눈치를 살피던 직원들도 하나둘씩 다가와 나를 에워싸고 말을 걸었다.

"지난번 평양에서의 활약은 들었어! 네가 민 사장님을 구하는 데 큰 공을 세웠다며?"

"그나저나 정말 박정양 대감은 대단한 여식을 두셨다. 너 지금 장안의 화제인 거 알아?"

"네가 복귀했으니 이제 소문이 기정사실이 되겠네. 하하!"

"그나저나 박정양 대감께서 어찌 귀한 무남독녀가 일을 하는 것을 허락하신 거래?"

직원들의 쏟아지는 질문을 들으며 나는 어색한 웃음을 흘렸다.

"민 사장님이 찾아오셔서 허락을 해주신 것 같아요."

"민 사장님이 직접 가셨다고?"

"우와! 미우 대단한 능력을 가진 직원이었나 보네. 민 사장님이 직접 가서 허락받고 데려오다니 말이야."

"하긴, 민 사장님이 직접 부탁하는데 제 아무리 박정양 대감이라도 별 수 있겠어? 민 사장님의 뒤에는 민상호 총판대감도 계시잖아."

"그런데 이선은 다신 못 오는 거겠지?"

갑작스레 이선의 이야기가 나오자 밝기만 하던 직원들의 목소리가 낮아진다.

"늘 웃으며 열심히 일하던 녀석이었는데……."

"쉿. 전하야. 녀석이라니? 함부로 이야기하지 않는 게 좋아."

"그런가? 여전히 믿기지 않는걸. 게다가 그 녀석, 아니 그분의 빈자리가 이렇게 클 줄 몰랐지."

"근데 넌 녀석이 완친왕 전하라는 걸 전혀 눈치채지 못한 거야?"

그때 강 주사가 직원들 대화 속에 끼어들었다.

"그만 하고 다들 일하러 가! 어서!"

강 주사가 직원들을 헤쳐 놓자 다들 뿔뿔이 흩어졌다. 그 사이에 서 있던 나는 직원들 뒤에 조용히 서서 나를 바라보고 있던 손탁을 발견했다.

"마담 손탁?"

그녀가 웃으며 내게 인사를 건넸다.

"반가워요, 오랜만이네요 미우. 아니지, 미우 아가씨. 이젠 그렇게 불러야 하겠죠?"

내 사무실로 자리를 옮긴 뒤 우리는 차를 나눴다.

"소문을 듣고 찾아왔어요."

"벌써 소문이 그렇게 났나요?"

"높으신 분들은 대부분 알아요. 듣고도 믿지 못하시는 분들이 더 많지만요."

"무엇을요?"

"고지식하기로 소문난 박정양 대감께서 자신의 딸을, 그것도 무남독녀를 집밖에서 일하게 하셨으니 말이에요. 폐하께서 오늘 아침 조회에서 이 일을 두고 크게 칭찬을 하셨나 봐요. 칭찬을 듣는 박정양 대감의 표정은 밝지 않았다고 하지만."

아버지가 지은 표정까지도 모두 알고 있는 손탁은 정말 대단한 여성이 틀림없다. 단순히 궁궐을 자주 출입한다고 해서 들을 수 있는 정보를 벗어난 것 같으니까.

"오늘이요?"

"예. 오늘 아침에 부친을 뵙지 못했나요?"

"아침에……."

아버지는 새벽부터 입궐하셨다. 밤낮으로 나를 감시하던 하인들이 사라진 것을 보지 않았더라면, 어제 찾아온 민우진의 말도 믿지 못했을 것이다. 어쨌든 난 우체총사에 출근했고 무사히 하루를 시작했다.

"일찍 입궐하셔서 뵙진 못했어요."

"그랬군요."

별 대수롭지 않게 내 말을 넘겨들은 손탁이 차 한 모금을 마신 후 말을 이었다.

"난 미우 아가씨를 프랑스 공사관 연회에서 처음 보았을 때부터 상당히 교양이 있는 아가씨라고 여겼어요. 그렇지만 박정양 대감의 여식일 줄은 상상도 못했죠. 소문은 틀린 게 더 많은 것 같아요. 박정양 대감은 상당히 보수적인 분으로 알려졌는데, 의외로 그분이 이런 큰 결정을 하실 만큼 개방적인 사고방식을 가지고 계시다는 걸 알게 되었으니까요. 어쨌든 축하해요."

"고맙습니다."

감사의 인사를 건넨 나는 새삼스레 그녀를 다시 보았다. 오늘 아침 조회에서 아버지에게 일어난 일까지 알고 있다면, 이선에 대해서도 무언가 알고 있을 거라는 생각이 든 것이다.

"혹시 완친왕 전하에 대한 소문도 들으신 것이 있나요?"

"완친왕 전하……."

그녀가 묘한 웃음을 흘리며 입가에 가져다 대었던 찻잔을 도로 내려놓았다.

"그분은 얼마 전 불미스러운 스캔들의 주인공이 된 이후에 모습을 감추신 것 같더군요."

"불미스러운 스캔들이요?"

"그분이 신분을 감춘 채 우체총사에서 일한다는 소문이죠. 이 나라에서는 그런 일이 황족의 체면을 깎는 행동이라고 여기는 것 같더군요. 다들 쉬쉬하는 것이 마치 그 소문을 진짜로 있었던 일처럼 취급하는 것 같았지만 말이에요."

그녀는 내 당황한 표정을 놓치지 않으면서 말을 이어나갔다.

"그분의 안부를 물으면 모두들 잘 지낸다 말해요. 하지만 그건 그분의 입에서 나오는 말이 아닌, 주변 사람들이 하는 말에 불과해요."

아리송한 대답이었다. 손탁도 이선에 대한 확실한 정보를 얻지 못한 걸까? 여러 의문 속에서 작은 상심을 내보인 채 고민에 휩싸인 내 얼굴을 보며 손탁이 말을 덧붙였다.

"제가 아는 그분은 궁궐에서 유일하게 진실한 미소를 짓는 황족이시죠."

내 눈에 힘이 실렸다. 손탁은 이선을 제대로 본 것이 확실하다. 내가 본 그도 그랬다. 어쩌면 그를 만난 모든 이들의 평가가 한결같을지도 모른다.

그는 진실한 사람이었다. 그리고 난 그 진실한 사람을 속인 사람이다. 그는 내가 그 동안 신분을 속인 채 자신을 놀렸다고 생각하고 있을지도 모른다.

마음이 무거워진다.

그날 오후, 난 헨리를 만나기 위해 전보국을 찾았다. 그는 여전히 목발을 짚고 서 있었지만, 전보다는 걷는 것이 상당히 나아져 있었다.

"미우."

그는 이미 내가 왔다는 소식을 들었는지 웃으며 나를 반겼다.

"일이 많이 밀렸을 텐데 저를 만나러 올 시간이 있었나요?"

"최대한 빨리 끝내고 왔죠. 그런데 다리가……. 아직도 목발을 짚어야 하나요?"

"후유증이라고 할까요. 미국인 의사는 심리적인 요인이 더 크다고 하더군요."

여기까지 말한 후 그는 내 귓가에 대고 다른 직원들이 듣지 못하게 속삭인다.

"제겐 영광의 상처입니다. 어쨌든 목발을 짚으면 사람들이 이유를 물어오고 전 그때마다 사무라이와 싸우다 다쳤다고 말해주니까요."

"거짓말은 아니네요."

"그렇죠."

그와 함께 전보국을 나온 나는 전무학당에 있는 그의 사무실을 향해 걷기 시작했다.

"예전에 대충 듣긴 했지만 이번에 자세히 알게 되었습니다."

"무엇을요?"

"마드모아젤, 당신의 부친이 상당히 높으신 분이더군요. 이제 높은 곳에 있는 고귀한 아가씨라는 걸 알게 되었으니, 당신을 바라보는 게 조금 힘들어지겠군요. 제게는 무척이나 슬픈 일입니다."

그가 장난스럽게 울상을 짓는다. 난 그런 그를 보고 킥킥거리며 웃다가 이선이 떠올라 한순간에 표정이 가라앉았다. 이를 본 헨리가 의아한 얼굴을 했다.

"미우?"

난 잠시 걸음을 멈추고 헨리에게 물었다.

"헨리. 이선을 최근에 만난 적이 있나요?"

"평양에서 돌아온 이후로 전혀요. 무슨 일이 있습니까?"

"민 사장님은 그가 신분이 들통나서 더는 우체총사에 나올 수 없을 것처럼 말했어요."

"알고 있습니다. 우체총사에서 일하던 신입직원 이선이 완친왕이었다는 사실을 이제 모두가 알게 되었지요."

"전 그를 만나야 해요. 할 말이 있어요. 헨리는 그를 만날 수 있는 방법이 없나요? 만나서 내가 그를 꼭 한번 만나고 싶다는 말을 전해 줄 순 없나요?"

헨리가 심각한 표정으로 입을 열었다.

"이선과 내가 친구인 것은 사실입니다. 그러나 그가 나를 먼저 찾아오기 전에는 나는 그를 만날 수가 없습니다. 과거에 그가 매일 우체총사에 출근하던 때는 그를 만나는 데 문제가 전혀 없었습니다. 하지만 이제는 그와 우리의 차이를 알아야겠지요."

'우리.'

헨리는 이선과의 차이를 두고 나를 자신과 묶어 '우리'라고 표현한다. 농담이라도 내가 고귀한 아가씨라고 말하던 헨리였다. 그런 헨리에게도 이선은 나보다 훨씬 더 높은 곳에 있는 존재인 것이다.

실망한 표정을 짓는 나를 보며 헨리가 위로하듯 말한다.

"얼마 전 그에게 전화를 했었습니다."

내 눈이 번쩍 뜨였다.

"이선에게 전화를 했다고요?"

"궁궐로요. 하지만 나인들은 그가 내 전화를 받고 싶지 않아 한다고 하더군요. 그게 진실인지 아닌지는 모릅니다. 하지만 미우, 그에게 시간을 줘요. 내가 아는 그라면 반드시 웃으면서 나타날 테니까."

내 마음은 더욱 무거워진다.

그가 웃으면서 돌아온다는 것은 헨리에게만 해당하는 말이다. 난 그를 속였다. 그러니 그가 다시 내 앞에 나타날지도, 또 나를 보고 웃을지 웃지 않을지도, 지금으로써는 아무것도 확신할 수가 없었다.

며칠이 지났다.

평소같이 우체총사에 출근한 나는 바쁘게 업무를 처리하다가 우연히 우편 분류실 앞을 지나쳤다. 그리고 발걸음이 되돌아가더니, 잠시 후 난 우편 분류실 안을 쳐다보며 서 있었다.

이선의 소식은 더 이상 아무것도 들려오지 않는다. 소문이 수그러지는 것과 함께 완친왕 이선의 존재는 그렇게 조용히 잊혀지는 듯하다. 그러나 난 우편 분류실 앞을 지나갈 때면, 여전히 그가 그곳에서 일하는 모습을 볼 수 있을 것이라는 착각에 빠져들곤 한다. 그가 다시는 이곳으로 돌아올 수 없다는 사실을 알면서도 말이다.

헨리가 말한 그와 나의 차이가 바로 이것인지도 모른다. 여성이면서 궁내부 특진관 박정양 대감의 여식인 나도 우체총사에 돌아올 수 있었지만, 황자의 신분을 가진 그는 이곳에 돌아올 수 없는 것이다.

한참 우편 분류실을 바라보던 내가 돌아섰을 때였다. 가까운 곳에서 나를 지켜보고 있던 민우진과 시선이 맞부닥뜨렸다.

"우편 분류실에 네가 도와줄 일이 있었나?"

"아니요."

"그러면 왜 그곳을 보고 있었지?"

"그건……."

그러나 이미 민우진은 답을 알고 있었던 것 같다.

"그러고 한가하게 보낼 시간이 있다면 서둘러 사무실로 돌아가. 오늘도 여성 고객들이 줄을 섰으니까."

이 말을 하고서 그는 그대로 나를 지나쳐갔다. 난 그의 등에 대고 말했다.

"궁궐에 가고 싶어요!"

나 스스로 말하고도 놀랐다.

민우진이 걸음을 멈추고 고개를 돌려 나를 쳐다본다.

"뭐라고?"

"궁궐에 갈 수 있는 방법이 없을까요?"

"어째서?"

이미 답을 알고 있는 그를 속일 이유는 없다.

"이선 때문에요."

그는 그럴 줄 알았다는 듯 짧게 코웃음 치며 말한다.

"그건 박정양 대감께 부탁하는 게 빠르겠군."

"그랬다가 자칫 간신히 허락받은 우체총사 일까지 그만두라고 하시면요?"

민우진이 멈칫하며 그 자리에 섰다. 그러더니 그가 가려던 길을 되돌아와 내 앞에 섰다. 그리고 내게 타이르듯 부드럽게 말한다.

"그 녀석은 다신 우체총사로 돌아오지 않아. 돌아올 수가 없지. 황자의 신분이 드러난 이상 더는 우체총사에서 예전처럼 일하는 건 불가능해."

"전 가능했잖아요. 제가 아버지께 허락을 받은 것처럼 이선도 폐하께서 허락을 하시면……."

"미우."

그가 안경을 슬쩍 올리며 내 이름을 불렀다.

"혹시 박정양 대감께 아무 말도 듣지 못했어?"

"네? 무엇을요?"

그가 머뭇거리더니 길게 콧바람을 내쉰다.

"아무것도 아니야. 어쨌든 지난 평양에서의 사건으로 이선은 상당히 난처한 입장이 되었어. 사람들의 눈에 띄지 않게 유희나 즐기며 사는 황자로만 여겨졌는데, 그가 평양 군수를 해임하고 도적들을 소탕한 일이 알려지면서 각국 공사들은 물론이고 대신들에게도 주목을 받게 되었으니까. 그러니 당분간은 소리 없이 근신해야만 할 거야. 근신이 풀려도 우체총사로는 못 돌아오고. 그러니 돌아오라는 말을 하러 만나려는 거라면…….”

“돌아오라는 말을 하려고 그러는 게 아니에요. 그에게 사과하고 싶어서 그래요.”

“사과?”

“전 거짓말을 했어요. 그를 속였어요. 그는 제게 늘 솔직했는데…….”

내 마음을 무겁게 짓누르는 속사정을 털어놓는데도 민우진은 별대수롭지 않다는 듯 말한다.

“박정양 대감의 여식이라는 사실을 숨긴 것 말인가? 만약 그가 네게 속았다고 크게 화라도 났다면 벌을 내렸겠지. 그러니 더는 신경쓰지 말도록. 잠시 우리와 함께 일을 했다고 해서 그가 우리와 어울릴 수 있는 사람은 아니었으니까.”

맞는 말이다. 하지만 마음이 무거운 것은 여전하다. 그리고 이 마음은 그를 만나 풀기 전까지는 절대 편해지지 않으리라는 걸 잘 안다. 힘없이 울상 짓는 내 얼굴을 본 민우진이 길게 한숨을 내쉬더니 입을 열었다.

“궁궐까지는 데려가 주지.”

예상치 못한 민우진의 말에 난 눈을 크게 떴다.

“네? 정말요?”

“하지만 그가 널 만나지 않겠다고 한다면 나도 그 이상 나도 할 수 있는 건 없어.”

이선을 만나기 위해서는 그의 소재를 파악하는 것이 급선무였다. 하지만 이선이 어디에 있는지 아는 사람은 없었다. 안다고 하더라도 알려주는 사람이 없었다. 그가 평양에 다녀온 일로, 또 다녀온 후 우체총사에서 일을 하고 있었다는 사실이 들통난 이후 이선은 말 그대로 잠적했기 때문이었다. 단지 그가 한성에 있다는 사실 하나만 확실한 상황에서, 민우진은 제일 먼저 이영효 비서관에게 연락한 것 같았다. 며칠 후 이 비서관이 우체총사를 찾아와 민우진을 만나고 갔다. 그 후로도 계속 날이 흘렀다. 어느 날 아침, 전보를 한 통 받은 민우진이 내 사무실을 찾아왔다.

"지금 퇴근하도록 하지."

난 직감적으로 이선을 만나러 간다는 걸 깨닫고는 외투를 챙겨 그의 뒤를 따라 나섰다. 밖에는 그가 미리 준비시킨 마차가 우리를 기다리고 있었다.

"타."

그는 내가 마차에 타자마자 재빨리 마차를 출발시켰다. 난 급하게 나오느라 제대로 여미지도 못한 외투를 고쳐 입으며 그에게 물었다.

"어디로 가는 거죠?"

"경복궁."

나인 수가 절반으로 준 경복궁은 한산하기만 했다. 폐하께서 경운궁으로 옮기신 지도 여러 날이 지났고 황태자는 창덕궁에서 지내고 있었기 때문이었다. 제국의 큰 행사가 열리는 날이 아니라면 경복궁은 사실상 빈 상태라고 보는 게 더 맞았다.

"여긴 어쩐 일이시옵니까?"

그런 경복궁을 지켜온 상궁이 우리를 맞으며 상당히 날카로운 시선을 보낸다. 하지만 민우진은 무표정으로 맞서며 그녀에게 물었다.

"완친왕 전하를 뵈러 왔습니다."

상궁은 담담한 태도로 민우진에게 대답했다.

"완친왕께서는 이곳에 계시지 않습니다."

민우진은 그럴 줄 알았다는 듯 침착하게 말했다.

"이영효 비서관에게 직접 듣고 찾아온 길입니다. 이곳에 계시다는 것을 알고 왔으니, 저희가 왔다는 사실만이라도 전해주십시오. 전하께서 뵙지 않으시겠다면 돌아가겠습니다."

상궁은 나와 민우진을 번갈아 보더니 옆에 있던 나인에게 귓속말로 무언가를 지시했다. 나인이 사라지고 상궁마저 나가버리자 우리는 응접실로 사용되는 전각에 남겨졌다.

둘만 남게 되자 난 이곳까지 올 수 있도록 도와준 민우진에게 감사의 인사를 건넸다.

"고마워요."

그는 한동안 내 얼굴을 응시하다가 뒤늦게 입을 열었다.

"무엇이 고마운 거지?"

"궁궐까지 오게 해준 거요. 그리고 이선을 만날 수 있게 도와준 거요."

"미우……."

그가 말끝을 흐린다. 내게 무언가 묻고 싶은 말이 있는 것 같은데, 쉽게 꺼내지는 못하고 있다. 어떻게 보면 내가 지금까지 알던 그와는 조금은 다른 모습이다.

"네?"

"이선의 성품은 나도 어느 정도 알고 있다. 지금까지 그가 너에게 호의를 베풀었다면, 그건 어디까지나 우체총사의 유일한 여직원에 대한 호의였다고 생각한다. 아니, 그렇게 생각하고 싶다."

"무슨 말을 하고 싶은 거죠?"

그가 깊은 숨을 내쉬었다. 언뜻 긴장감을 숨기려는 의도로도 보였다. 내게 하려는 말이 무엇인지 그는 상당히 예민해져 있었다.

"이선은 평양에 나타날 이유가 없었어. 더욱이 신분을 드러내면서까지 말이야. 그가 무리해서까지 평양에 온 것이 모두 너 하나 때문이라는 생각이 들었다면……. 나의 지나친 억측인 걸까?"

그는 나와 이선의 사이를 지나칠 정도로 주의 깊게 살피는 것 같다. 우체총사의 일 외에는 그 어떤 일에도 관심을 두지 않던 그가 말이다.

"이선이 평양에 온 이유는……."

난 이미 답을 알고 있다. 이선에게 직접 들었으니까. 그러나 이 답을 민우진에게 말하기에는 이선과 나 사이에 쌓인 이야기들이 너무나도 길었다.

"참서관 나으리."

그때, 상궁이 들어왔다. 내게 꽂혀있던 민우진의 시선이 상궁을 향했다. 상궁은 정중히 고개를 숙이며 우리를 향해 말했다.

"전하께서 뵙지 않으시겠다고 하시옵니다."

나는 상궁에게 다가가 말했다.

"정말인가요? 정말 뵙지 않으시겠다고 하셨어요?"

"예. 그렇사옵니다."

"제가 왔다고 말씀드렸나요? 우체총사에서 일하는 미우가요……."

상궁은 내 얼굴을 흘깃 보며 대답했다.

"예."

당황한 내 뒤로 민우진이 다가왔다.

"그만 돌아가자. 전하께서는 아무도 뵙지 않으시는 것 같으니까."

상궁은 우리들이 곧 응접실을 나갈 것이라 여겼는지 다시 우리를 두고 나가버렸다. 나는 민우진을 돌아보며 말했다.

"나인들의 말을 곧이곧대로 믿을 수가 없어요. 그들이 제대로 전했는지도 의문인걸요. 미륜사도 그랬어요, 미륜사가 전화를 했는데 이선이 받지 않겠다고 했다고 나인들이 말했대요. 하지만 이선이 미륜사의 전화를 피할 이유가 없잖아요? 나인들이 그에게 사실대로 전하지 않은 게 아닐까요?"

"미우, 진정해."

흥분한 나를 민우진의 두 팔이 붙들었다.

"왜 이선의 일에는 이토록 흥분하는 거지?"

"전……!"

"그만하고 돌아가자."

민우진은 한 번 더 나를 설득했지만 난 받아들일 수가 없었다.

"이게 마지막이라면 꼭 그를 만나고 싶어요. 이대로 돌아가면 영영 만나지 못할 수도 있잖아요."

"상궁의 말이 거짓이든 진실이든 이 넓은 경복궁에서 그를 찾아낼 방법은 없어. 그 전에 우리는 금세 눈에 띄어 궁궐 밖으로 쫓겨날 테니까."

그의 말을 듣다가 내 머리를 스치는 한 가지 방법이 있었다.

"아예 방법이 없는 건 아니죠. 눈에 띄더라도 탄로만 나지 않으면 될 테니까요."

생전 처음으로 들어온 경복궁이었다. 민우진의 도움으로 나인의 옷을 구해 입은 나는 이선을 찾아 경복궁을 헤맸다. 경회루 앞에서 길을 잃고 서성이는데, 지나가던 내관이 나를 발견하고는 다가왔다. 그는 의심스런 눈초리로 나를 쳐다보며 물었다.

"처음 보는 나인인데 어디 소속이냐?"

나는 서둘러 고개를 숙이며 대답했다.

"경운궁에서 왔습니다! 여, 영보당 마마의 명으로 완친왕 전하께 전할 서신이 있어서……."

"완친왕 전하께?"

완친왕이 경복궁에 머물고 있다는 사실 자체가 비밀인 상황이었다. 이 와중에 영보당 마마라면 당연히 아들이 어디에 있는지 알고 궁녀를 보냈을 것이라고 생각했는지 내관이 고개를 끄덕이며 순순히 답을 해주었다.

"조금 전까지 향원지에 계시는 것을 보았으니, 이 길을 따라 쭉 가보거라. 그곳에 계신 전하를 뵐 수 있을 터이니."

"예. 알겠습니다."

내관이 가르쳐준 곳으로 향하자 몇 개의 문을 지나 큰 연못이 보였다. 연못 한가운데에는 2층으로 된 누각이 세워져 있었고, 그 누각으로 연결하는 나무다리도 보였다.

연못 가까이로 다가가자, 못가의 돌을 깎아 만든 의자에 걸터앉아 물고기에게 먹이를 주고 있는 이선이 눈에 들어왔다. 다행히 그는 혼자였다. 표정이 상당히 어두웠다. 나는 조심히 그의 곁으로 다가가 그와 몇 발자국만 남긴 채 자리에 섰다. 그는 여전히 연못에 물고기 먹이를 던지고 있었다.

난 그가 겨우 들을 수 있을 정도의 아주 작은 목소리로 그를 불렀다.

"전하."

그는 잠시 연못에 비친 내 모습에 눈길을 던졌지만, 궁궐 나인의 옷차림이라 알아보지 못했는지 손을 멈추지 않은 채 시큰둥하게 묻는다.

"무슨 일이지."

이번에 나는 조금 더 소리를 크게 내어 그에게 말했다.

"미우예요."

그가 하던 행동을 멈추고는 내가 있는 곳을 향해 고개를 돌린다. 그제야 나를 알아본 그의 눈이 커졌다.

"제가 왔어요. 전하."

나를 보고 놀란 듯했던 그의 얼굴에서 순식간에 표정이 사라진다. 그는 내게서 고개를 돌려 아무 일도 없었다는 듯 다시 물고기에게 먹이를 던져준다. 그러나 조금 전과 달리 그의 손에는 힘이 실려있다.

'화난 걸까?'

손에 들린 먹이가 모두 떨어지자 이선이 무뚝뚝한 목소리로 입을 열었다.

"미우 네가 박정양 대감의 여식이란 사실을 민우진은 알고 있더군."

일부러 그를 속이려고 한 것은 아니다. 단지 상황이 그랬을 뿐 언젠가는 이선에게 모두 말하려고 했다. 단지 그 시기가 오기 전에 그가 먼저 알아버렸고, 결과적으로 내가 그를 속인 게 되어버렸지만.

이선이 자리에서 일어섰다.

"대체 무엇 때문이었어? 우체총사에서 일하기 위해 신분을 숨겨야 했다는 건 이해할 수 있어. 하지만 내게는 다른 사람들보다는 일찍 말해줄 수 있었잖아."

그의 말투에서 섭섭함이 느껴진다. 무언가 우리 사이에는 장벽이 놓여있었다. 하지만 그것은 그가 지금 얘기하는 신분이라는 장벽이 아니었다. 당연했지만 잊어버리고 있던 남녀라는 장벽도 아니었다.

우리는 입 밖으로 말할 수 없는 그 무언가를 가운데 두고 있다. 그 존재를 애써 무시하며, 서로가 가운데에서 만나지 못하는 이유가 바로 그것 때문이라는 것을 인정하지 않으려고 한다. 그렇게 그 무엇을 가운데 두고 계속 우리는 헛바퀴를 돌고 있는 것이다.

대답하지 않는 나를 보며 이선이 중얼거렸다.

"내 청혼이…… 부담스러웠나? 후궁이 아니라 친왕비가 되고 싶었다면, 네 신분이 누구인지만 말해줬어도 됐었어. 아니지, 오히려 난 네가 박정양 대감의 여식이라는 걸 알았더라면 기뻤을 거야. 그래서 당장 혼담을……."

그는 스스로 내린 답을 가지고 내게서 돌아섰다. 그의 뒷모습을 바라보면서, 어쩌면 이제 더는 그를 영영 볼 수 없을지도 모른다는 생각이 들었다.

난 그의 등 뒤에 대고 입을 열었다.

"처음에는…… 우체총사에서 일하지 못하게 될까 봐 두려웠어요."

그의 걸음이 멈췄다.

"전하는 친왕이시잖아요. 친왕이 원하는 여인이 있다는데……. 제가 전하가 싫다, 좋다 말할 자격도 없죠. 전하는 모르세요. 시집갈 때까지 단 한 발짝도 집밖을 나올 수 없는 명문가 규수들의 삶을요. 우체총사에서 일할 때만큼은 신분과 상관없이 정말 행복했어요."

그러나 그곳에서 난 이선을 만났다. 그는 내게 또 다른 행복을 느끼게 해준 사람이다.

"미우. 도대체 네가 바라는 게 무엇이야? 우체총사에 남길 바라는 거야? 그거라면 내가……."

“전하의 후궁이라면 가능할지 몰라요. 하지만 친왕비라면…… 어렵겠죠.”

내가 그와 완전히 엮이지 않았기에 자유로운 것이다. 완전히 그의 여인이 된다면 나는 내가 그토록 피하고 싶었던 담벼락 안 규방 여인의 삶으로 돌아가야 할 것이다. 내가 상상했던 것보다도 훨씬 두터운, 궁궐이라는 담벼락 안으로. 이것은 내가 이선을 어떻게 생각하는지와는 별개의 문제다.

“미우 네게 마지막으로 한 가지만 묻겠어.”

나는 무겁게 침을 삼켰다.

“네 마음은 무엇이지? 나를…… 사랑해?”

“……!”

만약 그가 좋아하느냐고 물었다면 그렇다고 대답했을 것이다. 하지만 태어나 한 번도 어떤 남자에게 사랑한다는 감정을 가져본 적이 없는 나는 솔직한 대답을 할 수가 없었다.

망설이는 나를 가만히 지켜보던 이선은 쓴웃음을 남기며 연못가를 떠났다.

크리스마스의 청혼

우체총사로 반가운 손님이 찾아왔다.

"미우야!"

현주는 사무실 안으로 들어오자마자 두 팔로 나를 와락 끌어안는다.

"어떻게 알고 온 거야?"

"어떻게 알기는? 너 너무하다! 집에서 풀려났으면 얘기를 해줘야지."

"얼마 안 됐어……."

"그래서? 얼마 안 됐다고 연락도 안 줘? 우체총사에 일하는 애가? 일하면서 농땡이 피울 때 편지라도 써서 보내지 그랬어? 아니면 전보라도 보내든지. 전보국도 바로 옆이잖아? '나 박미우. 지금 당당히 우체총사에서 일하고 있다!'라고 그 몇 자를 써서 못 보내니?"

난 멋쩍은 웃음을 지었다.

"그나저나 어떻게 온 거야?"

"오늘 쉬는 날이라 네 집에 갔지. 이번에도 네 아버지가 널 못 만나게 하시면 담장이라도 넘으려고 그랬어. 그런데 유모 말이 네가 우체총사에 출근했다지 뭐야? 정말 믿을 수가 없어서 몇 번이나 물어봤는지 몰라. 아니, 그래서 내가 직접 확인하려고 온 거야."

"이제 봤으면 됐지?"

난 그녀를 의자로 안내했다. 현주는 자리에 앉아서도 펄쩍펄쩍 뛰어다닐 듯 흥분해서 연신 소리를 높였다.

"계절이 바뀌도록 너를 집에 가둬두시던 아버지가 대체 무슨 바람이 불어서 허락해주셨대?"

난 현주를 위해 차를 준비하며 대답했다.

"민 사장님 덕이지. 집까지 찾아와서 아버지를 만나 뵙고 허락을 받아내셨거든."

"민우진 사장?"

찻잔을 받아드는 현주의 시선이 내 얼굴에 꽂힌다. 난 일부러 현주의 시선을 피하며 그녀와 마주 앉아 찻잔을 들었다. 갓 끓인 찻물은 매우 뜨거웠다. 일부러 호호 불어가며 식혀서 마시려는데, 현주는 그 짧은 시간조차 아까운 모양이다.

"이제 너에게 물어볼 때가 되었네!"

"뭘?"

"몇 달 전부터 돌았던 우체총사와 관련된 소문 말이야. 일단 네 소문은 사실로 드러났고."

현주가 활짝 펼친 오른손에서 한 손가락을 접었다. 난 남은 네 손가락을 보며 현주에게 말했다.

"소문이 다섯 개나 돼?"

"다섯 개면 적은 편이다. 항간에 네 소문만 열 개가 넘으니까."

"나와 관련된 소문이 열 개가 넘는다고?"

나도 유모를 통해, 또 우체총사로 복귀한 후 직원들을 통해 들은 말들이 있다. 그러나 대부분은 다 거기서 거기인 소문들이었다. 고관의 딸이더라, 숨겨진 폐하의 공주더라, 사실 친왕비 후보인데 후궁마마들이 엄한 교육을 시키려고 우체총사에 보낸 것이더라……. 뭐, 소문을 내는 사람들조차도 믿지 않을 황당무계한 이야기들이라 사그라든지 오래였다. 단지 고관의 여식이 우체총사에서 여직원으로 일하고 있다는 것만큼은 사실로 받아들여지는 분위기였다. 곁가지로, 고관이 귀한 딸에게 여직원을 시킬 리가 없으니 첩 소생의 여식이라는 소문이 추가된 정도.

"열 개면 적은 줄 알아. 여하튼 내가 궁금한 건 나도 알고 있는 너에 관한 소문은 아니야."

"그럼?"

"완친왕."

"완친왕?"

"그래! 완친왕 전하께서 변복을 하고 이곳에서 우체총사 직원으로 일을 하셨대! 너 아는 거 있니? 아니지! 너도 나랑 같이 경운궁에서 전하를 뵈었잖아? 그러니까 전하가 이곳에서 일하셨다면 너도 당연히 얼굴을……."

흥분해서 말하던 현주가 갑자기 진이 빠진 표정으로 바뀌었다.

"맞아. 네가 봤으면 봤다고 내게 말을 안 해줄 리가 없지. 그런데 넌 그런 말을 한 적이 없으니까 소문이었나 보네."

실망한 현주의 얼굴을 보며 난 어색한 웃음만 지었다. 다행히 현주는 내 표정에 전혀 관심이 없어 보였다.

"여기 들어오면서 직원들을 다 일일이 붙잡고 물어봤거든? 완친왕 전하와 관련된 소문에 대해서 말이야. 그런데 아무도 대답 안 하고, 피하고, 그런 일 없다고 하고……. 흐음. 너무 아니라고 하면 의심 가잖아? 뭐 밖에서는 다들, 네 소문이 사실로 드러났으니 완친왕 전하와 관련된 소문은 가짜일 거라고 하긴 하더라. 소문은 둘 중 하나만 사실일 테니까 말이야. 궁궐에서도 박정양 대감이 네가 여기서 일하는 사실을 덮으려고 허위로 완친왕 전하와 관련된 소문을 낸 것이라고 생각하던데."

"궁궐에서도?"

"응. 완친왕 전하가 워낙 밖으로 드러나는 움직임을 보이지 않는 분이시니까, 이런 소문이 충분히 날 만하다고 넘기는 모양새야."

"그랬구나……."

똑똑.

밖에서 문을 두드리는 소리가 났다. 이어 들려온 목소리는 헨리였다.

"미우, 나입니다."

"들어오세요."

내 응답에 문이 열리며 헨리가 들어왔다. 그는 앉아있는 현주를 보더니 더는 들어오지 않고 자리에 멈춰 섰다.

"손님이 계셨군요?"

난 현주를 헨리에게 소개할 생각으로 웃으며 자리에서 일어섰다.

"이쪽은 제 친한 친구예요. 궁궐에서 전화교환수로 일하고 있는데, 이름은……."

그때 현주가 자리에서 벌떡 일어서며 헨리에게 다가갔다.

"당신이 누군지 알아요! 전보국의 미륜사 씨죠?"

현주가 반가운 얼굴로 헨리에게 손을 내밀어 악수를 청했다. 헨리도 어색함 없이 웃는 얼굴로 현주와 악수를 나누며 말한다.

"네. 맞습니다. 아마도 서현주 양?"

헨리의 입에서 나온 자신의 이름에 놀란 현주가 나를 돌아본다.

"내 이야기를 한 거야?"

"아, 아니……."

아무리 생각해도 현주의 이야기를 헨리에게 한 기억이 없다. 혹시 나도 모르게 현주에 대해 말해놓고 잊어버리고 있었던 것일까? 현주가 헨리에게 물었다.

"제 이름을 어떻게 아셨어요?"

헨리가 웃으며 대답했다.

"현주 양의 목소리를 종종 들었으니까요. 궁궐로 전화를 할 때마다 목소리를 듣는 몇 안 되는 여성 교환수이시고요."

"그러면 우린, 이렇게 만나기 전부터 서로를 알고 있었던 거네요?"

현주가 신기해하자 헨리가 고개를 끄덕이며 말한다.

"미우의 친구라면 내 친구이기도 합니다. 그러니 앞으로 편하게 헨리라고 불러주세요."

"물론이죠, 헨리!"

현주가 방긋 웃었다.

날이 빠르게 추워지더니 첫눈이 내렸다. 사무실 안에서도 장갑을 끼지 않으면 손이 시릴 만큼 추위가 극심했다. 사무실 창문에는 매일 같이 서리가 끼어 아침마다 닦아내는 것이 일과의 하나가 되었다.

"이상하네……."

내 사무실에 놓인 난로 앞에서 벌써 한 시간 째 직원이 씨름 중이다. 이유는 오늘 아침에 새로 놓은 나무에 불이 안 붙는다는 것. 난로 고장 때문에 사무실은 마치 거대한 얼음 창고가 된 것마냥 추웠다. 하필 오늘은 장갑도 집에 두고 왔다. 가만히 앉아만 있어도 몸이 꽁꽁 얼어붙는 듯했다. 난 두 팔로 몸을 감싸 안고 계속 제자리에서 콩콩 뛰며 추위를 이겨내려 애를 쓰고 있었다.

"아무래도 오늘은 난로를 못 쓸 것 같은데요?"

직원이 포기한 듯 나가려고 할 때였다.

"무슨 일이지?"

열린 문 밖으로 지나가던 민우진이 내 사무실 안을 들여다보며 물었다. 난로를 살피던 직원이 고개를 들어 민우진을 보며 말했다.

"사장님……. 나무에 불이 안 붙네요."

직원의 말에 그가 별다른 주저 없이 내 사무실 안으로 들어왔다. 그리고 조금 전 직원이 불을 붙이려고 애를 쓰던 난로를 이리저리 살펴보더니, 직원에게 말했다.

"다른 사무실에 가서 난로를 확인해. 여기는 내가 알아서 할 테니까."

"알겠습니다."

직원이 밖으로 나간 뒤, 민우진은 장갑과 두터운 겨울 외투를 벗어 내게 건넸다. 그리고는 난로 안에 수북이 쌓인 재들을 보며 말한다.

"타고 남은 재를 치우지 않아서, 그게 얼어붙어 있으니 불이 안 붙는 거야."

원인을 알았으니, 이제 해결이 남았다. 하지만 사장인 그가 직접 재를 치우고 난로에 불을 붙일 수는 없는 일. 난 받아들었던 그의 외투를 다시 내밀며 말했다.

"사람을 불러올게요."

"됐어. 이 정도는 내가 알아서 할 수 있으니까."

그는 사무실 한 구석에 놓여있던 재를 모아두는 통과 작은 삽을 들고 왔다. 하지만 습기와 함께 꽁꽁 얼어버린 재는 돌산처럼 딱딱해져 있어서 삽으로 퍼낼 수가 없었다. 그는 몇 번 시도해 보다가 아예 부지깽이를 가져와 얼어붙은 재를 힘주어 깨트렸다.

그러자 예상하지 못했던 일이 일어났다. 표면만 얼어있던 재가 깨어지면서, 그 밑에 쌓여있던 재가 난로 안에서 터져 흩어진 것이다. 갑자기 뿌려지는 재에 그가 기침을 터트렸다.

"콜록콜록……."

급하게 난로에서 얼굴을 치웠지만, 이미 그의 얼굴은 온통 재투성이가 되어버렸다. 그 모습에 나도 모르게 웃음이 터졌다.

"큭큭……."

바로 굳어버리는 그의 표정에 나는 재빨리 웃음을 거뒀지만 이미 늦은 뒤였다. 그는 손수건을 꺼내 얼굴을 닦았다.

"이런 일 해보신 적 없죠?"

그가 내 얼굴을 쳐다보았다.

"우체총사의 사장님이시기 전에 총판대감의 자제시잖아요. 이런 일은 주로 하인들이 하니까요."

"그래서 내가 못할 거라고 생각해?"

혹시 그의 기분이 상했을까 봐 나는 헛기침을 하며 말을 돌렸다.

"아무려면 어때요. 궁내부 특진관 박정양 대감의 여식은 우체총사에서 일도 하는데요, 뭘."

그는 더 이상 아무 말도 하지 않고 다시 난로로 다가가 몸을 숙였다. 흩날리던 재는 가라앉아있었다. 그는 삽으로 재를 통에 옮겨 담더니 나무에 불을 붙였다. 그러나 이번에도 불은 붙지 않았다. 몇 번 시도하던 그가 헛웃음을 지으며 허리를 폈다.

"내가 틀렸군. 원인이 다른 데 있는 모양이야."

그가 문 쪽으로 고개를 돌리며 말을 이었다.

"강 주사를 불러오지. 이런 일에는 해결사더군."

나가려던 그의 얼굴에 재가 남아있는 것을 발견한 내가 말했다.

"민 사장님. 잠깐만요."

나는 손수건을 꺼내 그의 뺨에 묻은 재를 조심스럽게 닦아주며 말했다.

"고맙습니다. 잘 모르시는데도 저를 위해 해결해 주려고 하셔서요."

웃으며 말해서일까? 그가 농담으로 들었을까 싶어 나는 조금은 진지한 목소리로 말을 덧붙였다.

"진짜예요."

바로 그때였다. 그의 왼손이 자신의 뺨을 닦아주던 내 손을 붙잡았다. 당황한 내 눈이 크게 떠졌다.

"민 사장님?"

“네게…….”

무언가 내게 할 말이 있다는 얼굴. 내 손을 잡고 있는 그의 손은 땀이 찰것처럼 뜨겁기만 하다. 조금 전까지 장갑을 끼고 있어서일까?

똑똑.

갑자기 문쪽에서 소리가 났다. 민우진이 놀란 듯 잡고 있던 내 손을 놓고는 문으로 돌아섰다. 그곳에는 헨리가 서 있었다. 우리가 서 있던 방향 때문인지, 헨리는 민우진이 내 손을 잡은 모습을 보지 못한 것 같았다.

“민 사장님. 여기 계셨군요.”

헨리의 반가운 듯한 인사에도 민우진은 눈을 날카롭게 치켜뜨며 싸늘하게 받는다.

“무슨 일이지?”

“미우의 사무실 난로가 고장이라고 들었습니다. 난로를 고칠 동안 미우와 잠시 외출해도 되겠습니까?”

평소의 민우진이라면 당연히 이유를 캐묻거나, 전보국 직원이 우체총사에 기웃거린다며 한마디를 했을 것이다. 그러나 이번엔 그저 고개를 한 번 끄덕이더니 내게서 물러설 뿐이었다. 난 그때까지도 들고 있던 그의 장갑과 외투를 건네주며 말했다.

“그럼 다녀올게요.”

민우진의 눈치를 살피며 꾸벅 인사를 한 내가 헨리 쪽으로 돌아서려 할 때였다.

"미우."

그가 나를 불렀다.

"네?"

"손이 차더군."

그가 내게서 돌려받은 장갑을 다시 내민다.

"가져가."

헨리가 나를 데려간 곳은 경복궁이었다. 며칠 전 내린 눈으로 한성은 곳곳이 하얀 설산처럼 되어버렸지만, 쉴 새 없이 눈을 치워주는 나인들이 있는 경복궁은 달랐다. 눈은 모두 치워져 거의 보이지 않았다.

"여긴 왜 온 거예요?"

"도착하면 알 겁니다."

내가 마지막으로 경복궁에 왔던 건 이선을 만나기 위해서였다. 혹시 이선이 헨리와 나를 부른 걸까?

난 헨리를 따라 경복궁 안을 걸어가며 물었다.

"혹시 이선을 만나러 가는 건가요?"

"아니요."

헨리는 이선은 생각도 한 적 없다는 듯 고개를 가로저었다. 그러더니 잠시 후, 그는 오히려 내게 이렇게 되물었다.

"이선이 경복궁에 있나요?"

"그건……."

그 말에는 나도 대답할 수 없었다.

현주가 전해준 소식에 의하면 이선은 근신 중이었다. 그러나 그가 어디서 근신 중인지 아는 사람은 없다. 지난번엔 경복궁에 있었지만, 지금은 창덕궁, 아니면 경운궁이나 경희궁에 있을 수도 있었다.

"어서 와요. 거의 다 왔으니까."

헨리와 함께 도착한 곳은 향원지. 공교롭게도 이선을 마지막으로 보았던 그 장소다. 이선을 만난 날과 달리 많은 나인들이 있었다. 젊은 나인들이 향원지를 둘러싸고 있었고 그녀들을 통제하려는지 나이 많은 내관과 상궁들도 보였다.

향원지 안을 들여다본 다음에야 왜 그들이 모여있는지 알 수 있었다. 꽁꽁 얼어버린 향원지는 인위적으로 잘 다듬어져 반들반들한 얼음판이 되어있었다. 그 위에서 몇 명의 외국인들이 스케이트를 타고 있었는데, 그중에는 푸른 눈의 어린 아이들도 있었다. 아마도 그들은 특별히 허가를 받아 이곳에서 스케이트를 타고 있을 것이다.

헨리가 나를 돌아보며 자랑스럽게 말한다.

"어때요? 내 작품이."

"헨리가 만들었어요?"

"예. 폐하께서 매년 향원지를 스케이트장으로 만들 수 있게 허가해 주신 뒤로, 한성에 주재하는 외국인들이 돌아가면서 얼음판을 다듬고 관리합니다. 올해는 제 차례였죠. 다행히 얼음이 일찍 얼어서……."

"위험하진 않아요?"

"위험한지 아닌지는 직접 확인해 보면 되지 않을까요?"

스케이트로 갈아 신은 헨리가 내 발에 맞는 크기의 스케이트를 가져와 내밀었다. 난 손사래를 쳤다.

"전 못 타요."

"가르쳐 줄게요."

"정말 못 타요."

주변을 둘러보니 나인들은 모두 구경만 하고 있을 뿐이었다. 궁궐이어서 더욱 그렇겠지만, 감히 체통을 버리고 스케이트를 타겠다고 달려드는 사람은 없었다. 스케이트를 타고 있는 것은 오직 외국인들뿐이다.

"걱정 말고 한번 신어 봐요."

"아, 안돼요. 허가받은 외국인만 탈 수 있잖아요."

"그건 아닌데?"

헨리가 고개를 갸웃거리며 장난치듯 말한다.

"아니라고요?"

"네. 폐하는 모두에게 허락하셨어요. 궁궐 나인들 모두에게요. 그들을 위해 이 많은 스케이트를 내려주신 것도 폐하시라고요. 그 누구도 선뜻 나서서 도전해 보지 않지만, 미우는 다르잖아요."

"제가 다르다고요?"

"우체총사의 유일한 여직원 박미우니까요."

나는 한숨 섞인 웃음을 지으며 결국 그가 내미는 스케이트를 받아들었다.

일단 용기를 내서 스케이트를 신었지만, 막상 발을 얼음판 위에 딛는 것조차 내게는 모험이었다. 최근 들어 얼어붙은 농지 위에서 스케이트를 타고 노는 외국인들을 보는 것은 드문 일이 아니었다. 그러나 단지 그들이 타는 모습을 구경하는 게 전부였을 뿐, 내가 직접 시도하거나 도전할 수 있을 거란 생각은 해본 적이 없었다.

"미우!"

스케이트를 타고 가볍게 향원정 주변을 돌고 온 헨리가 나를 부른다. 하지만 난 어색한 웃음만 지을 뿐, 얼음판 위에서 균형도 잡지 못하고 끙끙거리고 있었다. 뒤늦게 스케이트를 신은 것을 후회했지만, 코 닿을 거리에 있는 연못 밖으로 나가는 길로도 도저히 갈 엄두가 나지 않았다. 말 그대로 옴짝달싹 못하게 된 상황.

헨리도 이를 알아챘는지 재빨리 스케이트를 타고 내게로 다가와 두 손을 내밀었다. 난 민우진이 준 장갑을 끼고 있었고, 아마도 헨리는 내가 장갑을 끼고 있기 때문에 별 무리 없이 그의 손을 잡아줄 것이라고 생각한 것 같다. 나 역시도 그렇게 생각하고 헨리의 손을 잡았다.

내 손을 잡자마자 헨리는 얼굴에 함박웃음을 짓고는 조금씩 앞으로 나아가는 연습을 시키려고 했다. 그의 도움으로 서서히 내 몸은 스케이트에 익숙해졌지만, 불편한 마음만은 어쩔 수 없었다. 헨리의 손을 잡는 순간 나인들이 웅성거리며 우리를 주시했기 때문이었다.

나는 지금 향원지 얼음판 위에 스케이트를 타고 서 있는 유일한 조선 여인이었다. 그것도 일부 조선 사람들에게는 여전히 낯설기만 한, 푸른 눈과 금발을 가진 서양인 헨리와 함께.

아무래도 이쯤에서 그만두어야겠다고 생각한 나는 헨리에게 미안한 얼굴로 말했다.

"이제 그만 타야 할 것 같아요."

"미우……."

헨리도 뒤늦게 주변 분위기를 알아챘는지 씁쓸한 표정으로 날 잡은 손을 놓아준다.

"미안해요."

"아쉽긴 하지만 어쩔 수 없군요. 올해는 미우를 기쁘게 해주려고 특별히 열심히 얼음을 갈고 닦았는데 말입니다."

그때, 내 뒤에서 낯익은 목소리가 들려왔다.

"그래서 내가 왔잖아."

고개를 돌리자 스케이트를 신고 서 있는 이선이 보였다.

갑작스런 그의 등장에 나인들의 웅성거림이 커졌다. 이선은 이를 즐기기라도 하듯 나인들을 향해 손을 흔들어주었다. 나인들의 환호성이 터졌고 나인들을 조용히 시키느라 상궁들도 더욱 분주하게 움직였다. 이런 소란 가운데 이선이 우리 곁으로 다가왔다.

"전하."

"미우. 오랜만이야."

마지막 만남 때의 일이 떠올라 나는 그를 똑바로 바라볼 수 없었다.

이런 내 마음을 알아챈 것인지 이선이 먼저 손을 뻗어 내 손을 잡는다. 그리고 나를 연못 한가운데로 이끌었다.

지켜보던 나인들 사이에서 놀란 비명소리가 터져 나왔다. 그러나 이선은 주변의 반응은 전혀 아랑곳하지 않는 얼굴이었다. 아니나 다를까, 상궁들이 재빨리 나인들을 모두 연못에서 돌려세워 우리를 보지 못하게 했다. 이 희한한 광경에 스케이트를 타던 외국 아이들이 신기한 듯 멈춰서 우리를 바라보았다.

이선은 연못 한가운데 멈춰서더니 주변을 둘러보며 말했다.

"이게 나와 헨리의 차이지."

그가 나를 돌아보며 한쪽 눈을 찡긋한다.

"타고 싶은 사람!"

이선의 외침에 나인들이 서로 눈치를 보기 시작한다. 그러나 누구 하나 선뜻 나서서 스케이트를 타보려 하지 않는다. 무엇보다 상궁들이 호기심을 보이는 나인들을 일일이 무서운 얼굴로 노려보고 있었기 때문이었다. 이선은 예상했다는 듯 작게 한숨을 내쉬고는 다시 소리쳤다.

"시도해 보고 싶은 사람?"

이번에도 웅성거릴 뿐, 아무도 나서지 않는다.

난 이선에게 작은 목소리로 말했다.

"전하. 왕이 하면 백성들은 다 따라하게 되어있어요."

처음에 이선은 내 말을 이해하지 못한 것 같았다. 그는 손가락으로 자신을 가리키면서 갸우뚱한 표정을 지어보였다. 그러나 내가 눈짓으로 나인들 틈에 끼어있는 상궁을 가리키자, 그제야 알았다는 듯 고개를 끄덕이며 미소를 짓는다.

연못 주위에 선 나인들을 둘러본 이선이 자신감 넘치는 목소리로 입을 열었다.

"자, 그러면 스케이트를 탈 사람을 내가 직접 선택하라는 뜻으로 알고……. 거기 사정전 윤 상궁."

"예?"

이선의 부름에 상궁이 놀란 눈을 크게 떴다.

"그리고 그 옆에 박 상궁, 정 상궁……. 아! 대전 김 상궁이 계셨네."

이선이 선택한 상궁들에게 손짓했다. 당황한 상궁들은 서로의 눈치를 보며 나가기를 주저했다. 그러나 일부 어린 나인들이 키득거리며 웃자, 박 상궁이 제일 먼저 걸어 나와 스케이트를 들었다.

그 다음은 모든 게 일사천리였다. 박 상궁이 스케이트를 신자마자 나인들이 몰려와 저마다 스케이트를 타겠다고 성화를 부리는 바람에 준비된 스케이트가 모두 동이 나버릴 정도였다. 얼마 후 연못은 하하호호 거리며 스케이트를 타는 나인들로 가득 찼다.

그 덕분에 제일 바빠진 것은 헨리였다. 헨리는 스케이트 타는 것도 포기한 채, 그가 맡은 임무대로 연못 얼음 상태를 점검하며 계속해서 바쁘게 움직였다.

얼마 후 이선은 나와 함께 스케이트를 벗고 연못 밖으로 나왔다. 그는 의자에 앉아 웃는 얼굴로 이제 막 스케이트 걸음마를 시작한 궁녀들을 지켜보았다. 그러나 나는 주변의 눈치가 있어서 앉지는 못하고 그의 옆에 가만히 서 있었다.

"나를 만나려고 스케이트 핑계를 대고 향원지에 온 건 아니겠지?"

난 고개를 푹 숙인 채 대답했다.

"사실 모르고 왔어요. 헨리가…… 여기 오는 줄 알았더라면……."

"안 왔을 거라고?"

어느새 그가 고개를 들어 나를 바라보고 있었다. 그의 눈을 마주한 순간 나는 나도 모르게 고개를 가로저었다.

"알았어도 왔을 거예요."

이선이 보고 싶었다. 하지만 보고 싶다는 말을 해서도 보고 싶어 해서도 안 된다고 생각했다. 그때 향원지에서 그에게 내가 상처를 주었다고 생각했기 때문에.

그 생각에 가슴이 울컥했다. 눈물이 쏟아지지는 않았지만 눈가가 따끔거렸다. 난 이런 감정을 이선에게 들킬까 봐 그에게서 고개를 돌렸다.

그때 그가 자리에서 벌떡 일어서더니 내 손목을 낚아채듯 잡았다.

"따라와."

"어?"

얼떨결에 나는 이선의 손을 잡은 채 향원지를 벗어났다.

"어디로 가는 거예요?"

그의 손에 이끌려 어디론가 가는 길에 나는 반복해서 그에 물었다. 하지만 이선은 끝까지 웃음으로 일관했다. 그리고는 사람들이 아무도 보이지 않게 되자 걷는 속도를 늦추며 말했다.

"경복궁에서 일 년 중 이때만 사용되는 곳이 있어."

그의 말에 호기심이 자극된 나는 잠자코 그를 따라 걸었다.

"여기야."

그는 창문 하나 없는 커다란 창고 앞에서 걸음을 멈추더니 내 손을 놓아주며 말했다. 난 여러 겹의 나무로 빛 하나 새어 들어가지 못하도록 막아놓은 창고를 유심히 쳐다보았다.

"잠깐 여기서 기다려줄래?"

이선이 창고 문을 열었다. 그러자 그 안에서 묵직한 느낌의 검은 벨벳 커튼이 드러났다. 벨벳은 고작 창고의 입구 커튼으로 쓰기에는 상당히 고가의 제품이었다.

"여기서 조금만 기다려."

내가 머뭇거리는 사이, 이선은 내 대답보다 더 중요한 것이 있다는 듯 창고 안으로 사라졌다.

얼마의 시간이 흘렀을까? 창고 안에서 무슨 일이 벌어지고 있는지 모른 채 나는 이선이 나오기만을 기다리고 있었다. 그런 내 머리 위로 흰 눈송이가 휘날렸다. 나도 모르게 손을 펴서 눈을 손안에 받으려다가. 나는 민우진이 준 장갑을 끼고 있다는 것을 깨닫고 장갑을 벗었다.

"미우."

벨벳 커튼 사이로 이선이 얼굴을 내밀며 나를 불렀다.

"이제 들어와도 돼."

그가 커튼을 거둬주었고 난 어두컴컴한 창고 안으로 들어섰다. 눈앞에 순간 반짝이는 빛들이 들어왔다. 창고 한가운데에 커다란 크리스마스 나무가 서 있었던 것이다. 나무 곳곳에는 아기자기한 장식과 더불어 촛불이 매달려 빛을 내고 있었다.

"와아……."

크리스마스 나무의 크기는 상당했다. 왜 이 창고가 다른 궁궐의 창고에 비해 유독 컸는지 이제야 알 수 있었다.

"어때?"

난 크리스마스 나무의 주변을 한 바퀴 돌면서 이선에게 말했다.

"미국에서 살 때 집에 있었어요. 아버지가 드나드는 외국 손님들 때문에 가져다 놓으셨거든요. 하지만 그 나무에 불을 밝히지는 않았어요……. 경복궁에 크리스마스 나무가 있는 줄은 몰랐어요."

"이것도 외국 사신들 때문에 갖다놓은 거야."

이선이 안타깝다는 듯 말했다.

"하지만 을미사변 이후로 아바마마가 크리스마스 나무를 보기 싫어하셔서……. 황후마마께서 생전에 좋아하셨거든. 그래도 매년 미국 공사가 나무를 기증하니까, 보관할 장소는 필요하지."

"그럼 이 나무를 아무도 못 보는 거예요?"

"가끔, 아주 가끔 이 기간에 경복궁에서 행사가 있을 때 꺼내놓긴 해. 그런데 올해 겨울 경복궁은 조용할 것 같아. 그래서 이 나무가 겨울 내내 이곳에 있어야 하는 거고."

나는 크리스마스 나무의 끝을 조심스레 만지작거리다가 나무 곳곳을 밝히고 있는 촛불들을 보고는 이선을 돌아보았다.

"초가 한두 개가 아니네요."

"응?"

"일일이 불을 켜시느라 힘드셨겠어요."

이선이 쑥스러운 듯 머리를 긁적이다가 무언가 발견했는지 몸을 숙였다. 몸을 일으킨 그의 손에는 장갑 한 짝이 들려있었다. 내가 이 창고에 들어오기 전에 벗었던 장갑이었다.

"제 거예요."

장갑에 새겨진 머리글자를 본 이선의 표정이 딱딱하게 굳었다.

MWJ

"이 장갑……."

난 아차 싶어서 재빨리 설명했다.

"오늘 여기로 올 때 민 사장님이 빌려주신 거예요. 제가 장갑을 안 가지고 와서……."

이선은 씁쓸한 미소를 지으며 내게 장갑을 돌려주었다.

"이젠 민우진과 장갑도 빌려주는 사이가 됐나 보네?"

그가 오해를 하는 걸까, 질투를 하는 걸까?

난 이선을 쳐다보았다. 하지만 그는 나와 눈을 마주치지 않았다.

"미우? 전하? 어디 있습니까?"

창고 밖에서 헨리의 목소리가 들려왔다. 나는 이선에게 하고 싶은 말이 많았지만 애써 목구멍으로 삼키며 밝은 목소리로 말했다.

"그만 여기서 나가요. 혹시라도 헨리가 우리를 못 찾아서 나인들까지 동원하면 그땐 또 전하와 관련된 소문이 궁궐 안에 파다하게 퍼질지도 몰라요."

"그럴지도 모르지."

이선이 웃으며 문 쪽으로 걸어갔다. 그리고 그가 검은 벨벳 커튼을 열었을 때. 따라 나가려던 내 머리 위를 작은 무언가가 툭 스치고 바닥에 떨어졌다. 몸을 굽히니 잎사귀 사이에 붙은 동그랗고 붉은 열매가 떨어져 있었다. 열매가 떨어진 위로 고개를 들어보니 문 위로 화환이 걸려있었다. 작고 붉은 열매가 달린 가지가 리본과 함께 묶여있는 화환이었다.

"이건 겨우살이잖아요?"

나가려던 이선이 걸음을 멈추고 내게로 돌아왔다. 그도 문 위에 걸려있는 화환을 보더니 고개를 끄덕였다.

"맞아. 겨우살이야. 이번에 크리스마스 나무와 같이 미국 공사관에서 보내 온 거야. 공사 부인에게서 걸어두는 장식이라는 이야기를 들었나 봐."

난 겨우살이의 의미를 알고 있었다. 서양에서는 겨우살이 아래에서 머무는 남녀는 입맞춤을 해야 한다. 아버지는 내게 이 이야기를 들려주실 때 해괴한 서양의 문화라고 하셨지만 말이다.

이선도 겨우살이 아래에서 머무는 남녀에게 주어진 의무를 알고 있을까?

"이제 가요."

난 아무렇지 않은 얼굴로 서둘러 밖으로 나가려 했다. 그런데 이선의 팔이 내 앞길을 막았다. 그는 곧 나를 돌려 세운다.

"전하?"

지금 그의 얼굴은…….

초조함과 답답함이 뒤섞여있는 듯 보였다.

"미우. 네가 나를 사랑하지 않는다고 해도 상관없어. 내가 너를 사랑하면 되니까……. 대신 내게서 멀어지지 마. 부탁한다."

그의 간절함이 섞인 고백.

그는 이 고백을 다시 내게 하기까지 얼마의 시간이 필요했던 걸까? 얼마나 많은 시간 동안 고민하고 또 고민하며 내게 이 이야기를 꺼냈던 것일까?

그의 마음이 내 마음 안에 전해져온다. 나를 향한 그의 사랑이 내 마음을 채워나간다.

‘이 감정이 사랑이구나.’

이제까지 내 마음은 복잡한 생각에 가려져 단 한 번도 밖으로 드러나지 않았다. 하지만 나는 지금 이 순간만큼은 내 마음을 솔직하게 고백하기로 마음먹었다.

“전하. 저도…… 전하를 사랑해요.”

“……!”

놀란 그의 눈동자가 나를 응시하더니 곧 내 시야를 가득 채운다. 그리고 그의 숨결이 내 입술을 덮쳐왔다. 이 순간, 난 창고 안까지 침투한 추위를 전혀 느낄 수 없었다. 깊은 어둠 속에서 내가 느낄 수 있는 것은 그의 숨소리와 그가 내게 전해주는 입술의 온기뿐이었다.

크리스마스가 며칠 앞으로 다가왔다. 우체총사에도 마담 손탁이 기증한 크리스마스 나무가 놓였다. 크리스마스 날 우체총사에는 조촐하지만 파티도 계획되어있었다. 크리스마스는 서양의 명절이긴 하지만, 국제우편을 다루기 시작한 우체총사 직원들에게 많은 나라에서 보편적인 명절인 크리스마스를 배울 기회를 주고 싶었던 민우진의 지시였다.

우체총사 직원들 중에는 크리스마스 나무를 처음 본 직원들이 많았다. 난 그 직원들을 대신해서 외국 상점에서 재료를 사와 나무를 꾸미는 일을 맡았다. 내가 나무의 장식을 하나하나 추가할수록, 우체총사 직원들은 자기 할 일도 잊은 채 크리스마스 나무 주변을 서성였다. 의자에 올라가 크리스마스 나무의 윗부분을 장식하고 있는데 우체총사 문 밖이 소란스러워졌다.

"문 좀 열어주세요!"

눈보라를 뚫고 장식 재료를 사러 갔던 직원이 돌아온 것이다. 그의 손에는 큼지막한 상자가 들려있었다. 그가 들어오자 일을 잡고 있던 직원들마저 기회다 싶었는지, 다들 하던 일을 그만두고 크리스마스 나무 주변으로 몰려들었다.

"미우, 대체 언제쯤 끝나는 거야?"

"촛불에 불은 언제 붙이는데?"

"그 파티에서는 대체 이 나무가 어떻게 쓰이는 거야?"

난 웃으며 대답했다.

"어떤 집은 나무 밑에 포장한 선물을 한가득 쌓아놓고 가족이랑 친구들이랑 나눠 가져요."

"그럼 우리도 선물을 준비해야 하는 거야?"

"어떤 선물을 준비해야 해?"

"그런데 그 선물을 낮에 주는 거야, 밤에 주는 거야?"

"왜 선물을 나눠 갖는데?"

"한 사람씩! 나도 다 아는 건 아니라고요!"

의자 위에 서서 직원들을 내려다보며 난처해하는 내 모습을 멀찍이서 지나가던 민우진이 멈춰서서 웃으며 쳐다본다. 그는 나와 눈이 마주치자 웃음을 싹 지우더니 헛기침을 하며 사라졌다.

"미우 네가 아니면 누구에게 물어봐?"

난 민우진이 사라진 쪽을 쳐다보며 말했다.

"민 사장님이요. 미국에서 유학하셨다잖아요. 어린 시절에 잠깐 미국에 있었던 저보다는 훨씬 더 잘 아시겠죠."

그러자 직원들이 푸념 섞인 목소리로 말한다.

"누가 민 사장님께 가서 그걸 물어봐."

"일도 안 하고 쓸데없는 거나 물어본다고 도리어 혼날걸?"

"그러니까 미우 너한테 묻는 거야. 물어볼 사람은 너밖에 없잖아."

"미우 네가 모르는 게 있으면, 네가 민 사장님에게 가서 물어보면 되겠네."

"제가요?"

"그래. 미우 네가. 최근 들어서 민 사장님이 네게 화를 내는 모습을 본 적이 없다."

"아마 평양에서 돌아온 후부터였나?"

"처음에는 우리도 네가 박정양 대감의 여식이라서 혼을 못 내는 줄 알았는데……. 다들 알다시피, 민 사장님은 이선이 완친왕 전하인 걸 알면서도 그렇게 못 잡아먹어 안달이었잖아. 그런 사람이 네가 박정양 대감의 여식이라서 겁을 먹을 것 같진 않고……."

"내 생각에는 말이야……. 혹시 민 사장님이 미우 너를 마음에 둔 게 아닐까?"

그때 강 주사가 나타나 직원의 뒤통수를 때리면서 소리쳤다.

"어서어서 가서 일하지 못해! 월급은 다 제때 받아가면서 농땡이냐?"

그러자 직원들이 빠르게 흩어졌다. 강 주사는 장식 재료가 든 상자를 직원에게 받아 내게 내밀었다.

"언제쯤 끝나니?"

난 상자를 열어보며 대답했다.

"오늘 안으로 장식은 모두 끝날 것 같아요."

"으이그~ 크리스마스 파티인지 뭔지 빨리 끝나고 이 나무를 치우든지 해야지. 볼거리가 생기니 다들 일은 안 하고 구경할 생각만 해서는……. 민 사장 속도 알 수가 없어. 갑자기 안하던 짓을 하고 말이야."

"민 사장님에게 들으셨잖아요. 다른 직원들에게도 외국 명절인 크리스마스의 의미를 알게 해주고 싶어서라고요."

"바로 그거라고! 언제부터 민 사장이 그런 식으로 직원들을 챙겼냐는 말이지. 그래서 이상해. 이상하다고……."

강 주사가 사라진 후 나는 상자 안에서 크리스마스 나무 맨 꼭대기에 장식할 별을 꺼내들었다. 하지만 별을 걸기에는 생각보다 의자가 낮았다. 나는 의자 두 개를 더 가져와 두 개의 의자 위에 또 하나의 의자를 놓고 더 높이 올라갔다.

"여기 좀 잡아주세요!"

난 지나가던 한 직원에게 부탁했다. 그는 재빨리 다가와 내가 딛고 올라간 의자를 붙잡아주었다. 그러나 그는 다른 데 더 관심이 많은 모양이었다. 의자 옆에 놓인 상자 속 크리스마스 장식품들에 자꾸 눈길을 주고 있었던 것이다. 내가 아슬아슬하게 나무 꼭대기에 별을 걸었을 때였다.

"그런데 미우야, 이건 뭐야?"

고개를 돌리자 직원의 손에 들려있는 겨우살이 장식 화환이 보였다. 순간 경복궁에서 이선과 나누었던 입맞춤이 떠올라 얼굴을 붉히며 대답했다.

"겨우살이."

"겨우살이?"

직원이 고개를 갸웃거리며 겨우살이를 다시 상자에 넣으려던 찰나. 순간적으로 균형을 잃은 그의 몸이 갸우뚱하며 내가 올라서 있던 의자 쪽으로 기울었다. 동시에 두 단으로 쌓은 의자가 흔들거리며 나는 그대로 아래로 떨어졌다.

"으악!"

그대로 떨어질 줄 알았는데, 나는 바닥에 부딪히지 않았다. 바로 그 아래에서 누군가 두 팔로 나를 받아 안은 것이다.

"미, 민 사장님?"

민우진이었다. 아까 복도를 지나간 줄 알았는데 언제 갑자기 나타나서 떨어지려는 나를 구했는지는 알 수 없었다. 다만 급히 달려와 나를 받았는지 안경이 살짝 뒤틀려있었다. 그는 내가 안전하게 땅에 발을 딛을 수 있도록 해주고는 안경을 고쳐 썼다. 그 다음, 건물 밖 눈 보라보다 차가운 그의 시선이 의자를 잡아주던 직원을 향했다.

"자네의 안일한 행동 때문에 누군가가 크게 다칠 뻔했어!"

평소 민우진은 화를 내더라도 크게 소리를 내는 사람이 아니었다. 하지만 지금은 달랐다. 직원은 크게 당황하며 고개를 숙였다.

"죄, 죄송합니다……. 사장님!"

동시에 주변이 조용해졌다. 모든 직원들이 하던 일을 멈추고 우리를 쳐다보았다. 모인 시선에 민우진은 평소와 다른 모습을 보였다는 걸 깨달은 듯 서둘러 자리를 떠났다.

크리스마스 이브. 구름만 가득한 하늘이 언제든지 눈을 뿌릴 듯했다. 오늘 우체총사에서는 조촐하게나마 직원들이 모이는 크리스마스 파티가 열린다. 꼭 그 때문만은 아니지만 오늘 우체총사는 문을 열지 않았다.

그날 저녁. 원래대로라면 우체총사에서 열린 크리스마스 파티에 참석하는 여성은 나 혼자뿐이어야 했다. 그러나 한 명의 여성이 더 추가되었다. 유모.

"이봐요, 직원 나으리! 저리 가라고요. 훠이~ 그 술 잔뜩 마신 얼굴로 우리 아가씨 주변에 얼씬대지 말란 말이에요."

아버지의 뜻이었다. 참석을 허락은 하지만 저녁에 열려 밤늦게 끝날 파티에 절대 나 혼자 보낼 순 없다는 것. 결국 유모가 동행하게 된 것이다. 그러나 유모는 내 주변에 그 누구도 얼씬대지 못하게 했다. 대화도 불가능했다. 다들 통신원 총판 민상호 대감이 내려주었다는 와인 맛을 보며 즐겁게 대화를 하는 동안, 난 눈에 시뻘건 불을 켜고 있는 유모와 나란히 앉아있어야 했다.

"안녕하세요, 미우 양의 유모님."

헨리가 능숙한 조선말을 사용하며 유모에게 다가온 것은 그때쯤이었다. 그의 손에는 예쁜 찻잔받침에 얹힌 작은 서양식 찻잔이 들려있었다. 그는 그것을 유모에게 내밀며 말했다.

"브랜디라는 술입니다. 특별한 음료와 섞은 브랜디라 향과 맛이 더 좋습니다."

"술이요?"

예쁜 찻잔에 잠시 시선을 빼앗긴 듯 보였지만, 막상 그 안에 담긴 액체가 술이라는 것을 알자 유모의 인상이 찌푸려졌다. 그러나 헨리는 계속 웃으며 유모에게 말했다.

"향을 맡아보세요."

무언가 못미더운 표정으로 유모가 잔에 담긴 브랜디 향을 맡는다. 그러나 거기까지였다. 유모는 한 모금도 마실 생각이 없어 보였다. 지켜보던 나는 유모의 손에서 잔을 빼앗으려 하며 말했다.

"유모가 안 마시면 내가 마실게!"

"안 돼요!"

유모가 재빨리 잔에 담긴 브랜디를 마셔버리고 말았다. 그런데 브랜디를 마신 유모의 표정이 조금 달라졌다. 왠지…… 맛이 마음에 든 표정이랄까? 헨리는 이를 놓치지 않고 한 잔을 더 내놓았다. 유모는 약간 망설였지만, 어쨌든 받아들고 천천히 마셨다.

곧 유모는 얼굴이 붉어졌고 기분 좋은 목소리로 헨리와 스스럼없이 이야기하기 시작했다.

"직접 만드신 건가요?"

"수입이죠. 저는 마실 줄은 알아도 만들 줄은 모르니까요."

"말씀하신 대로 맛이 훌륭하네요. 이제 보니 향도 좋고요……."

"저 쪽에 가면 더 맛좋은 술이 있는데……. 독한 술들은 아닙니다. 하지만 추천해 드릴 만하지요."

유모는 순순히 자리에서 일어섰다. 하지만 헨리를 따라가기 직전, 나를 향한 경고도 잊지 않았다.

"사내들하고는 그 누구하고도 말을 섞으시면 안 됩니다. 특히 술 취한 사내들은 더더욱요!"

난 자리에 앉아 유모와 헨리를 지켜보았다. 헨리의 친절한 설명을 들으며 유모는 오늘 나온 모든 서양 술들을 한 모금씩 마실 생각인 것처럼 보였다. 난 눈을 돌려 민우진을 찾았다. 그는 보이지 않았다. 난 지나가는 강 주사를 붙잡아 민우진의 소식을 물었다.

"강 주사님. 민 사장님은요?"

"민 사장님?"

그가 주변을 둘러보더니 말했다.

"조금 전까지는 여기 계신 것 같았는데……. 아 맞다. 처리해야 할 일이 있으시다 했어. 아마 사무실에 계시겠지."

강 주사가 가버린 후 헨리는 혼자서 내게 돌아왔다. 나는 헨리에게 물었다.

"유모는요?"

"저기요."

헨리가 웃으며 한쪽을 가리킨다. 그곳에서 유모는 다른 우체총사 직원들과 어울리며 웃고 떠들고 또 마시고 있었다!

"세상에……. 유모가 술을 못 마시는 건 아니지만, 제 앞에서 술을 마시는 사람은 아니거든요. 아버지가 저런 유모의 모습을 아시면 큰 일 날 텐데."

"덕분에 미우와 대화할 수 있는 시간이 제게 생겼으니까요."

그가 조금 거리를 두고 내 옆에 앉았다.

"그런데 희한하군요."

"뭐가요?"

"미우의 부친이신 박정양 대감께서는 미 대사 출신이시면서도 상당히 보수적인 분이시라고 들었습니다. 그런데 미우가 우체총사에서 일하는 것을 허락하실 줄은 몰랐습니다."

난 이 부분에 대해서는 늘 입버릇처럼 하는 말부터 꺼냈다.

"민 사장님 덕이죠."

"과연 그게 민우진 사장 때문일까요?"

"무슨 말이에요, 헨리?"

"젊은 우체총사 사장의 청 때문에 박정양 대감의 마음이 바뀌었다는 걸 바로 믿기에는……."

"그럼 헨리는 왜 제 아버지가 우체총사에서 일하는 걸 허락하셨다고 생각하는데요?"

"음……."

막상 내 질문에 헨리는 거기까지는 생각하지 못했었는지 잠시 생각에 잠기더니 말한다.

"혹시 민 사장의 부친이신 민상호 총판대감 때문일까요? 지금 조정에서 제일 잘 나가는 대신 중 한 분이 민상호 대감이시니까요."

"글쎄요."

난 아버지가 교류하는 관리들에 대해 아는 것이 전혀 없다. 어떤 사람과 친하고 어떤 사람과 친하지 않은지. 심지어 아버지가 무슨 생각을 하고 있는지도 모른다. 오히려 나보다 이선이 내 아버지에 대해 더 잘 알고 있는 것 같이 보였다.

이선이 떠오르자 난 헨리를 향해 물었다.

"혹시 이선도 오늘 우체총사의 파티를 아나요?"

헨리가 웃으며 고개를 끄덕인다.

"알죠. 제가 초대까지 했는걸요. 하지만 그가 올지 안 올지는 모르겠습니다. 무엇보다……."

헨리가 시계를 보며 말한다.

"이 시간까지 오지 않았다면 못 온다는 거겠죠. 오고 싶어도 못 올 수도 있을 거고요. 이해는 합니다."

"왜 이선이 오고 싶어도 못 온다고 생각하는데요?"

"그가 우체총사를 떠난 것이 너무 갑작스러웠으니까요. 잠깐이나마 함께 일했던 우체총사 직원들과 제대로 작별 인사도 하지 못했잖아요? 그는 자신이 완친왕이었다는 사실만 밝힌 채 아무 인사 없이 궁궐로 돌아가야 했으니까요. 그가 오늘 이 자리에 왔다면 어색함부터 풀어야 했겠죠."

그때 헨리가 자리에서 일어섰다.

"미우, 유모님에게 도움이 필요할 것 같은데……."

헨리의 말대로였다. 잔뜩 취기가 오른 유모가 비틀거리고 있는 모습이 눈에 들어왔다. 난 서둘러 자리에서 일어서 유모에게 다가갔다.

"유모?"

"헤헤……. 아가씨. 우리 예쁜 아가씨."

"아휴, 대체 이 짧은 시간에 얼마나 마신 거야?"

"쇤네는 얼마 안 마셨어요! 딸꾹!"

유모가 버럭 화까지 낸다. 상당히 취한 게 분명했다.

"이대로는 집으로도 못 가. 아버지가 이런 유모 보면 큰일 나. 일단 내 사무실로 가자. 거기서 술 좀 깨면 돌아가자."

"헤헤……."

난 비틀거리는 유모를 부축해 내 사무실로 데려왔다. 고맙게도 헨리가 난로에 불을 붙여주었다. 나는 유모를 난로가에 앉혔다. 덮을 만한 옷을 주자, 유모는 꾸벅꾸벅 졸기 시작했다. 난 유모의 곁에 앉아 타들어가는 난로만 뚫어져라 쳐다보며 생각에 잠겼다.

이선은 이제 우체총사로 돌아올 수 없다. 그 사실은 나도 안다. 이선도 알고 모든 우체총사의 직원들도 알 것이다. 그러나 그의 신분이 완친왕이기 때문에 그에 대한 이야기는 그 누구도 먼저 나서서 꺼내려 하지 않는다. 강 주사의 지시가 있었던 것 같기도 하지만, 그렇게 그는 처음부터 우체총사에 존재하지 않았던 것처럼 잊혀지고 있다. 난 그것이 아쉬웠다.

휘이잉!

갑자기 센 바람에 창문이 덜컹거렸다. 나는 난로에서 눈을 떼고 창 쪽으로 걸어갔다. 서리가 잔뜩 낀 창밖으로 언제부터 내렸을지 모를 함박눈이 펑펑 내리고 있었다. 난 입김을 불어 유리에 낀 서리를 옷자락으로 천천히 닦아냈다. 밖에 눈이 얼마나 오는지 살펴보기 위해서였다.

그런데 눈 속을 뚫고 어디선가 여러 마리 말의 말발굽 소리가 들린다. 그 소리는 가까워질수록 뚜렷해졌다. 마침내 우체총사가 있는 통신원 마당 안으로 마차 한 대가 들어섰다. 나는 단번에 그 마차에 누가 타고 있는지를 알아차렸다.

마차가 완전히 멈춘 후, 마차에서 검은 망토를 두른 남자가 내렸다. 그는 잠시 우체총사의 건물을 바라보다가 내 사무실 쪽으로 시선을 돌렸다. 아마도 난로 불빛이 창문으로 새어나온 모양이었다.

마차에 걸린 등불이 그의 얼굴을 비추었을 때, 내 숨은 그대로 멎어버렸다. 그러면서도 심장은 정신없이 요동친다. 남자가 나를 발견했는지는 확신할 수 없었다. 그러나 나는 그 남자의 얼굴을 똑똑히 보았다.

그가 시선을 거두고 우체총사 쪽으로 걸어가기 시작하자 나도 바빠졌다. 난 잠든 유모를 남겨둔 채 사무실을 나섰다. 혹시라도 유모가 깰까 봐 조심스러웠던 내 발걸음은 복도로 나오자 점점 빨리지며 파티가 열리는 장소를 향했다.

조금 전까지만 하더라도 시끌벅적하던 파티장에는 조용한 침묵이 내려앉아있었다. 바로 방금 도착한 한 남자 때문이었다.

"이선……."

"이, 이거……. 그러니까 이, 이게……."

강 주사가 말을 더듬는 것은 처음 본다.

"이선이라고 불러야 하나……. 전하라고 불러야 하나……. 이것 참 난감하네."

"늘 부르시던 대로 이선이라고 부르세요, 강 주사님."

이선이 미소를 짓는다.

"오늘은 황자 이선으로 온 게 아니라, 우체총사의 전 직원 이선으로 왔으니까요."

이선이 손을 내민다.

"어……. 그럼 선아?"

강 주사가 이선의 눈치를 살피며 그가 내민 손을 잡았다. 이선은 기다렸다는 듯이 강 주사의 손을 꽉 쥐고 위 아래로 힘차게 흔들었다. 강 주사는 이선과 악수를 나누자마자 그의 어깨를 툭툭 쳤다. 그것은 예전에도 강 주사가 이선에게 종종 하던 버릇 같은 행동이었다.

"황자라는 사실도 감쪽같이 속이다니……. 민 사장님까지 내게 비밀로 했던 사실이라 얼마나 속상했는지 알아?"

"죄송합니다. 강 주사님."

두 사람의 분위기가 좋아지자, 주위에 몰려와있던 직원들도 하나 둘씩 이선에게 다가와 악수를 건넸다. 다들 무언가 새로운 느낌으로 그를 만난다는 얼굴을 하고 있었다.

"그렇게 황자라는 사실만 냉큼 던져놓고 사라져서 우리가 얼마나 걱정했는지 알아?"

"듣자하니 완친왕 전하는 괴짜라서 궁궐 밖을 한 발짝도 나오지 않는다더니……. 그래서 소문은 다 소문이라는 거다."

"오늘 벌주를 왕창 마실 생각을 하라고!"

이선이 직원들과 함께 크게 웃는 사이, 헨리가 이선에게로 다가갔다. 그를 본 이선이 허공 위로 손을 들었고, 헨리가 그 손을 잡아주며 두 사람은 눈인사를 나눴다.

하지만 이때까지도 나는 이선에게 다가가지 못했다. 복도로 들어서는 문 앞에 돌처럼 서서 그를 가만히 바라보고만 있었다. 그는 평소와 다름없는 모습으로 우체총사에 나타났지만, 나는 반기러 다가갈 수도, 웃을 수도 없었다.

다른 직원들처럼 그를 반기고 싶었다. 그러나 며칠 전 궁궐에서 있었던 일이 그에게 다가가려는 내 발을 붙잡는다. 그에게 했던 나의 고백. 그 뒤로 헨리가 우리를 찾는 소리에 더는 대화를 잇지 못한 채 경복궁을 떠나왔다. 그 이후로 이선과의 만남은 오늘이 처음.

내가 고민에 빠져 주저하고 있는데, 직원들 틈에 있던 이선이 헨리의 귓가에 무언가를 속삭였다. 그러자 헨리는 누군가를 찾듯이 주변을 두리번거렸고 곧 나를 발견했다. 나를 본 헨리는 웃으며 이선에게 작은 목소리로 속삭였다. 그 즉시 이선은 내가 있는 곳으로 눈을 돌렸다. 나와 눈이 마주치자 이선은 더 이상 웃지 않았다. 그는 진지해진 표정으로 헨리가 건네준 와인 잔을 그에게 돌려주며 말했다.

"잠시만……."

헨리는 말없이 그가 건넨 와인 잔을 받아주었다.

이선이 내 쪽으로 오는 것을 본 나는 그대로 복도로 돌아섰다. 환한 불빛이 가득한 파티장과 달리 복도는 어두운 침묵에 휩싸여있었다. 난 느릿한 걸음으로 복도를 따라 걸었다.

얼마 걸어가지 않았을 때, 복도를 울리는 두 번째 발걸음 소리가 들렸다. 하지만 난 그 소리를 듣고도 뒤를 돌아보지 않았다. 오로지 앞만 바라본 채 계속해서 걸었다. 두 번째 발소리의 주인은 계속 나를 뒤따라왔지만, 앞서 걸어가는 나를 불러 세우지 않는다. 그렇다고 나를 따라잡으려 하지도 않았다.

나의 목적지는 복도 끝 대기실. 지금 이 시간에는 누구도 찾아오지 않을 그런 장소였다. 나는 먼저 대기실 안으로 들어가면서 문을 열린 채 놓아두었다. 내 뒤를 따라 대기실로 들어온 사람이 문을 닫았다. 아주 조용히.

대기실 창문 밖에는 여전히 거센 눈발이 휘날리고 있다. 밖에 선 가로등이 눈발 사이로 깜빡이는 불빛을 흘리고 있었다. 난 그 창문가에 놓인 화분을 바라보았다. 겨울이라 앙상한 가지만 남아버린 화분은 어느 봄날, 한 사람과 대화를 주고받던 때에는 아주 예쁜 꽃을 틔우고 있었다.

"미우."

오랫동안 돌아서지 않는 나를 그가 부른다. 기다렸다는 듯이 내 입이 열렸다.

"이선."

나는 발그레한 얼굴로 그를 보며 웃었다. 내 미소에 안심한 듯 그가 내 옆으로 가깝게 다가왔다. 우리는 나란히 서서 한동안 창 밖에 내리는 눈을 조용히 감상했다. 불을 지피지 않은 대기실 안은 추워야 정상이었는데도, 이상하게 그와 나란히 서 있는 것만으로도 추위가 전혀 느껴지지 않았다.

이선이 천천히 내가 있는 쪽으로 돌아섰다. 그의 움직임을 느낀 나도 그를 향했다. 그가 자상한 목소리로 입을 열었다.

"나의 왕비가 되어줘."

이 모든 일은 마치 이미 일어날 것이 예정되어있던 것처럼 내게 자연스럽게 다가왔다. 확신에 찬 눈으로 내게 청혼하는 그에게 나는 미소를 지었다.

"지금은 안돼요."

내가 웃으며 거절하자 이선의 눈이 커졌다.

"난 우체총사에서 좀 더 일하고 싶거든요."

내 대답의 의미가 다르게 말하면 거절이 아니라는 걸 알게 된 이선이 안도의 한숨을 내쉬었다.

"그거라면 전에도 내가 말했듯이……."

"으으응."

난 귀여운 콧소리를 내며 그의 말을 끊었다.

"내 말 아직 안 끝났어요."

동시에 내 손가락은 그의 아랫입술에 닿았다. 내 손가락이 닿은 곳에서 그의 입술이 얌전히 다물어졌다. 나는 손가락을 거두며 그를 향해 말했다.

"하지만 혼인한다면 꼭 당신과 하겠어요. 완친왕 전하."

그가 웃음을 터트리더니 두 팔로 나를 끌어안으며 내 귓가에 대고 속삭였다.

"정말 미우는 못 말리겠다니까."

1900년의 크리스마스.

그해 조선에서 보냈던 크리스마스는 내 인생에서 아주 특별한 날이 되었다.

우표 스캔들

새해가 찾아오고 겨울도 끝나가고 있었다. 서서히 개나리들이 꽃망울을 만들어나가던 시기.

"아가씨! 현주 아가씨 오셨어요."

일요일 오후. 내 초대를 받은 현주가 시간에 맞춰 도착했다. 나는 이미 나갈 준비를 모두 끝낸 상태였다.

"어딜 가자고 부른 건데?"

호기심에 가득한 현주가 묻는다.

"이제는 네게 솔직해질 때도 된 것 같아서."

"언제는 안 솔직했어?"

현주에게는 늘 솔직했다. 우체총사에서 일한 뒤로 딱 한 가지만 빼고는. 어쩌면 늦어도 한참 늦었는지 모르지만 이제라도 솔직해질 때가 되었다. 더는 미룰 수도 없었으니까.

"언제부터인가 솔직하지 못한 게 한 가지 있었어. 그래서 오늘부터 솔직해지려고."

"어떻게 솔직해지려고?"

"네게…… 오늘 한 사람을 소개시켜줄 거야."

"누구?"

누구라고 묻고는 현주의 얼굴이 심각해진다.

"설마 나 말고 친한 친구가 생긴 거야?"

난 웃음을 터트렸다.

"아냐. 그런 거라면 진작 말했지."

"그럼 소개시켜줄 사람이 누군데?"

"음……. 보고서 절대 놀라면 안 되고, 알고 나서 나 때리면 안 되고, 그리고……."

"시끄럽고! 누군지부터 빨리 말해. 아니지, 왜 소개시켜주려는 건지부터 물어야 하나. 이렇게 진지한 태도의 박미우라면, 분명 뭔가 이유가 있어서 소개시켜주는 것 같은데."

실실 웃음을 흘리던 나는 자리에서 일어섰다.

"가자."

"어딜?"

"어디긴. 그 사람 만나러지."

"끼아아아아악!"

헨리와 함께 나타난 이선을 본 현주가 기겁하며 비명을 내지른다. 곧바로 내 뒤에 숨더니 심하게 몸을 떨기까지 한다.

"닮은 사람이지? 그냥 닮은 사람인 거지?"

난 어색한 미소를 지으며 현주를 쳐다보았다.

"아닌데? 맞는데?"

그러자 현주가 한 손으로 머리를 짚으며 신음한다.

"아아……. 나 혼절할 것 같아."

이런 현주의 모습을 보며 이선이 큰 소리로 웃음을 터트렸다. 하지만 그 모습에 더욱 얼굴이 경직되는 현주. 이선은 그런 현주에게 먼저 다가가 한 손을 내밀며 악수를 청했다.

"서현주 양. 내 짐작대로 상당히 재미있는 사람 같은데?"

"에……. 전하."

"밖에서는 이선이라고 불러요. 모든 사람들에게 내가 친왕이라는 사실을 알릴 생각이 없다면."

"하하……. 물론이죠. 전하, 아니……. 이, 이……."

계속 이름을 부르지 못하는 현주를 보며 내가 그녀의 귓가에 대고 말했다.

"이선이라구."

"나도 알거든!"

현주가 나를 흘겨보며 얼떨결에 이선이 내민 손을 잡고 인사를 했다. 그 후 현주가 내 귓가에 대고 놀리듯 말했다.

"얌전한 고양이가 부뚜막에 먼저 올라간다더니……."

"뭐라고?"

"어쨌든 난 네가 자랑스럽다 친구야."

"화 안 내는 거야?"

"무슨 화?"

"넌 전에 완친왕 전하를 좋아……."

"얘가 미쳤나 봐!"

서둘러 손으로 내 입을 틀어막은 현주가 주변을 살핀다. 다행히 앞장서 걸음을 옮기기 시작한 이선은 우리의 대화를 듣지 못한 것 같았다.

"으읍……."

"박미우. 무덤 속에 들어갈 때까지 과거는 묻어두자."

"으읍……."

목소리를 내지 못하게 현주의 손에 입이 틀어막힌 채로 내가 고개를 연신 끄덕였다. 그제야 현주는 나를 놓아주었다.

"내가 짝사랑한 사내들이 어디 한둘이니. 얘가 대체 언제 적 이야기를 하는 거야……. 잊어버려, 다 잊어라! 응? 박미우!"

지금으로부터 3년 전. 황제폐하의 명을 받은 영국인 브라운의 설계로 한성에 최초의 근대식 공원이 만들어진다. 공원이 완성된 후 사람들은 이 공원을 '탑골 공원'이라고 불렀다. 아마도 과거 절터였던 공원 안에 남아있는 10층 석탑 때문인 듯했다. 이와 다르게 한성에 거주하는 외국인들은 이 공원을 '현대적인 공원'이라고 부르거나, 불교식 탑을 뜻하는 외국어인 '파고다'를 붙여 '파고다 공원'이라고 불렀다.

공원 한가운데에 놓인 커다란 정자 주변에는 활터가 곳곳에 마련되어있었다.

"혹시나 해서 미리 말해두지만, 이선. 난 영국에서 유학할 때 조선의 활보다 더 크고 긴 활을 쏘던 사람이라고."

자신 있게 말하는 헨리에게 이선이 웃으며 활을 건넸다. 외국인인 헨리가 활을 잡자, 주변에서 활을 쏘던 사람은 물론이고 공원에 있던 사람들이 몰려와 우리 주변을 둘러쌌다. 헨리는 그렇게 몰려든 사람들이 모두 자신을 응원하게 만들겠다는 듯 자신 있는 얼굴이었다.

"헨리, 힘내요!"

현주의 응원 소리에 헨리가 씩 웃고는 활을 들고 자세를 잡았다. 멀지 않은 거리에 맹수의 얼굴이 그려진 과녁이 헨리를 마주 보고 있었다. 헨리는 그 맹수의 눈을 정확히 맞추겠다는 듯이 활시위를 천천히 잡아당겼다. 그러나 활시위는 당겨지지 않았다. 헨리가 당황하며 더 힘을 주어 활시위를 당기려 하자 오히려 줄이 튕겨나가며 그의 얼굴을 쳤다. 구경하는 사람들이 웃음을 터트렸다.

헨리는 머쓱해 하면서 이선을 쳐다보았다. 이선은 혹시라도 헨리가 민망해 할까 봐 간신히 웃음을 참는 얼굴이었다. 그렇다고 해서 헨리를 놀리지 않는 건 또 아니었다.

"영국 활이 어쩌고 어쨌다고?"

"오랜만에 잡아서 그렇다고. 게다가 활 모양이 달라. 조금 만져볼 시간이 필요하다고."

"그러든지."

이선이 여유롭게 웃었다.

활시위를 몇 번 만지작거리던 헨리가 당기는 자세를 조금 이해했는지 다시 가운데로 걸어 나왔다. 그리고는 일부러 우스꽝스럽게 활시위를 당겼다. 다행히 활시위는 무난히 당겨졌다. 그것을 본 구경꾼들이 환호성을 지르자, 헨리는 웃으며 구경꾼들을 향해 손을 흔들었다.

곧 헨리는 과녁을 향해 활시위를 당겼다.

핑!

활은 멋지게 날아갔지만 과녁에는 꽂히지 못하고 바닥에 떨어졌다. 그래도 구경하던 사람들은 헨리를 향해 박수를 쳐주었다. 헨리는 그들에게 고개를 숙이며 감사의 답례를 보냈다. 그러자 활을 든 사람 몇 명이 헨리에게 다가와 활을 쏘는 법을 가르쳐주기 시작한다.

헨리가 열심히 듣는 모습을 보며 이선이 말했다.

"헨리에게는 설명하기 힘든 에너지가 있어. 언어의 유창함을 넘어서 조선 사람들과 소통하는 그 무엇 말이야."

"헨리는 조선을 사랑하잖아요. 사랑하면 소통하게 되어있어요."

"사랑?"

"네, 사랑이요."

이선이 헨리에게서 눈을 떼고 내 눈을 응시한다. 어느새 내 시선도 이선의 두 눈을 향해 있었다.

봄이 깊어지면서 날이 조금씩 더워졌다. 이따금씩 사무실 안에만 있는 게 갑갑하게 느껴질 때가 있었다. 창문을 활짝 열어놓아도 바람은 불어오지 않았다. 이럴 때는 햇빛이 거의 비치지 않는 복도가 더 시원했다.

"응?"

사무실이 더워서 복도로 나왔던 나는 강 주사가 벽 게시판에 무언가를 붙이는 것을 보고는 다가갔다.

"강 주사님."

"아, 미우!"

강 주사는 적당한 곳에 그것을 붙이느라 정신이 없어서 나를 보지도 않고 인사를 받았다.

"그게 뭐예요?"

"이거? 내년이 황제폐하께서 즉위하신 지 40주년이래. 그래서 기념 우표를 만드는데, 그 도안을 공모전으로 정한다나 봐."

"기념우표요?"

주변의 다른 나라에 기념우표가 있다는 사실은 들어 알고 있었다. 하지만 아직까지 우표의 역사가 짧은 대한제국에서는 일반 우표를 제작하기에도 바빠, 기념우표를 만들지 않고 있었다.

"다른 나라에는 각국에서 발행하는 기념우표를 수집하는 수집가들이 많다나 봐. 기념우표 같은 것은 원래 우표 값에다가 웃돈을 얹어서라도 손에 넣으려고 한대. 그래서 이번에 기념우표를 제작해서 우리 대한제국도 홍보하고 판매 수익금도 얻으려고 하나 보지."

"그래요?"

공고를 붙인 강 주사가 내게로 돌아섰다.

"나야 위에서 결정을 내린 것이니 여기에 갖다 붙일 뿐이지만……. 어쨌든 이번 도안 공모전은 통신원 소속 관원이나 직원들이라면 누구나 참여할 수 있다니까."

강 주사가 떠난 후 나는 그가 붙인 게시물을 유심히 들여다보았다.

"어극 40주년 기념우표 발행을 위한 도안 공모전이라……."

우표에 대한 지식이 있는 통신원 소속 관원과 직원들을 대상으로 한 공모전이었다. 그 말은 통신원 산하의 우체총사 직원들도 모두 참여가 가능하다는 뜻이다. 하지만 통신원 전체를 통틀어서 유일한 여직원인 나에게도 해당될지는 의심스러웠다.

"통신원 및 그 산하 소속 관원과 직원 모두 참여가 가능함……."

중얼중얼 소리 내어 공고를 읽어 내려가는데 복도를 걸어오는 익숙한 발자국 소리가 들렸다.

민우진이었다.

"민 사장님."

고개를 숙이며 인사하는데 그가 내 뒤에 붙여진 공고를 본 모양이다.

"도안 공모전에 관심이 있는 모양이지?"

"관심이 있다기보다는 방금 전에 알아서요."

그대로 나를 지나치려던 그가 나를 돌아보며 부른다.

"미우."

"네?"

"너도 참여할 수 있다. 도안 공모전 말이야."

그의 말에 나는 벽에 걸린 게시물을 다시 쳐다보았다. 민우진의 말대로, 우체총사의 직원인 이상 나에게도 참여할 권리는 있었다. 단지 내가 참여한다고 해서 접수를 받아줄지가 의문이긴 했지만.

"우체총사의 직원이라면 누구나 가능하니까."

민우진이 자리를 떠난 후 나는 게시물을 자세히 들여다보았다.

'누구라도 가능하다…….'

여름이 왔다는 사실을 확실하게 느낄 수 있는 점 중 하나는 해가 길어졌다는 것이다. 그러나 퇴근 시간은 변함이 없다. 오후 세 시에 이르면 직원들은 하나둘씩 퇴근할 준비를 시작하고 네 시가 넘어가면 모두들 재빨리 우체총사를 떠난다. 하지만 최근 들어 나의 퇴근 시간은 기약이 없어졌다.

쓱싹쓱싹.

나는 우체총사 직원들에게 지급된 연필을 가지고 종이 위에 열심히 우표 도안을 그리고 있었다. 처음에는 경복궁을 그렸다가 지우고, 다음에는 한 번도 뵌 적이 없는 황제폐하의 얼굴을 상상해서 그렸다. 그러나 마음에 들지 않는다.

난 우체총사에서 보관중인 다른 나라의 우표들을 꺼내놓고 따라 그려보기도 하고, 또는 응용해서 우리나라에서 볼 수 있는 꽃이나 식물을 그려보기도 했다. 그러나 '기념'이라는 뜻이 마음 깊이 다가오지 않아서 대체 어떤 그림을 그려야 할지 고민만 깊어졌다.

똑똑.

사무실 문을 두드리는 소리에 난 들고 있던 연필을 떨어뜨렸다. 심이 그대로 부러지고 말았다. 아쉬워할 틈도 없이, 난 자리에서 일어서 문을 향해 대답했다.

"네에!"

문이 열리며 들어온 사람은 민우진이었다. 그제야 나는 시계를 쳐다보았다. 시계는 오후 일곱 시를 가리키고 있었다. 평소 제일 일찍 출근해서 제일 늦게 퇴근하는 민우진에게는 퇴근하기에 조금 이른 시간이었다.

“퇴근 안 하나?”

“아, 조금만 있다가요.”

미적거리는 내 대답에 민우진은 빠른 걸음으로 내 책상으로 다가온다. 그런 그의 행동에 놀란 나는 급히 책상에 다시 앉았다. 그는 평소와는 약간 다른 내 행동에도 별다른 의심을 하지 않는 듯 했다. 그의 시선은 책상 위 내가 그리다가 만 수많은 도안들을 향해 있었다. 그는 그중 완성에 가까운 도안 하나를 집어 올려 살피며 말한다.

“열심히 하고 있군.”

“그렇다고 다른 일에 소홀하지는…… 않아요, 사장님.”

“알아.”

그가 도안을 책상 위에 내려놓으며 옅은 미소를 짓는다. 그의 미소에 심장이 두근거린다.

그리고 그 두근거림의 이유는…… 그에게 들킬까 봐 두려운 것이 있어서다.

“데려다줄까?”

“네?”

“어차피 밀린 일이 있고……. 기다려줄 수 있어.”

“아, 아니에요!”

“뭐?”

"어, 언제 끝날지 몰라서요……."

"기다려줄 수 있어."

"괘, 괜찮아요, 사장님! 정말로 언제 끝날지 몰라서 그래요. 그보다…… 유, 유모가 오기로 했어요!"

"그래?"

약간은 섭섭함이 묻어나는 되물음이다.

"그러면 마차를 두고 가지. 유모와 함께 타고 가도록 해."

"아니에요! 유, 유모도 마차를 타고 데리러 온댔어요."

그의 호의를 계속 거절하자 민우진의 입가에 걸려있던 미소가 사라졌다. 그는 마지못해 내게서 시선을 돌리더니 중얼대듯 말한다.

"그래."

그는 조금 전 내 사무실 안으로 들어오던 빠른 걸음과 다르게 조금은 느려진 걸음으로 문을 닫고 나가버렸다.

"휴우~"

그제야 나는 안도의 한숨을 내쉴 수 있었다.

마찬가지로 안도의 한숨을 쉬며 내 책상 밑에서 나오는 사람이 있었다. 이선이었다.

"언제까지 이럴 순 없어, 미우."

나는 또 한 번 한숨을 길게 내쉬며 이선을 쳐다보았다.

"하지만 어쩔 수 없잖아요. 이선이 황자라는 걸 다 아는데, 매일같이 우체총사를 드나들려고요?"

"너를 보기 위해서라면 그 정도쯤은."

그의 말에 입가에 미소가 지어졌지만, 애써 그리던 도안 쪽으로 눈을 돌렸다. 그러자 이선이 내 옆으로 다가와 몸을 숙였다. 내 시선이 머문 곳에 있는 도안을 보려는 것 같았다.

순간 가까워진 거리 탓에 그에게서 나는 체취가 내 얼굴을 뜨겁게 만들었다. 나는 문제의 원인을 피해 훅 숨을 참았다. 이선이 이런 내 행동을 보고 묻는다.

"왜 그래?"

"읍?"

"왜 숨을 참고 있는데?"

"우읍."

난 입술을 앙다문 채로 고개를 도리질했다. 하지만 그 때문에 숨을 참는 것이 더 힘들어졌다. 그때 이선이 두 손으로 내 얼굴을 잡고는 자신의 얼굴을 바라보게 만든다.

"미우?"

"읍?"

"계속 그러고 있으면 힘들 텐데?"

이제 와서 참던 숨을 몰아쉬자니 그 뒤의 일이 걱정되었다. 우선은 숨을 참고 있었던 데 대한 변명거리가 필요했다. 그 변명거리라도 떠오른다면 난 당장이라도 참던 숨을 내쉴 생각이었다.

제발……!

"고집은."

이선이 웃더니 내 입술에 자신의 입술을 갖다 대었다.

일순간 심장이 얼어붙은 듯하더니 다물려 있던 내 입술이 벌어지며 참았던 숨을 갈구하기 시작한다. 그는 이런 상황을 충분히 예상했다는 듯 숨을 원하는 내 입술 사이로 더욱 깊게 파고들어왔다. 내가 그의 입술에서 간절히 원하던 숨을 얻는 동안, 그는 내 입술 안에서 자신이 원하던 유희를 벌였다.

여유로웠던 그와는 다르게 갈급함으로 시작해 갈급함으로 끝나버린 입맞춤 후, 내 얼굴은 홍당무가 되어버렸다. 난 두 손바닥으로 얼굴을 가린 채 그에게서 등을 돌렸다. 그가 내게 묻는다.

"이번에는 또 왜?"

난 얼굴을 두 손 안에 감춘 채 히잉 하는 짧은 울음소리를 냈다.

"부끄럽단 말이에요."

"그럼 부끄럽지 않게 해줄게."

"응?"

그가 어깨를 잡아 나를 돌려세웠다. 그가 무얼 하려는지 알아챈 내 두 눈이 동그랗게 떠졌다. 그 사이 웃고 있는 이선의 눈동자가 점점 내 얼굴 가까이로 내려앉는다. 아까보다도 더 가슴이 미칠 듯이 뛰고 있었다. 내 시선은 점점 가까워지는 그의 얼굴을 향하고 있었다.

그의 눈이 감기는 것을 보며, 내가 스르륵 눈을 감으려던 그때였다.

"미우, 있잖아. 사장님이……."

아무런 예고도 없이 사무실의 문이 열리고 우체총사 직원이 들어왔다. 그는 눈앞에 펼쳐진 상황을 보고는 놀란 듯 그 자리에 우뚝 멈춰 섰다.

그리고…….

"무슨 일이지?"

직원의 뒤로 나타난 것은 민우진이었다.

"아, 그게……. 저, 저는 먼저 가보겠습니다!"

직원이 재빨리 자리를 피한 뒤에도 민우진은 가지 않았다. 그는 아주 잠깐, 혼란스런 표정을 짓더니 시선을 다른 곳으로 돌렸다. 이선이 자리에서 일어서 민우진을 향해 말했다.

"우체총사에 출입하려면 자네의 허락이 필요한데, 내가 그걸 잠시 잊었군."

당황한 나와 다르게 이선은 당당하다. 하긴, 이런 상황에서 잔뜩 기죽은 표정을 할 이유도 없다. 황자인 그가 여기서 민우진에게 폐를 끼친 것이라고는 사장인 그의 허락 없이 들어왔다는 사실 하나뿐일 테니까!

하지만 나는 입장이 다르다. 난 황족도 아니었고 엄연히 우체총사의 직원이니까. 일터에 남자를 끌여들인 것도 모자라서 애정행각을 벌이다가 사장님에게 들키다니. 이걸 두고 민우진이 뭐라고 말할지 걱정된 나는 죄인이 된 것마냥 고개를 푹 숙였다.

그런데 민우진의 대답이 의외였다.

"예."

민우진의 대답에 난 고개를 들었다.

'예'라니? 그게 다야? 그게 다냐구?

"그럼."

그는 사무실의 문을 닫아버리고는 아무 일도 없었다는 듯 그렇게 가버렸다. 이게 다였다. 민우진은 그렇게 우리를 본척만척 사라졌다.

"괜찮을까요?"

내 걱정에 이선은 태연하게 답한다.

"그 녀석은 입이 무거우니까."

"하지만……."

민우진 말고도 사무실에 들어와서 우리의 모습을 본 직원이 있다. 그 직원은 이선을 안다. 그가 완친왕이라는 사실도 알고 있다.

"걱정 돼?"

마음 속 걱정이 그대로 드러난 내 얼굴을 보며 이선이 묻는다. 난 한숨 섞인 목소리를 냈다.

"이런 상황에서 걱정이 안 된다면 거짓말이니까요."

그러자 이선이 눈웃음을 지었다.

"걱정 마, 미우. 어차피 모두 알게 될 일이었잖아."

"이런 식으로는 아니었으니까 걱정하는 거죠."

"뭐……. 영원한 비밀은 없으니까."

이선에게서 나오는 답도 내 걱정을 가라앉히진 못했다.

사실 무엇보다…… 민우진이 신경 쓰인다. 이선과 나를 단순히 친한 직원 사이로만 알고 있는 그였다. 이선을 애초부터 마음에 들어하지 않았으니, 그가 이선에 대해 무슨 생각을 할지는 어느 정도 예상이 간다.

민우진은 분명 나를 배려해서 되돌아온 것이다. 마차를 모는 직원과 함께 내 사무실에 왔다는 것은 자신의 마차를 내어주겠다거나 하는 일 때문이었을 것이다. 그러나 그의 배려가 이렇게 예기치 않은 결과로 이어질 줄은.

고민에 빠진 내 얼굴을 물끄러미 바라보던 이선이 고개를 숙여 나와 눈을 맞춰온다. 나는 힘없이 그의 눈을 쳐다보았다. 그가 빙그레 웃더니 자신의 이마를 내 이마에 갖다 댄다.

"자, 미우. 지금 미우의 머릿속에 떠오르는 모든 고민은 내게 주기."

나는 순순히 그에게 이마를 내어주면서도 괜히 입을 삐죽이며 볼을 부풀렸다.

"어떻게 이마를 맞대는 걸로 고민이 전해져요?"

"잠시만……. 이대로 있어 봐."

고민은 사라지지 않았다. 하지만 그 순간, 내 머리 속에 문득 아이디어 하나가 떠올랐다.

"생각났어요!"

난 그에게서 이마를 떼고는 책상으로 돌아가 연필을 잡았다.

"뭐가?"

이선이 궁금한 듯 내 옆으로 다가왔다. 난 빈 종이 위에 연필로 무언가를 빠르게 그려나갔다. 옆에서 지켜보던 이선이 묻는다.

"도안이야?"

난 고개를 끄덕였다. 그러자 그는 내 일을 방해하지 않겠다는 듯, 한 걸음 뒤로 물러서주었다.

얼마의 시간이 흘렀을까? 종이 위에 그림이 모습을 드러냈다. 이선은 그 그림을 한눈에 알아보았다.

"원유관?"

"맞아요, 원유관."

원유관은 임금님이 평소에 어전에서 쓰는 모자다. 완성된 원유관 그림을 보며 이선은 만족한 표정이다.

"보라고, 미우. 내 말대로 고민 하나가 사라졌지?"

"그 고민은 아니었지만 말이죠."

난 생긋 웃으며 그려놓은 원유관 주변으로 네 개의 오얏꽃을 그려 넣었다. 오얏꽃은 대한제국 황실을 상징하는 꽃이다.

"멋진걸."

점점 완성되어가는 내 도안을 보며 이선이 감탄사를 뱉었다. 나는 다 그린 도안을 이선의 앞으로 내밀며 물었다.

"어때요?"

"아주 좋아. 하나부터 열까지 황실을 떠올리는 것으로 채워졌으니까. 황실 사람으로서 장담하건대, 아주 마음에 들어."

"그리고요?"

이선은 내가 듣고 싶어 하던 마지막 말을 의미심장하게 덧붙였다.

"아마 폐하께서도 마음에 들어 하실 거야."

그 말에 내 얼굴이 밝아졌다.

"다만 가장 중요한 한 가지가 빠진 것 같네."

"그게 뭔데요?"

이선은 내 손에 들려있던 연필을 가져가더니 원유관 위에 '대한제국우표'라는 한자를 적어 넣었다.

그것을 본 순간 내 마음에는 말로 형용하기 어려운 뿌듯함이 가득 채워졌다.

"우리가 함께 완성한 건가요?"

"난 마지막에 글만 적어 넣었을 뿐이야. 이 모든 건 미우, 네 머리에서 나온 거지."

"당신이 내 머릿속 고민들을 가져가 준 덕분인지도 몰라요."

난 배시시 웃으며 이선과 함께 완성한 도안에서 눈을 떼지 못했다. 이선은 그런 내 뺨에 살짝 입 맞추며 속삭였다.

"축하해, 미우."

지난 주, 도안을 완성한 나는 이선과의 애정행각을 들켰다는 사실도 잊은 채 즐거운 주말을 보냈다. 그러나 새롭게 시작한 한 주의 우체총사 분위기는 무언가 달라도 아주 많이 달라져 있었다. 직원들은 평소와 다름없이 나를 보고 인사를 건넸다. 그러나 그 뒤에도 그들의 시선이 나를 오래도록 쫓고 있었다.

"미우, 잠깐만!"

사무실로 걸어가는 나를 강 주사가 불러 세웠다. 그는 여전히 우리를 보고 있는 직원들의 시선을 의식했는지 복도 끝으로 나를 데려갔다.

"지난주에 무슨 일이 있었어?"

"무슨 일이요?"

"업무가 끝나고도 계속 우체총사에 남아있었잖아."

"도안을 그린다고……."

그제야 나는 이선과 있었던 일을 떠올렸다. 잠시 망설였지만 강 주사가 무언가 알고 있다면 굳이 숨기고 싶진 않았다.

"완친왕 전하가 오셨었어요."

"그럼 그 소문이 사실이란 말이야?"

"어떤 소문인데요?"

반가의 규수로 남자 직원들 사이에서 일한다는 것 때문에 도는 소문이라면, 평소에도 매일 접하는 것이라 신경 쓸 것도 없었다. 하지만 이선과 관련해서 나는 소문이라면 신경이 안 쓰일 수가 없다.

"이선이……."

강 주사가 머뭇거리며 말문을 열었을 때였다.

"미우! 내 사무실로 와."

복도 끝에서 민우진이 나타나 나를 큰 소리로 불렀다. 그의 외침에 일하는 척 분주히 움직이던 직원들의 시선이 모두 나를 향했다. 민우진도 이를 보았는지 곧바로 자신의 사무실로 들어가 버렸다. 그는 평소와 다름없이 나를 불렀고 나는 그 부름에 따라 그의 사무실로 가면 되는 일이다. 하지만 지난주에 있었던 일이 나를 괴롭혀 왠지 모르게 걱정이 되었다.

민우진의 사무실에 들어가자 그곳에는 예상치 못한 누군가가 기다리고 있었다. 이영효 비서관이었다. 사무실 안은 조용하기만 했고 내가 들어왔음에도 이 비서관은 나를 쳐다보지 않았다. 이 비서관의 시선은 오직 책상에 앉아 서류를 뒤적거리는 민우진을 향해 있었다. 민우진도 내가 들어왔다는 사실을 알면서도 나를 쳐다보지 않았다.

갑자기 민우진이 보던 서류를 한 쪽으로 소리 나게 덮어버렸다. 바로 그때에 맞추어 이 비서관의 입이 열렸다.

"폐하의 명이시니까요."

고개를 갸웃거리고 있는 내게로 민우진의 시선이 향한다. 이유는 몰라도 그의 눈은 잔뜩 화가 난 것처럼 보였다. 어쩌면 그 화를 드러내지도 숨기지도 못하는, 고뇌하는 눈빛에 더욱 가까워 보이기도 했다.

마침내 나를 바라보던 민우진의 입이 열렸다.

"미우, 이 비서관과 함께 경운궁으로 가라."

"지금요?"

"폐하께서 너를 찾으신다."

민우진의 말이 끝나자마자 이 비서관이 나를 돌아보며 말한다.

"박정양 대감께서도 그곳에 계십니다."

그제야 이 비서관은 나를 보며 웃음을 내보였다. 평소와는 다른 느낌의 미소였다.

경운궁에 도착한 나는 바로 영보당 마마의 전각으로 안내되었다. 영보당 마마를 모시는 상궁은 내게 지금 폐하께서 안에 계신다는 사실을 알려주었다.

"절대 폐하의 분부 없이 고개를 드셔서는 안 됩니다. 큰절을 올리시고 소인이 안내해 드리는 자리에 앉아 다음 분부를 기다리십시오."

여러 차례 같은 당부를 들은 뒤에야 나는 전각 안으로 발을 들일 수 있었다.

"폐하, 박 규수 들었사옵니다."

"들라 하게."

분명 안에는 폐하께서 계신다고 했는데 돌아오는 답은 영보당 마마의 목소리다. 문이 열리고 상궁을 따라 안으로 들어간 나는 밖에서 당부 받은 대로 큰절부터 올렸다.

그런 뒤에야 자리에 앉은 나는 옆에 앉아있는 아버지의 존재를 알아챘다.

"어떠십니까, 폐하."

나를 향한 영보당 마마의 목소리. 그리고…….

"영보당에게 들은 그대로네."

황제 폐하. 중후한 느낌보다는 가냘픈 음색이었지만 인자함이 묻어나는 목소리였다. 단지 목소리만으로도 나는 오늘 좋지 않은 일로 불려온 것이 아니라는 확신을 얻었다.

하지만 문제는 그 다음이었다. 폐하가 갑자기 나를 찾는 연유를 짐작할 수 없었다.

"싫지 않으시다는 뜻인지요?"

이어서 나온 영보당 마마의 물음에 폐하가 웃음을 터트린다.

"박 대감의 여식이니 나무랄 것이 무어 있겠나. 저이에 대해서는 이미 영보당 자네와 선이에게 차고 넘치도록 들은 것을."

이어 폐하가 아버지를 불렀다.

"대감."

"예, 폐하."

"우선 대감과 대감의 집안에 누를 끼치는 소문이 인 것에 사과함세."

"사과라니요, 폐하! 소신이 송구할 따름이옵니다."

"아닐세. 이 점은 분명히 짚고 넘어가야 하네. 무엇보다 자식의 문제라면 더욱더 그러하지."

"송구하옵니다."

계속해서 송구하다는 말만 반복하는 아버지는 이 자리가 불편한 듯 보였다. 반대로 사과한다는 폐하의 얼굴은 아버지와 다르게 밝기만 하다.

"대감. 이번 소문에 대해서 들었는가?"

"들었으나 믿지 않사옵니다."

"믿지 않는다? 허나 사실이라면?"

"예? 무슨 말씀이신지요?"

폐하가 큰 웃음소리를 내며 말한다.

"전부터 눈치는 채고 있었네. 신분을 숨긴 채 우체총사에서 일하던 완친왕의 입에서 빠지지 않고 거론되는 여직원에 대해서 말일세. 이영효에게 시켜 그 여직원에 대해 알아보게 하니, 집안을 알 수 없어 선이의 짝은 될 수 없겠다고 하더군. 그런데 자네의 여식일 줄이야."

폐하가 수염을 쓰다듬었다.

"그 아이가 어떤 여인을 비로 맞아들이든 원하는 대로 하라고 말했었네. 그럼에도 소중한 아들이자 이 나라의 귀한 황손이라 가문을 보지 않고 짝을 지어줄 순 없어 안타까웠지. 허나 이 아이가 자네의 여식이라면 두말할 것도 없네. 그래서 소문이 더 커지기 전에 선이와 자네의 여식 미우를 부부의 연으로 맺어주고자 하네."

폐하께서 직접 혼담을 꺼냈다는 사실에 놀란 내 손발이 저려온다.

"아무래도 지금 선이와 자네 여식에게 얽힌 소문이 더 커질 조짐을 보인다더군. 그 전에 혼인을 한다면 소문도 가라앉겠지. 서로 마음에 두고 있는 두 사람이 맺어지면 두 사람 모두, 이번 소문으로 인한 그 어떤 오점도 남지 않을 걸세."

이례적이었다.

황실의 혼인에는 법과 절차가 있다. 황태자는 물론이고 황자라도 비를 맞기 위해서는 아주 까다로운 절차를 거쳐야 한다. 물론 정치적으로 미리 정해놓고 절차를 따르는 경우도 있다. 그러나 그런 경우에도 황제가 직접 간택에 나서는 경우는 없었다. 소문의 확산 속도가 그렇게 빨랐다는 걸까?

영보당 마마도 나섰다.

"그 신중한 완친왕이 이런 좋지 못한 소문의 주인공이 되는 것도 두려워하지 않을 정도로 대감의 여식을 마음에 품은 것을 어찌하겠소? 다행히 미우는 선이에게 어울리는 신분을 가졌으니 이제라도 서둘러 두 사람을 맺어주고자 하오. 허니 대감의 귀한 여식을 황실로 보내준다면, 내가 친딸처럼 아끼고 살펴 주겠소."

"마마……!"

아버지가 거절할 수 없는 상황이었다.

그때였다.

"이 혼사는 불가하옵니다!"

아버지가 바닥에 머리를 조아리며 목소리를 높였다. 자리에 있는 모든 사람들이 놀랐다. 나도 마찬가지였다. 나는 아버지의 얼굴을 돌아보았다. 아버지는 땅에 머리를 닿을 듯 숙인 채로 전혀 들지 못하고 있었다.

"어째서인가? 무남독녀이기에 데릴사위를 들이려 하는가?"

아버지가 어렵게 고개를 들었다.

"그것이 아니옵니다."

"그것이 아니라면? 어찌 이 혼사가 불가하다는 것인가, 대감?"

머뭇거리던 아버지가 대답한다.

"소신의 여식은 이미 정혼을 한 일이 있사옵니다."

아버지의 말에 폐하의 두 눈이 크게 떠졌다.

"이미 정혼을 하였다니? 과인이 알아본 바에 의하면 그런 일은 없었소. 설마 과인이 알아보지도 않고 혼담을 꺼냈을까. 차마 귀한 여식을 내어주기 싫어 거짓을 말한 것이라면 용서하겠네."

"아니옵니다. 소신의 여식은 정녕 정혼을 하였나이다."

당황한 영보당 마마가 묻는다.

"그럼 어찌 알려지지 않은 거요?"

"여식이 우체총사에서 일하는 것으로 사돈 될 집에 누가 될까 하여, 날을 잡을 때까지 함구하기로 약조하였기 때문이옵니다."

"그런 일이……."

놀라 말을 잇지 못하는 영보당 마마를 대신해 폐하가 아버지에게 묻는다.

"그게 누구요, 상대가?"

아버지가 망설이 없이 답한다.

"민우진 참서관이옵니다."

"민우진?"

폐하가 기억이 날 듯 말 듯한 표정을 짓자 영보당 마마가 속삭였다.

"민상호 대감의 차남으로 우체총사의 사장직을 맡고 있사옵니다."

"아아, 민우진 참서관. 이제야 기억이 나는군. 분명 선이와는 성균관 동문 사이였지."

폐하가 민우진을 기억해내는 것을 본 아버지가 입을 열었다.

"예, 폐하. 소신은 지난 해 여식이 우체총사에 드나든다는 사실을 듣고 크게 노하여 여식을 집안에 가두었사옵니다. 그때 민 참서관이 소신을 찾아와 사과하며 혼담을 넣었지요. 평소 소신은 민 참서관의 인품을 익히 들어 잘 알고 있는지라 이 혼담을 받아들였사옵니다."

'박정양 대감을 뵈러 왔습니다.'

그날이다.

그날이야.

난 그날 민우진이 아버지를 찾아온 것이, 내가 우체총사에서 다시 일할 수 있게 아버지를 설득하기 위해서인 줄 알았다. 그러나 이제 보니 설득이 아니었다. 처음부터 그는 혼담을 넣으러 온 것이다.

그리고 그 혼담을 받아들임과 동시에 아버지는 내가 우체총사에 다니는 것을 허락한 것이다. 내가 그의 아내가 될 것이라 여기고 그의 곁에서 일하는 걸 허락한 것뿐이었다. 내가 모르는 사이, 이미 오래전에 아버지는 민우진에게 나에 관한 모든 책임을 넘겨준 것이다.

그때라면 작년, 이선에 대한 생각으로 가득 차 아무것도 못하던 때다. 고집 센 아버지가 손쉽게 나를 우체총사에 다시 갈 수 있게 한 것이 이상했지만, 나는 이선에 대한 생각과 다시 일할 수 있다는 생각에 기뻐 그 연유를 깊게 생각해보지 않았던 것이다.

"길일만 정해지면 혼례인지라 이 혼사는 불가능하옵니다. 폐하……."

고개를 들 힘조차 없다. 이런 상황에 놓일 때까지 난 아무것도 알지 못했다. 알았다고 해도 바꿀 수 있는 것이 무엇이 있었을까? 아버지에게 여전히 난 한낱 계집아이일 뿐이다. 혼사도 처음부터 아버지의 권한이었다.

'혹시 박정양 대감께 아무 말도 듣지 못했어?'

민우진은 내가 정혼 사실을 아직 모른다는 걸 눈치챘던 거다. 그러나 아버지가 말을 하지 않았기에 굳이 나서서 내게 말을 하지 않은 거다. 하지만 적어도 그라면 아버지에게 혼담을 넣기 전에 내게 미리 어떤 언질을 줄 사람이라고 여겼다. 그랬기에 배신감도 더 컸다.

전각 안에 긴 침묵이 흘렀다. 폐하가 입을 다물어버린 덕에 그 누구도 먼저 입을 열지 못하고 있었다. 이렇게 내 정혼 사실이 드러났으니 이제 폐하는 무슨 말을 하실까?

"……."

폐하가 착잡한 듯 긴 한숨을 내쉬었다. 아마도 이번 혼사를 원하고 있는 아들 때문일 것이다.

"오늘 이 혼담은 없었던 일로 하게."

말을 마친 폐하는 자리에서 일어서 전각을 떠났다.

마차가 경운궁을 출발하고 나서야 맞은편에 앉은 아버지의 입이 열린다.

"내게 할 말이 있는 눈빛이구나."

"왜 제게 말씀해 주시지 않았나요?"

"민 참서관과의 정혼 말이냐?"

"네. 제가 당사자잖아요. 정혼을 하기 전에 제 의사를 한 번이라도 물어봐주실 순 없으셨나요?"

대화를 시작함과 동시에 가슴이 울컥했다. 아버지를 노려보고 있지 않았다면 눈물이 터져 나왔을 것이다.

모든 것이 정해진 정혼. 모든 것이 결정된 혼인. 뒤바뀔 수 없는 현실을 인정하기에는 아직 마음의 준비가 되지 않았다. 실컷 울어야 어느 정도 감정이 가라앉고 이성적으로 이 상황을 내다볼 수 있을 것 같았다.

그 전에 아버지와의 대화가 필요하다. 단 아버지와는 절대 감정적으로 맞서선 안 된다. 그럴 때마다 아버지는 늘 한낱 '계집아이' 취급을 하며 상대도 해주지 않으셨으니까.

"콜록콜록."

갑자기 아버지가 기침소리를 냈다. 기침을 핑계로 내게서 눈을 돌리는 아버지를 보며 난 꾹꾹 참고 있던 화를 풀어냈다.

"아버지!"

그러자 아버지가 다시 나를 돌아보며 목소리를 높였다.

"다 네가 자초한 일이다!"

"제가 자초했다니요?"

"그래. 다 네가 자초한 일이다. 반가의 규수로서 뭇 여인들의 모범이 될 행실을 보여주지도 못하고 천하게 바깥일을 하다니. 그것도 아비인 내게도 모르게 말이다!"

"아셨으면 허락지 않으셨을 거잖아요."

"당연히 허락할 수 없지! 콜록콜록…….콜록!"

흥분한 아버지의 입에서 연신 기침이 이어진다. 아버지는 숨을 가다듬으며 기침을 잠재우려 애를 썼지만 쉽지 않아보였다. 난 그런 아버지를 향해 목멘 소리로 겨우 입을 열어 말했다.

"전 이 혼담을 받아들일 수 없어요."

기침하던 아버지가 고개를 들어 내 눈을 바라본다.

"오늘 너를 보아하니 최근 완친왕과 관련된 소문들이 허투루 들을 것들이 아니라는 생각이 드는구나."

"무슨 말씀이시죠?"

"지금까지 민 참서관에게 너의 모든 것을 맡겼다. 그가 내 사위가 될 테니 말이다. 무엇보다 너 같이 부끄러운 여식을 아내로 맞아준다는 그에게 고마운 마음뿐이었다. 그래서 혼사가 미뤄지는 것도 묵묵히 기다려주었다. 허나 이번 일로 그가 너와 파혼한다고 말할까 걱정되는구나. 그러니 이젠 내가 나서야겠다. 너와 민 참서관의 혼례를 서둘러야겠어."

"아버지!"

아버지의 기침이 다시 시작되었다. 이번에도 간신히 기침을 가라앉힌 아버지가 내게 말한다.

"분명히 말하지만 나는 민 참서관이 아니더라도 너 같이 여인의 본분을 잊은 아이를 황실로는 시집보내지 않았을 거다. 절대로."

난 마부에게 당장 마차를 멈추라고 하고 홀로 내렸다. 어디론가 걸어가는 나를 보며 마부가 아버지에게 걱정의 말을 했다. 그러나 아버지는 아무런 대답도 하지 않고 마차를 출발시켰다.

내가 향한 곳은 우체총사였다.

"어? 미우? 오늘 민 사장에게 들으니 조퇴한다고……."

"민 사장님은 어디에 계시죠?"

"사무실에 계시지."

나는 곧장 민우진의 사무실로 향했다. 보통 때라면 문을 두드렸겠지만, 난 허락도 없이 문을 벌컥 열고 안으로 들어갔다. 책상에 앉아 일을 하던 민우진이 문소리에 고개를 들었다. 그는 잔뜩 흥분한 상태로 들어선 나를 보고도 다시 아무렇지도 않은 듯 고개를 숙여 하던 일을 계속한다. 난 그의 책상 앞으로 다가가 말했다.

"왜 말씀해 주시지 않았어요?"

"무슨 말이지?"

그는 연신 연필을 굴려 서류에 무언가를 적으며 대충 답했다. 난 그런 그의 태도에 더욱 화가 치밀어 올랐다.

"우리가 정혼했다는 사실이요."

"……."

그제야 민우진이 들고 있던 연필을 책상 한쪽으로 가볍게 던지더니 고개를 든다. 내게는 상당히 충격적인 사실임에도 평소와 다름없이 나를 쳐다보는 그의 눈을 보며 난 그만 눈물을 흘렸다. 민우진은 우는 나를 보며 팔짱을 끼더니 내게 묻는다.

"내가 너와 정혼한 사실이 왜 울 일이지?"

"그건……."

"이선 때문인가?"

그의 입에서 나온 이선의 이름에 나는 꿀 먹은 벙어리가 되어 눈물만 뚝뚝 흘렸다. 이런 나를 보며 그가 한숨짓는다.

"오늘 이영효가 널 데리러 왔을 때 눈치는 챘다. 박정양 대감까지 있는 자리였다면 적어도 널 이선의 정비로든 후궁으로든 들이겠다는 뜻을 밝히려 하신다는 걸 말이다. 하지만 박정양 대감은 그 자리에서 우리의 정혼 사실을 밝히셨을 것이고. 그렇지?"

모두 사실이었기에 내 설명은 필요 없었다. 난 여전히 눈물을 흘리고만 있었고 민우진은 내 대답 대신 또 한 번의 한숨으로 이야기를 마무리 지었다.

그는 자리에서 일어서 내게 손수건을 건넸다. 그러나 난 그 손수건을 받지 않았다. 거절하고 싶어서가 아니라, 손수건을 받아들 힘조차 내게 없었기 때문이었다.

이선과 나는 이제 끝이다.

이선과의 미래.

함께하게 될 미래의 행복.

단 한 줄의 말이 이 모든 것을 끝내고야 말았다.

민우진과 박미우는 정혼했다.

그는 직접 눈물을 닦아주려는지 내 얼굴로 손수건을 가져다대었다. 그러나 쉴 새 없이 흘러내리는 내 눈물을 보고는 도로 손수건을 주머니에 넣었다.

"내가 말했을 텐데. 널 이 우체총사의 직원으로 뽑았을 때부터, 너와 관련해 일어나는 모든 일들은 내가 책임진다고."

"그게 저와 혼인한다는 거라고는…… 말한 적이 없잖아요……."

"박정양 대감의 여식이라면 제일 걱정되는 게 혼사를 막을 정도의 스캔들이라고 여겼거든. 예를 들면 우체총사에서 일하는 최초의 여직원이라든가. 이제는 모두 무의미해졌지만."

"하지만 어떻게 그 책임 때문에 사랑하지도 않는 사람과 혼인할 생각을 한 거죠?"

민우진의 눈빛이 잠시 흔들렸다. 단순히 내 착각일 수도 있다고 여긴 순간, 그가 나를 똑바로 바라보며 묻는다.

"내가 왜 너를 사랑하지 않는다고 생각하지?"

"……!"

그의 물음에 놀라야 하는데 내 몸에서는 스르륵 힘이 빠져나가는 느낌이다.

"오히려 지금 이 상황이 날 당혹스럽게 만드는군. 이선과 너의 스캔들이 사실이라면, 왜 내게 그 어떤 언질도 주지 않은 거지? 물론 어느 정도 짐작은 했었어. 다만 그 짐작이 틀리기만을 바랐지만……."

"무슨 말을……. 이해할 수 없어요, 민 사장님."

그가 울고 있는 내 얼굴을 살짝 들어올린다. 내 얼굴에 닿는 그의 손길은 부드럽고 친절하다. 그래서 더욱더 이런 상황이 싫다.

"미우, 난 너를 사랑하고 있다."

민우진의 고백.

하지만 난, 내가 사랑하는 사람은 이선이다.

"우리가 함께한 시간은 짧지도 길지도 않지만, 난 그 시간 동안 줄곧 너를 지켜봐왔다. 그리고 너와 일생을 함께 하고 싶다는 결론을 내렸지. 이런 결론까지 난 신중에 신중을 기했다. 그리고 나서야 박정양 대감을 찾아가 혼담을 넣은 거다. 물론 그 전에 내 부친이신 민상호 대감께도 허락을 구했다. 난 모두 적절한 절차에 따랐을 뿐이야."

"하지만 저는 몰랐는걸요."

"나 역시도 이선과 너의 사이가 이 정도까지인지는 몰랐으니까, 이제 서로 공평한 건가?"

이것은 내가 그에게서 듣고 싶은 답이 아니다.

"파혼해주세요."

갑작스런 나의 말에, 그가 내 얼굴을 들었던 손을 거뒀다.

"역사가 지금의 우리에게 전해주는 가르침은 참 많아. 미우, 신하의 여인을 뺏은 왕의 말로를 알아? 폐위다."

"이선은 나라를 다스리는 왕이 아닌걸요. 지위만 왕인 거죠."

"그러면 신하가 파혼한 여인을 비로 맞아들인 왕에 대해선? 들어본 적이 있어?"

"그건……."

"너와 파혼하는 건 어렵지 않은 일이야. 파혼한다고 해서 내게 해가 될 일은 없으니까. 그러나 너는 달라. 파혼한 여인은 공주라고 해도 다시 혼인하기 어려워. 아마 네가 이렇게 운 것도, 너와 나의 정혼 사실을 안 폐하께서 더는 이 일을 논하지 못하게 하셨기 때문일 거야. 그렇지?"

그의 말이 모두 맞았기에 나는 아무런 대답도 못했다.

"미우. 내가 너와 파혼한다면, 그리고 이선이 끝까지 너를 놓지 않겠다면……. 너희 두 사람은 엄청난 스캔들에 휘말릴 거야. 너희에겐 동화 같은 행복한 결말은 없어. 그걸 알면서도 나와의 파혼을 원한다면……. 파혼해주지."

멀쩡하던 세상이 갑자기 내 앞에서 두 쪽이 나버린 것 같다. 그 갈라진 틈으로 조각난 세상이 모두 쏟아져 사라져버리자 더는 아무런 소리도 들려오지 않았다.

"미우……."

그런데도 또렷이 들려오는 단 한 사람의 목소리.

고개를 들자 이선이 내가 있는 우체총사 사무실의 문을 열고 들어오는 것이 보였다. 의자에 앉아있던 나는 일어설 힘조차 없었다. 이선은 그런 내 앞에 한쪽 무릎을 꿇고 앉아 나를 올려다보았다.

"괜찮아?"

그의 손이 나의 뺨에 닿는 순간 내 한쪽 눈에서 눈물이 흘러내렸다.

"내가…… 여기에 있는지 어떻게 알고……."

"민우진이 알려줬어."

민우진. 그는 무슨 생각으로 이선에게 내가 여기에 있다는 사실을 알려준 것일까?

"다 알고 온 거죠?"

"응."

그가 너무 솔직해서 더 속상하고 마음이 아프다.

"난 정말 몰랐어요. 아무것도 몰랐다고요."

"알아. 그건 나도 마찬가지니까."

"그런데……."

민우진이 파혼해주겠다고 했다. 민우진과 파혼하고 이선이 나를 선택한다면 우리 두 사람은 더는 조선에 있을 수가 없다. 그런데 민우진과 파혼하고도 이선이 나를 선택하지 않겠다면? 그 다음에 내 운명은 어떻게 될까? 명문가의 규수가 남자에게 버림받는 것은 집안의 수치. 아버지는 내게 목을 매달라고 하실까?

"민 사장님이…… 파혼해주겠대요."

"……."

이제 내 목숨이 누구에게 달려있는지 모르겠다. 혼인 전에는 아버지를 따르고 혼인 후에는 남편을 따른다. 나는 대체 그중 어디쯤 서 있는 것일까?

"파혼해도 저와……."

내 말이 끝나기도 전에 이선이 나를 끌어안았다.

"미우."

그가 나를 끌어안은 채 내 이름을 속삭인다.

"나와 러시아로 가자."

전혀 예상하지 못했던 그의 답변에 내 눈이 크게 떠졌다.

"러시아?"

"그곳에서 나와 결혼하는 거야."

기뻐야 할 소식에 그 다음으로 폐하와 영보당 마마가 걱정되었다.

"하지만 폐하와 영보당 마마께서는……."

"당장은 허락하지 않으실지도 몰라. 하지만 난 미우 네가 나와 함께 해준다면, 그분들의 마음이 바뀔 때까지 언제까지고 기다릴 수 있어."

"이선……."

사실 겁이 났다. 그를 잃게 될까도 두려웠고 그가 나를 선택한다고 해도 두려웠다. 선택한다면 그 다음은? 그 다음에는 무엇을 생각하고 염려해야 하는 걸까.

그러나 이선은 그 모든 답을 처음부터 알고 있었다는 것처럼 내게 말했다.

"넌 내 옆에 있어주기만 하면 돼."

그의 마음은 확인했지만 내 마음에 내려앉은 무거움은 좀처럼 가벼워질 기미를 보이지 않는다.

마차 안에서 우리는 두 손을 꼭 붙든 채로 나란히 앉아있었다.

난 이선의 어깨에 머리를 기댄 채, 그가 잡고 있는 내 손을 가만히 내려다보았다. 내 시선은 손가락 위에서 빛나는 반지를 향하고 있었다.

이선이 잡은 손을 살짝 들어 올려 손등에 입을 맞춘다.

"러시아는 혼인 후에 데려가려고 했었어. 네게 여행을 선물하고 싶었거든. 하지만 상황이 조금은 달라졌다고 생각하면 돼."

"왜 하필 러시아였죠?"

"성균관 동문이 러시아 주재 공사관에 있어. 좋은 녀석이지. 이런 일로 찾아가는 건 크게 달가워할 것 같진 않지만……. 편지는 이미 써 뒀어."

"편지를 보냈다고요?"

이선이 고개를 끄덕이며 말했다.

"오늘 오후에 아바마마가 박정양 대감과 미우 너를 부르셨지. 우리의 혼담 이야기를 위해서였어. 내가 얼마나 그 자리에 들어가 너를 보고 싶었는지 모를 거야. 나중에 그 자리에서 들려온 소식은 나를 크게 놀래켰지만."

그때를 떠올렸는지 이선은 씁쓸하게 웃었다.

"폐하와 영보당 마마께서 우리의 혼인이 안 된다고 하셨겠지요."

"맞아, 그랬어. 민우진이 너와 파혼한다고 하더라도 친왕의 신분으로 너를 정비로 맞아들일 수는 없을 테니까. 하지만 너와는 안 된다는 아바마마의 말씀에 오히려 마음이 편해졌어."

"마음이 편해졌다고요?"

난 마차 좌석에 기댔던 허리를 세웠다. 그리고 몸을 돌려 이선의 얼굴을 정면으로 쳐다보며 재차 물었다.

"설마 상황이 어떻게 돌아가는지 모르는 건 아니죠? 제가 파혼을 하더라도, 당신과 러시아로 가더라도 우리에게는……."

"엄청난 스캔들이 따라붙겠지."

이선은 흥분한 나를 바라보며 태연하게 내 손등에 또 한 번 입맞춤을 한다.

"두렵지 않아요?"

"내가 왜 두려워해야 하지? 미우 네가 내 옆에 있는데."

그의 말대로 나도 두려워할 것이 없어야 했다. 이런 스캔들을 예상하고도 이선은 나와 함께하겠다고 한다. 러시아로 가서 둘만의 결혼을 하겠다고 한다. 이럴 때 여자는 모든 걸 남자에게 맡기고 행복한 미래를 그리면 될 터이다. 그런데 무엇이 내 마음을 이렇게 갑갑하게 만드는 걸까?

내게 따라붙을 스캔들에 대한 걱정은 분명 아니다. 스캔들 따위가 두려워 벌벌 떨었다면 처음부터 우체총사에서 일한다는 생각조차 하지 않고 집에서 얌전히 규수로 살았을 것이다.

"내가…… 짐이 되는 거잖아요?"

"그리고 미우는 내가 지고 있던 엄청난 짐을 모두 내려놓을 수 있는 결단을 선물했지."

그가 내 이마에 입을 맞춘다.

"엄청난 짐?"

"황족이라는 신분. 황자라는 지위. 모두 이름뿐인 거지만 그만큼 중요하기에 엄청난 무게를 지니고 있던 것들이지. 난 아무것도 하지 못하는 황자로 궁궐 안에서만 살아왔어. 우체총사에서 일하고 헨리를 만나 친분을 쌓는 것조차도 신분을 숨겨야만 할 수 있었지. 난 오래전부터 이선 그 자체가 되고 싶었어. 황자라는 신분에 매여 평생을 숨죽이며 살아가고 싶지 않았던 거야. 그러나 혼자서는 떠날 용기를 내지 못했지. 어쩌면…… 그저 좋은 황자이자 좋은 아들로 황실과 부모님께 기억되고 싶었는지도 몰라. 그런데 그랬던 나에게 네가 용기를 줬어, 미우."

"모두 버리고 떠날 용기를요……?"

"아니, 그 이상의 것을 손에 넣을 용기를."

"……."

이미 결심을 마친 그의 표정은 밝아졌는데 내 마음은 반대로 점점 무거워진다.

"미우, 러시아에서 연인들은 성당이라는 곳에서 부부가 돼. 우리도 그곳에서 결혼하는 거야."

그와 내가 탄 마차가 우리 집 대문 앞에 멈춰 섰다. 이선은 나를 마차에서 내려주며 약속했다.

"준비하고 있어. 며칠 안으로 사람을 보낼 테니까."

"아가씨!"

내가 대문으로 들어오는 소리에 유모가 제일 먼저 뛰어나온다.

"대체 이 늦게까지 무슨 일이 그렇게 많으시다고 우체총사에서……."

여기까지 말한 유모는 갑자기 뒤에서 나타난 아버지를 보고는 입을 닫는다. 아버지는 사랑채 마루에 서서 대문 안으로 걸어 들어오는 나를 확인하고는 헛기침과 함께 다시 안으로 들어가셨다. 그제야 유모는 나를 내 방으로 데려갔다. 그 와중에도 유모의 입가에는 실실 웃음이 그치지 않았다. 그 이유는 방에 들어온 다음에야 알게 되었다.

"세상에 오늘 쇤네가 얼마나 놀랐는지 아세요?"

"놀라다니?"

"대감마님께서 저를 부르시더니, 민 사장님이 사람을 보내 아가씨가 늦게까지 우체총사에서 할 일이 있다고 알려왔다는 거예요. 그래서 제가 걱정되니 아가씨에게 가보겠다고 했죠. 그랬더니 대감마님이 가지 말라는 거예요. 그래서 쇤네가 겁도 없이 아가씨를 위해 목소리를 냈어요. 어찌 밤늦게 남녀만 두냐고요. 그랬더니 글쎄……."

유모가 입꼬리를 당겨 웃는다.

"아가씨를 민 사장님과 정혼시켰다는 거예요!"

아버지가 유모에게까지 말했다면, 사실상 이 혼사를 앞당기기 위한 준비를 시작했다고 보는 게 옳다.

"안 놀라세요? 혹시 알고 계셨어요?"

"응. 알아."

"그럼 쇤네만 몰랐다는 건가요?"

"아니. 나도 어제 알았어."

"그럼 그렇지! 아가씨가 알고도 쇤네에게 말하지 않으실 리가 없죠. 아니지, 그보다 진짜 그 민우진 사장님과 아가씨가 혼인하신다는 거네요? 아아, 마님이 살아계셨다면 얼마나 기뻐하셨을까! 첫인상이 무뚝뚝해서 그렇지 쇤네는 진즉 알아봤다고요."

"알아보다니?"

"아가씨를 책임지겠다고 말했을 때요. 사내들은 그런 말을 함부로 하지 않잖아요? 그래서 쇤네는……."

유모의 말이 끊임없이 이어지는 동안에도 내 머릿속은 조금 전 이선과 나눈 이야기로 가득했다.

어차피 아버지는 내가 사라져도 죽었다고 하면 그만이실 분이었다. 유모가 신경쓰이긴 하지만 나중에 잘 지낸다고 따로 연락하면 될 것 같다. 내 입장은 이렇게 정리되지만 황족인 이선 쪽은 훨씬 복잡했다. 폐하와 영보당 마마. 영보당 마마에게 이선은 하나뿐인 귀한 아들이다. 이선은 나와 함께 떠나는 것으로 인해서 가장 큰 짐을 내려놓았다고 한다. 그러나 그는 나 때문에 부모와 황족의 지위는 물론 나라까지 버릴 결심을 했다.

"아가씨는 행복해지실 거예요. 분명히요."

깊은 생각에 잠겨있던 내 눈이 공허하게 유모를 향한다.

"확신해, 유모?"

"네?"

"아니야, 아무것도."

난 고개를 들어 주변을 살피며 말했다.

"너무 늦었어. 나 그만 쉬고 싶어, 유모."

"알았어요. 쉬세요."

유모가 나가자 난 방에 남아있던 촛불을 껐다. 미리 준비해놓은 이불 위에 눕자, 온돌에 데워진 따뜻한 이불이 내 등을 감싼다. 가을이 다가왔음을 알리는 서늘한 바람도 내 방 창문을 흔들고 지나간다.

'넌 내 옆에 있어주기만 하면 돼.'

나는 그날 밤 한숨도 잘 수 없었다.

다음날 나는 평소와 다름없이 우체총사로 출근했다. 마침 직원과 출구 쪽으로 걸어오던 민우진은 우체총사 안으로 들어오는 나를 보자마자 그 자리에 멈춰 섰다. 그는 놀란 눈으로 나를 말없이 바라보더니, 직원을 보낸 후 내게 다가왔다.

"지난밤 너를 본 것이 마지막인 줄 알았는데."

"곧 마지막이 될지도 몰라요."

되돌아온 차가운 내 대답에 민우진은 헛웃음만을 남긴 채 나를 지나쳐 갔다.

사무실에 들어온 나는 늘 그렇듯 외투를 벗어 벽에 건 후 자리에 앉았다. 그러나 평소와 다르게 눈이 가는 책이 있었다.

대조선국우정규칙(大朝鮮國郵征規則)

우체총사에서 일한 지도 벌써 2년이다. 그간 많은 일들이 있었다. 그리고 난 며칠 안으로 이선과 함께 조선을 떠난다. 자연히 우체총사에서 일할 수 없게 된다. 돌아온다고 하더라도 이곳에서 다시 일하는 것은 불가능할 것이다.

이 점은 이선의 청혼을 받아들이던 그때도 마찬가지였다. 그의 비가 된다면 난 자연히 우체총사를 떠나게 될 것이라는 걸 알고 있었다. 이선의 청혼을 받고도 혼인을 미루고 싶었던 건……. 일 때문이다. 난 아직 그 무엇도 제대로 한 게 없었다.

툭, 투툭.

창문을 두드리는 소리가 밤새 들었던 세찬 가을바람인 줄만 알았다.

투툭.

그러나 창문 너머에는 헨리와 현주가 나란히 서서 방긋 웃고 있었다.

사무실 안으로 헨리와 함께 들어온 현주는 다짜고짜 내게 달려들었다.

“미우! 헨리에게 들었어!”

현주는 목소리를 낮추려고 조심하면서도 쉽게 흥분을 가라앉히지 못했다.

“완친왕 전하와 ‘사랑의 도피’를 할 거라면서?”

“뭐?”

난 현주를 끌어안은 채로 뒤에 서 있는 헨리를 쳐다보았다. 헨리는 입가에 손가락을 가져다 대며 내게 말했다.

“이선이 보낸다던 사람이 저라고 전해주라더군요.”

“헨리가요?”

“예. 곧 며칠 안으로 저를 통해 이선에게 연락이 올 겁니다. 미우는 그때까지 오늘처럼 우체총사에 출근하면 됩니다.”

현주는 나를 사무실 깊숙한 곳으로 이끌었다. 아마도 그 누구도 우리의 대화를 엿듣지 못하게 하려는 것 같았다. 지금 현주에게 이선과 나의 상황은 하나의 소설 같은 이야기인 모양이었다.

“이건 엄청난 스캔들이야! 너희 두 사람이 떠난 후에 한성에는 엄청난 바람이 불겠지. 하지만 축하해, 미우야. 난 네가 너무너무 부러워!”

축하인사를 해줄 만한 사람이 없었기에 이런 말은 현주가 처음이었다. 나는 얼떨떨한 표정으로 인사를 받았다.

“넌 꼭 행복할 거야, 미우야.”

출근 전 잠시 들렀던 현주가 우체총사를 떠나고, 사무실에 남은 헨리가 입을 열었다.

"이선이 제게 기차편과 배편 준비를 부탁했습니다. 두 사람은 기차를 타고 인천에 가서 배를 타게 될 거예요. 바다를 건넌 후에도 또 기차를 타게 되겠지만……. 러시아까지는 쉽지 않은 여정이 될 겁니다."

바람이 계속해서 창문을 흔들었다. 창문 너머 어딘가를 응시하는 내게 헨리가 다가왔다.

"민 사장과 그런 일이 있었는지는 몰랐습니다."

민우진과의 정혼. 대부분의 여인들에게는 정혼에서 혼인까지가 자연스럽게 이어진다. 그런데 내게는 청천벽력과도 같은 소식이 되어버렸다. 그리고 그 일은 내 운명을 바꾸려 한다.

"저도 그랬어요."

"미우, 무슨 근심이 있습니까?"

그 말에 난 창문에서 눈을 떼고 헨리를 돌아보았다.

"헨리. 이선과 내가 떠나고 나면 어떻게 될까요?"

"어떻게 된다니요? 무엇이 말입니까?"

"이선과 제가, 그리고 남겨진 사람들이요."

헨리는 살짝 당황한 표정을 지었지만 곧 웃으며 가볍게 말했다.

"설마 이선이 그 모든 걸 생각해보지 않고 미우를 선택했다고 여기는 건 아니겠지요?"

"알아요. 이선은 그 뒤에 일어날 모든 일을 예상하고 있어요. 감수하려 하고 있고요."

"그 말은…… 미우는 감수할 자신이 없다는 뜻인가요?"

난 고개를 저었다.

"아뇨. 저는 오히려 잃는 게 아무것도 없다는 생각이 들어요. 도리어 제가 원하던 자유로운 삶을 이선이 줄 것 같은 확신이 들어요. 게다가 사랑하는 사람과 함께하게 되었잖아요? 그것만으로도 너무 행복한걸요."

헨리의 얼굴에서 웃음이 사라졌다. 그는 진지한 얼굴로 내게 물었다.

"그런데 미우는 왜 행복한 얼굴이 아닌 거죠?"

"이선 때문이에요."

내 입에서 답이 나오기까지 주저함이란 없었다.

"내가 만났을 때 이선은 그 누구보다도 행복한 얼굴을 하고 있었습니다, 미우."

"알아요. 제 앞에서도 그는 아주 조금만치의 불행도 염려도 보이지 않았어요."

"그런데 왜?"

"생각하면 할수록 그가 절 선택해서 잃는 게 너무 많기 때문이에요. 전 누구와 혼인하든 조선에서는 평생 대문 밖을 나서지 못하고 살 운명이었어요."

나는 한숨을 쉬며 다시 창문 밖을 내다보았다. 창밖으로 바람에 순식간에 흩날리며 떨어지는 낙엽들이 눈에 들어왔다.

"전 세상의 평판 따위는 두렵지 않아요. 어차피 평판이 제가 갇히게 될 대문 안으로 들어오지 못한다는 걸 아니까요. 그렇지만 이선은……."

"파멸이죠."

난 놀란 눈으로 헨리의 얼굴을 쳐다보았다. 헨리는 그런 내 얼굴을 보며 담담하게 말을 이어나갔다.

"그가 이 모든 걸 몰랐을 리가 없습니다. 이선은 순간의 감정에 치우쳐 행동할 사람이 아닙니다. 민 사장만큼은 아닐지 몰라도 무척 신중한 사람이죠. 어쩌면 그 신중함을 마드모아젤, 그대가 무너뜨렸는지도 모르지만……. 미우, 그대는 그 이선이 선택한 여성입니다."

나는 지난밤 이후 처음으로 내 안의 정리되지 못한 감정을 헨리에게 드러냈다.

"그가 저와 함께한다는 게 곧 파멸이라는 걸 알면서도 행복할 수 있을까요?"

"사랑의 도피를 앞둔 여성이 할 말은 아닌 듯싶군요. 행복한 미래만 꿈꾸기에도 모자란 시간입니다."

"헨리. 차라리 그가 순간적인 충동으로 나와 도망치는 거였다면 제 마음은 지금보다도 훨씬 편했을 거예요. 그는 모든 걸 다 버리기로 각오했어요. 저를 선택했기 때문에요. 그래서 난 두려워요. 후에 그의 마음이 변해서 날 떠나게 될 것도 두렵지만, 날 떠난 후에 그가 이곳으로 돌아오지 못하게 될 것도 두려워요."

"그 두려움은 시간이 가면 옅어지고 사라질 겁니다."

"아니요."

난 단정 짓고 있었다.

"저와 민 사장님의 정혼이 그의 결심을 부추긴 거예요. 그리고 그는 절 위해 자신이 가진 모든 것을 포기하겠다고 했어요. 그 순간 전 깨달았어요. 그는 저 때문에 자신의 인생을 파멸시키려고 하고 있어요."

눈물이 흘렀다.

"미우……."

"난 두려워요, 헨리. 차라리 그가 나를 사랑하지 않고 내가 그를 혼자 좋아했다면 덜 슬펐을 거예요. 왜냐하면 제가 가진 아픔만 온전히 제 아픔이니까. 그런데 지금은 그가 저를 선택함으로써 생겨나는 아픔까지도 제가 짊어진 것 같아요. 그는 그러고도 제 앞에서 태연히 웃었지만, 전 웃을 수가 없었어요."

난 한 번도 이런 사랑을 받아본 적이 없었다. 내 쪽에서 누군가를 이렇게 사랑해본 적도 없었다. 그래서 두려웠다. 나는 과연 그가 내게 준 것의 절반이라도 돌려줄 수 있을까? 단순히 함께한다는 것만으로 그게 가능할까?

"그의 결심으로 전 평생에 걸쳐 받을 사랑을 얻었어요. 그러니 이제는 제 차례에요."

"그게 무엇이죠, 미우?"

나는 헨리의 물음에 더 이상의 답을 주지 않았다.

며칠 후 갑자기 추워진 날씨에 눈발이 휘날렸다. 쌓이는 눈은 아니었지만 쉽사리 그칠 것처럼 보이지는 않았다. 모든 준비를 마친 나는 아무도 없는 우체총사 대기실에 홀로 앉아있었다.

그때 대기실의 문이 열렸다. 민우진이었다.

그는 나를 찾고 있었는지, 다소곳이 의자에 앉아있는 내 앞으로 다가와 말을 걸었다.

"헨리가 너를 찾고 있더군. 그날이 혹시…… 오늘인가?"

난 눈을 들어 민우진을 가만히 쳐다보았다. 민우진은 짐가방 하나 가지고 있지 않은 나를 보며 고개를 갸웃했다.

"생각보다 짐이 없군. 먼 길이 될 것 같던데."

내가 아무런 답을 하지 않자, 민우진은 그대로 대기실을 나가려고 돌아섰다. 그런 그를 내가 불러 세웠다.

"민 사장님."

나는 천천히 자리에서 일어섰다.

"민 사장님께 부탁드리고 싶은 게 있어요."

"부탁?"

"파혼이요."

침착한 목소리로 말하는 나를 보며 그가 헛웃음을 짓는다.

"그 이야기라면 어차피 미우 너와 이선이 함께 떠나는 것으로 모두 정리가 될 텐데?"

하지만 난 웃지 않았다. 아니, 웃을 수가 없었다.

"제가 사장님과 파혼하고 싶다고 말씀드렸죠. 그런데 제 마음이 바뀌었어요."

"바뀌었다?"

"파혼보다도 제가 더 바라는 것이 생겼어요. 그건 오직 사장님만이 해주실 수 있는 거예요."

"파혼 말고 내가 네게 해줄 수 있는 것이 뭐지?"

말해야 한다. 이선이 결심했듯이 나도 결심했으니까.

그러나 내 입은 열리지 않으려고 마지막 안간힘을 부리고 있었다. 이 말은 하든 안 하든 내가 죽을 때까지 내 머릿속에서 나를 괴롭힐 것이다.

"그게 뭐지, 미우?"

"저와 혼인해주세요."

민우진과 내가 혼인하면, 이선과 나에 관한 스캔들은 모두 없었던 일이 된다. 아무도 믿지 않게 될 것이다. 소문이 단순히 소문이었다는 것을 증명하는 방법, 그 소문으로부터 이선을 깨끗하게 만들 방법은 이것뿐이다.

"저와 혼인해주세요, 민우진 사장님."

민우진과 내가 혼인하면 모든 스캔들은 거짓이 될 테니까.

마차가 기차역으로 향하는 동안, 내 눈빛은 불안함을 안고 계속해서 흔들리고 있었다. 그리고 내 손은 계속해서 반지 낀 손을 움켜잡았다 풀기를 반복한다. 나의 행동을 무심히 지켜보던 민우진이 내게 말한다.

"지금이라도 늦은 건 아니야."

내 결심. 내가 흔들리고 있다는 사실을 민우진은 알고 있다.

"그렇다고 해도 내 결심은 바뀌지 않아요."

말은 그렇게 했지만 속마음은 전혀 달랐다. 이선의 말대로 그와 함께 조선을 떠나고 싶다. 그의 말대로, 그의 결심에 모든 것을 맡기고 함께 하고 싶었다.

하지만 그것이 그를 위하는 길이 아니라는 걸 깨닫는 순간……. 그를 파멸시킬 수 있다는 것을 깨닫는 순간, 내가 바라보는 세상은 달라졌다.

나를 위한 선택이 아닌 그를 위한 선택으로 가득 찬 세상으로.

마차가 멈추더니 마부의 목소리가 들린다.

"도착했습니다, 민 사장님."

히이이잉! 히잉!

동시에 기차의 요란한 기적소리가 가깝게 들려왔다. 마치 말의 울음소리처럼 들리는 기적소리는 기차가 곧 출발한다는 것을 알리는 신호이기도 했다.

"난 여기서 기다리지."

마차에서 내리려는 날 본 민우진이 말한다. 난 고개를 한 번 끄덕이고는 마차에서 내렸다.

그때, 갑자기 무슨 생각이 들었는지 민우진이 나를 따라 마차에서 내리며 날 불렀다.

"미우."

"네?"

그는 돌아선 나를 보더니 그가 끼고 있던 장갑을 내게 내밀었다.

"춥다."

"괜찮아요. 필요 없어요."

그는 내가 장갑을 받지 않자 억지로 내 손에 자신의 장갑을 끼워주었다.

"이대로 네가 이선과 떠난다면 난 다시는 너를 찾지 않을 거다. 하지만 네가 이선을 떠나 내게로 오겠다면……."

나의 두 손에 장갑을 끼워준 그가 내 눈을 보며 말한다.

"그에게 절대 돌아가지 못하게 할 거다, 박미우."

민우진과 떨어진 나는 기차가 기다리는 역사 안으로 들어섰다. 주변은 증기기관차가 끊임없이 내뿜는 희뿌연 연기로 가득 차 있었다.

그 연기 안으로 걸어 들어간 나는 어느 순간 길을 잃고 말았다. 사실 연기를 피하려면 기차에 올라타면 그만이었다. 그러나 난 그러지 않았다. 차라리 이대로 기차가 떠날 때까지 연기 속에 숨어 있고 싶었다. 하지만 내가 오지 않는다면 이선도 떠나지 않을 것이다. 그 역시도 떠나버린 기차역에 남아있을 것이다. 그 사실을 알면서도 마치

난 시간을 끌듯이 한 자리에 오래도록 서 있었다.
그때 연기 사이로 누군가를 찾아 두리번거리는 한 남자가 눈에 들어왔다. 이선이었다.
그를 먼저 본 것은 나였다. 난 그에게 다가가야 했다. 그러나 그러지 않았다. 난 처음에 선 그 자리에서 그가 나를 찾아내지 못하기만을 바라고 있었다.
하지만 그는 나를 찾아냈다.
"미우!"
나를 보자자마 반가운 얼굴로 달려온 이선은 다짜고짜 장갑 낀 내 손을 붙잡았다.
"가자, 늦었어."
그는 내 손을 잡고 기차로 향하려 했다. 하지만 무언가 이상함을 느끼고 자리에 멈춰서 나를 돌아본다. 그가 날 이끌었음에도 나는 한 발짝도 움직이지 않으려 했기 때문이었다.
"미우?"
요란한 기적소리가 들려오며 우리를 흰 연기가 감싸 안았다. 이런 연기 속이라면 난 거짓을 말할 수 있을 것 같았다.
"전하. 이 제국을 사랑하시죠?"
"뜬금없이 무슨 소리야?"
그도 전하라는 호칭에서 이상함을 느꼈는지 표정이 어두워진다.
"저는 이 제국의 안녕을 단 한 번도 진지하게 생각해 본 적이 없어요. 오히려 벗어나고 싶었으니까요."

"그래서 지금 나와 함께 벗어나려 하고 있잖아."

난 그를 보며 고개를 가로 저었다.

"전에는 이곳의 전통과 풍습이 저를 억압한다고 여겨왔었어요. 하지만 지금은 아니에요. 우체총사에서 일할 기회를 얻고 일을 하면서 인정을 받고……. 전 그렇게 달라졌어요. 이 모든 걸 버리고 떠난다면 그간 제가 쌓은 모든 게 무너질 거예요."

이선이 얼굴에서 시선을 떼지 못한다.

"갑자기 왜 이러는 거야? 박정양 대감 때문이야?"

"아뇨."

"그럼 대체 왜 이러는 건데?"

"떠나려고 하니까……."

목이 메인다.

"내가 잃을 많은 것들을 생각하니 두려워졌어요……."

"내가 있잖아, 미우."

날 잡은 그의 손에 힘이 빠졌다. 그러나 그 손은 곧 내 양 팔을 붙들었다. 그는 나를 끌어안으려 했다. 그러나 난 그의 몸을 밀어내며 소리쳤다.

"이선, 당신에게 끌린 건 황자라는 지위 때문이었다는 걸 깨달았어요. 황자비가 되고 싶었거든요. 그런데 당신이 황자라는 자리를 포기하고 떠난다니까……. 깨달았어요. 제가 진짜 사랑하는 사람은 민우진이에요. 이제 아무것도 없는 당신과는 함께할 수 없어요."

또 한 번 길게 기적이 울리더니 기차가 천천히 움직였다. 기차는 곧 우리의 옆을 지나 천천히 앞으로 나아가기 시작했다.

"혹시 민우진이 협박한 거야?"

이선은 전혀 내 말을 듣고 있지 않다. 아니, 받아들일 수 없는 것 같다. 난 고개를 저었지만, 이선은 다시 한 번 내 양팔을 강하게 붙잡고 흔들었다.

"내 눈을 보고 똑바로 말해, 미우! 이 며칠 동안 네게 무슨 일이 있었는지!"

"이 모든 건 며칠 간 내가 심사숙고하고 결정한 거예요."

"네가 갑자기 이럴 리가 없어! 만약 이 일에 민우진이 개입되어있다면 내가 그 자식을!"

난 그를 보며 고개를 저었다.

"민우진이 그럴 사람이 아니라는 건 한때 친구였던 당신이 나보다 더 잘 알 텐데요……."

이 말에 날 잡고 있던 이선의 손이 힘없이 풀렸다.

"당신과 함께 해서 받게 될 비난도 원치 않아요. 내가 없으면 떠날 용기조차 없는 당신 곁에서는 더는 함께 하고 싶지 않아요. 그러니 당신도 그대로 남아요. 이곳에서 친왕으로 누릴 수 있는 모든 것을 누리며 살라고요."

이제 기차는 완전히 떠났다. 우리의 미래를 담고 나아갔어야 할 그 기차가 떠나버렸다. 이제 나를 바라보는 그의 눈에는 자상함도 따뜻함도, 내 변심에 대한 궁금증도 남아있지 않았다. 그는 그런 눈으로 나를 보고 있었다.

"우리가 이곳에 남게 되면 넌 민우진과 혼인하게 될 거야. 그 길을 선택하겠다는 거야?"

난 쏟아지려는 울음을 참기 위해 이선을 노려보며 말했다.

"당신 곁에서 영원히 지우지 못할 스캔들에 휩싸여 살아가는 것보다는 더 많은 걸 그가 내게 줄 거라 확신하니까요."

이선은 입을 다물었다. 난 그에게서 돌아서며 마지막 한마디를 건넸다.

"우리 인연은 여기까지였어요. 완친왕 전하."

《제국 스캔들》1권 끝

2권으로 계속